KB129368

엔드 바 텐드

엔드

여기

바

그리고

텐드

저기

해이수 소설

자음과모음

차
례

엔드 바 텐드

1

중앙에 앉은 그녀는 학회 회원들과 유쾌하게 대화를 주고받았다. 목이 깊이 파인 자주색 블라우스 아래로 물고기 목걸이가 보였다. 얇고 매끈한 옥돌로 조각한 물고기는 그녀가 고개를 끄덕이거나 웃을 때마다 가볍게 흔들렸다. 네 개의 테이블을 이어 붙인 술자리의 끝에 앉아 나는 무심한 척 그녀를 바라보았다. 그녀는 내게 눈길조차 주지 않았다. 고비사막에서 알던 그녀가 아닌 듯했다.

"이봐, 김 선생!"

강 교수가 테이블 중앙에서 나를 불렀다. 그는 내가 속한 학회의 회장이자 소문난 주당으로 소위 '폭탄 제조 전문가'로 통했다. 그리고 온갖 이유를 끌어다가 어떻게서든 '제조 폭탄'을 먹이는 것으로도 악명 높았다. 그의 둥근 배는 그야말로 밑 빠진

술통이었다. 내가 큰 소리로 대답하자 강 교수가 물었다.

"왜 이리 늦었나?"

학회의 허드렛일을 도맡는 막내 격인 내가 30분이나 늦게 나타난 것을 꾸짖는 말이었다. 그의 관점에서 보면, 새파란 시간강사 주제에 각 대학의 주임교수와 학과장을 기다리게 만든 셈이었다. 강 교수 앞에는 맥주 글라스에 담긴 폭탄주 세 잔이 있었다. 흑맥주와 양주를 섞었는지 색이 먹물처럼 검었다. 오늘 모임은 학회에서 주관한 몽골 국제심포지엄의 뒤풀이와 그녀의 송별식을 겸한 자리였다. 나는 자리에서 엉거주춤 일어나 뒷머리를 긁적이며 대답했다.

"죄송합니다. 급한 일이 있었습니다."

"이리 오게! 후래자 삼배!"

늦게 온 사람에게 세 잔의 술을 연달아 마시게 하는 벌칙이었다. 내가 아무 말 없이 세 잔을 비우자 교수 몇이 띄엄띄엄 박수를 쳤다. 뭘 잘했다고 치는 게 아니라 참 고생이 많다는 뜻으로 들렸다. 나는 마지막 빈 잔을 강 교수 앞에 공손히 두고, 고개를 꾸벅 숙이고는 테이블 말석으로 돌아갔다.

*

"선생님, 제가 이번에 7박 8일 일정으로 국제심포지엄을 겸해서 몽골에 가게 됐습니다."

6월 말, 황 선생께 전화를 드렸다. 출국 전날 밤이었고 여행

가방을 꾸린 뒤였다. 황 선생은 학부 전공교수로 한때 '한몽학회'를 이끌 만큼 몽골 왕래가 잦았다. 강건하고 호방한 그의 기질과 그 나라는 궁합이 맞는 듯 보였다.

"잘됐군."

"가서 꼭 봐야 한다거나 체험해야 할 것이 있습니까?"

"명심하게. 몽골은 뭘 보거나 체험하는 곳이 아닐세. 그곳은 아무것도 없어."

'그곳은 아무것도 없다'는 말을 마치자 수화기 너머로 정적만이 가득했다. 재작년 정년 퇴임 이후로 선생은 그나마 적은 말수가 더욱 줄어든 것 같았다. 스승의날이나 명절 때 안부 전화를 드리면 선승(禪僧)의 법어(法語) 같은 몇 마디를 듣는 게 이젠 익숙할 정도였다. 놀랍게도 그 간명한 몇 마디가 내 고민을 찌르는 듯해서 한동안 되새김질을 해야 했다.

"거긴 말이야, 그저 비우러 가는 곳이네."

"알겠습니다, 선생님. 명심하겠습니다."

그러자 선생은 마지막 당부를 했다.

"베이지 말게!"

통화는 그것으로 짧은 인사를 주고받은 뒤 끝이 났다. '그저 비우러 가는 곳…….' 나는 선생의 말을 한 번 되뇌고는 여행 가방에서 카메라와 수첩을 빼냈다. 짐이 가벼워지자 마음도 홀가분해졌다. 뭔가를 아등바등 찍고 쓰는 일을 이번엔 하지 않아도 될 핑계를 얻은 셈이었다.

'베이지 말게!'는 황 선생 특유의 표현이었다. 제자들이 해외

유학이나 주요 자리에 나아갈 경우 추천서를 받으러 가면 자중자애(自重自愛)하라는 당부를 그는 늘 그런 식으로 말했다. 젊은 시절부터 사무라이 소설에 탐닉했고 실제로 검도가 4단인 선생은 수업이나 술자리에서 칼에 관한 비유를 자주 들었다. 한번은 강의 중에 중국 송대 야부도천(冶父道川)이 『금강경오가해(金剛經五家解)』에 남긴 두 줄의 선시(禪詩)를 놓고 검에 관한 열변을 토한 적도 있었다.

竹影掃階 塵不動　　　　대나무 그림자 섬돌을 쓸어도
　　　　　　　　　　　　먼지 한 점 일지 않고

月穿潭底 水無痕　　　　달빛이 못 바닥을 뚫어도 물에는
　　　　　　　　　　　　자취가 남지 않네.

이 시를 이해시키기 위해 예로 든 것이 무공의 최고 경지 중 하나인 '심검(心劍)'이었다. 검을 몸의 일부처럼 사용하는 신검합일(身劍合一)을 뛰어넘어 기로써 검을 움직이는 이기어검(以氣馭劍) 단계를 벗어나면, 검 없이 검을 펼치는 상태에 도달한다. 검이라는 매개가 필요 없기 때문에 심검을 무형검(無形劍)이라고도 칭하는데, 무형검이 내뿜는 기운(無形之氣)은 형체나 중량이 없다. 따라서 상대방은 자신이 베인 줄도 모르고 한동안 움직이다가 쓰러지고 나서야 비로소 베였음을 안다는 것이다.

듣기에 따라 다소 허황되다 여길 수도 있으나, 나는 선생이 의도한 뜻을 어느 정도 이해했다. 흔적 없이 정수에 닿는 죽영(竹影)

과 월광(月光)의 이치와 외피를 건너 내부를 베는 심검의 경지는 상통하는 바가 있었다. 나는 선생이 오래 고민한 주제라는 것을 쉽게 눈치챘고 그만큼 해석은 인상적이었다. 지금도 그 시 한 수를 오롯이 외우고 있는데, 선생에게서 받은 많은 수업 중에 유독 그 시간만은 토씨 하나까지 뚜렷했다.

2

테렐지 국립공원 내 바양하드 캠프는 전망이 좋았다. 뒤로는 기암절벽이 병풍처럼 둘러싸고 앞으로는 푸른 목초지가 광활하게 펼쳐져 있었다. 자작나무와 잣나무로 이루어진 숲은 그림 같았다. 그 숲과 바위와 초원을 끼고 톨강이 굽이굽이 흘러갔다. 복잡하고 무더운 울란바토르 시내와는 사뭇 다른 모습이었다.

몽골에 도착한 당일과 이튿날까지 심포지엄에 참석하느라 지친 학회 회원들의 얼굴에 비로소 생기가 돌았다. 동행자를 포함한 30여 명은 열 개의 게르에 분산 배치되었다. 나는 짐을 풀자마자 밖으로 나갔다. 들판은 온갖 허브와 야생화의 향기로 가득했다. 나는 심호흡을 하며 내 안에 잠긴 모든 빗장을 풀자고 마음먹었다. 비우기 위해서는 닫힌 것을 열어두는 것이 우선이었다.

나이 많은 여교수가 말에서 떨어진 건 승마 트레킹에서였다. 점심식사 후에 한 시간 정도 말을 타고 초원을 건너 유목민 게르를 방문했다. 그곳에서 우리는 아이락과 버르척을 대접받았다.

이들의 풍습에 따르면 손님은 아이락을 세 잔 연속 마시는 것이 예의였다. 회원들은 사발에 담긴 시큼한 말젖 발효주를 연거푸 들이켰다. 일부는 한 모금 맛을 보고는 손사래를 쳤고 나머지는 입도 대지 않았다. 기름에 튀긴 과자는 누구도 두 개 이상 못 먹었다. 손님맞이용 마유주가 도무지 줄어들지 않자 회장인 강 교수가 무안했는지 내게 사인을 보냈다. 다 비우라는 뜻이었다.

게르 밖으로 나오자 여전히 햇볕이 뜨거웠다. 낮술을 마신 탓인지 머리가 핑 돌면서 어지럼증이 일었다. 다시 말을 타고 캠프로 돌아가야 할 시간이었다.

대개는 말을 탈 줄 몰라서 마부가 우리가 타고 있는 말의 고삐를 잡고 걸어가는 수준이었다. 그런 와중에 "추!" 하는 짧은 외침과 동시에 말 두 마리가 신나게 앞으로 달려 나갔다. 한 명은 몽골인 남자 가이드였고 다른 한 명은 청바지를 맵시 있게 입은 젊은 여성이었다. 말을 타는 모양새가 제법 근사했다. 나는 그녀가 누구인지 단번에 알아차렸다. 심포지엄에서 또랑또랑한 목소리로 발표할 때부터 눈길을 끌던 사람이었다.

"추우! 추!" 나는 호기롭게 외치며 등자에 얹은 발뒤꿈치로 말의 배를 걷어찼다. 그리고 빠르게 쫓아가 그녀 옆에서 달렸다. 달콤한 바람을 가르며 에델바이스가 만개한 들판을 우리는 날 듯이 질주했다. 그녀와 나는 말발굽에 맞추어 허공에서 어깨를 나란히 한 채 서로를 잠깐 보고는 웃었다.

"워-어, 워!"

앞서 달리던 가이드가 갑자기 말고삐를 바투 잡으며 속도를 줄였다. 뒤에서 큰 고함이 들렸기 때문이다. 초원에서는 거리가 멀어도 소리가 비교적 명확히 전달됐다. 당황한 가이드는 서툰 한국어로 사람이 말에서 떨어졌다며 급하게 방향을 바꿨다. 나는 이대로 그녀와 초원 끝까지 달리고만 싶었다. 그러나 그녀도 말을 뒤로 돌려 빠르게 달렸다. 그녀의 승마 솜씨는 수준급이었다.

나이 많은 여교수는 바닥에 똑바로 누워 있었다. 방문했던 게르에서 겨우 10미터가량 떨어진 곳이었다. 뜨거운 햇살을 막아주려고 누군가 옷으로 여교수의 얼굴을 덮은 상태였다. 몇 걸음 떨어진 곳에서 말은 아무 일도 없었다는 듯이 고개를 늘어뜨리고 풀을 뜯었다. 그녀는 여교수의 대학 직계 후배이고 더욱이 이번 여정의 룸메이트여서 낙마 사고자가 누군지 알자 거의 사색이 되었다. 그녀는 무릎을 꿇고 여교수의 손을 꼭 쥐었다.

"선생님, 저 진아예요! 괜찮으세요?"

"그래. 진아야, 내가 왜 이런지 모르겠다. 미안해!"

동행한 간호대 교수가 여교수의 상태를 살폈다. 여교수는 약간 놀란 듯했으나 의식은 또렷해 보였다. 골절은 없는 것 같다고 간호대 교수가 안심을 시키자 여교수는 배변을 하고 싶다고 말했다. 그러자 10여 명의 여자 회원들이 주위를 둥글게 에워쌌다.

접근이 금지된 남자들은 멀리 떨어져 서성거렸다.

회장인 강 교수는 가이드가 말에서 내리자마자 빨리 구급차를 불러오라고 소리쳤다. 가이드는 구급차를 부르는 일이 불가능하다고 했다. 성격이 급하고 다혈질인 강 교수는 일정 초반에 이런 사고가 난 것에 대해 몹시 당황하는 것 같았다.

"도대체 왜 불가능해? 왜?"

"병원에 구급차 없어요."

"병원에 왜 구급차가 없어? 근처에 국립병원이 있다는데!"

"여기 국립병원 있는데 구급차 없어요. 울란바토르에 한 대 있어요."

가이드의 어눌한 답변에 회원들은 할 말을 잃었다. 답답한 듯 강 교수의 목소리 톤이 올라갔다.

"그럼, 헬리콥터라도 불러! 군용 헬리콥터라도! 이러다 무슨 일 생기면 네가 책임질 거야!"

애가 타는 강 교수와 달리 가이드를 포함한 몽골인들은 무심하리만치 반응이 없었다. 마부들은 대수롭지 않다는 듯 서 있었고, 게르 주인은 괜찮다며 그저 물수건 한 장을 갖다주고는 안으로 들어갔다. 얘기를 들어보니 여교수는 고집스럽게 마유주 한 사발을 남김없이 들이켰다고 했다. 그리고 마부의 부축을 받아 말 등에 오르자 정신을 잃고 떨어졌다는 것이다. 다행히 달리다가 낙마한 것은 아니었다.

여교수가 배변을 하는 동안 남자 회원들은 회의를 거듭했다. 저 정도면 괜찮을 거라는 낙관과 뇌가 다쳤으면 큰일이라는 비관 사이에서 울란바토르로의 송치, 한국으로의 송치 등 여러 의견이 나왔다. 일단 근처 병원에서 검진한 뒤에 결정할 문제였다. 그사이 수소문한 차량이 도착하자 강 교수는 동승자 몇 명을 지목했다. 통역을 해줄 가이드, 그녀의 몸 상태를 설명할 간호대 교수, 룸메이트이자 후배인 그녀 그리고 마지막으로 손가락 끝이 나를 가리켰다.

한 시간 떨어진 국립병원에 도착해서 여교수는 특실로 옮겨졌다. 낡은 철제 침대와 간이용 플라스틱 의자 두 개가 놓인 독방이었다. 가이드로부터 사고 정황을 들은 의사는 별다른 표정을 짓지 않았다. 여교수가 검사를 위해 엑스레이실로 이동하자 가이드는 보호자 자격으로 따라갔다. 간호대 교수마저 전화 통화를 위해 밖으로 나가자 병실에는 그녀와 나만이 남았다. 그녀는 몹시 침울해했다. 플라스틱 의자에 앉아 어깨를 움츠리고 고개를 숙인 모습이 마치 큰 죄를 지은 사람처럼 보였다. 병원까지 오는 차 안에서 여교수의 손발을 열심히 주무르던 장면이 떠올랐다. 나는 의사도 아니면서 밑도 끝도 없이 말했다.

"너무 걱정하지 마세요. 괜찮으실 거예요."

"네, 그러셔야 할 텐데……."

"말을 잘 타던데 혹시 승마를 배웠나요?"

그녀가 고개를 끄덕였다.

"어디서요? 과천에서 배웠나요?"

"네, 선생님도 과천에서……?"

그녀는 둘만 있는 게 어색하고 계속 질문에 대답만 하는 게 미안했는지 내게 물었다. 나는 고개를 끄덕였다.

"혹시 무슨 코스를……?"

승마를 배우는 여러 등급별 과정 중에 어떤 코스를 밟았는지 묻는 것 같았다.

"아, 저는 클리닝 코스를 밟았습니다. 마구간에서 트럭 열 대 분량의 말똥을 치우고 수료했어요."

내가 삽질하는 흉내를 내자 그녀가 풋, 하고 웃음을 터뜨렸다. 마치 시든 꽃이 활짝 피어나는 듯했다. 군복무를 마치고 나는 과천 승마장에서 잡역부로 지냈다. 승마 클라스를 엿들을 기회가 있었고, 교관들과 친해진 후에는 무작정 졸라서 잠깐씩 안장에 올랐다. 그러니까 그녀는 정식으로 배운 승마이고 나는 어깨너머로 배운 것이었다.

여교수는 별다른 이상이 없었다. 의사는 당장 퇴원이 가능하다고 했지만 하룻밤을 그곳에서 보내며 상태를 지켜보기로 했다. 우리는 여교수가 수액 링거를 맞으며 잠든 모습을 보고 병원을 나왔다. 가이드는 내일 아침 여교수와 함께 캠프로 돌아가겠다며 우리를 보냈다.

*

어둠 속에서 캠프로 돌아오는 길은 깊은 바닷속을 항해하는 기분이었다. 불빛도 없고 표지판도 없는 길을 운전사는 잘도 달렸다. 그녀도 간호대 교수도 고단한 탓인지 아무 말이 없었다. 몽골 일정을 위해 밤을 새워 성적 정산을 끝내고, 국경을 넘자마자 이틀 동안 심포지엄에 참석하느라 긴장했을 것이다. 오전에는 울란바토르에서 테렐지로 이동하고, 사고 이후로는 조바심을 치며 기다렸던 터라 기운이 소진된 상태였다.

사실 그날 저녁은 축제의 밤이었다. 말을 타고 캠프로 돌아오면 저녁으로 허르헉을 먹게 되어 있었다. 양을 도축하여 부위별로 자른 뒤, 달군 차돌과 채소를 넣고 두세 시간 쪄서 만드는 몽골의 잔치 음식이었다. 다음 날 아침이면 일행은 두 그룹으로 나뉘어 5일 동안 여행을 한 뒤 출국하는 일정이었다. 한 그룹은 북부의 러시아 국경인 '알탄불라크(Altanbulag)'까지 방문하고 다른 그룹은 남부의 중국 국경인 '어믄고비(Omno-Gobi)'까지 둘러본다고 했다. 북부는 몽골 역사와 종교 탐사에 초점을 맞춘 반면 남부는 사막과 유목 체험에 방점을 찍었다. 그러니까 초원에서 전체 인원이 함께 보낼 수 있는 마지막 밤이었다.

식당과 강당을 겸해서 쓰는 대형 게르는 소등 상태여서 캄캄했다. 중앙 쪽에서는 천체관측 강연이 한창이었다. 국제 천문대의 전문 장비를 들고 나온 강사가 음악과 영상을 틀며 별자리에 대해 설명하는 소리가 들렸다. 중간중간 아름다운 광경이 나오는지 사람들의 감탄사가 터져 나왔다. 후미진 구석에 놓인 4인용 테이블에는 촛불을 밝힌 늦은 저녁상이 차려져 있었다. 촛불에 너울거리는 양갈비뼈의 그림자는 그로테스크했다. 간호대 교수는 밥을 몇 술 뜨다가 내려놓았고, 그녀는 아무것도 먹지 않았다. 자신이 말을 달리지 않고 여교수를 돌봤다면 그런 일은 벌어지지 않았을 거라고 후회하는 듯했다. 간혹 훔쳐본 그녀의 얼굴은 수심에 차 있었지만 여전히 눈길을 붙들 만큼 매력적이었다.

"선생님들, 고생 많으셨습니다."

백 선배가 어디서 구했는지 한국 맥주 두 캔을 가져왔다.

"너도 고생했다."

나는 그가 나타나자 마음이 한결 놓였다. 학부 교수였던 황 선생의 표현을 빌리면, 백 선배는 '잡학다식(雜學多識)하고 박문강기(博聞强記)한 박물군자(博物君子)'였다. 어느 곳에 가든지, 무엇을 묻든지 이야기와 대답이 마련된 놀라운 능력의 소유자였다. 요즘 백 선배의 강의를 듣는 학생들은 그를 가리켜 '워킹 네이버(walking naver)'라 불렀다.

"형, 저 강연 재미있어요? 무슨 내용이에요?"

"별자리를 볼 때 우리는 대개 별들끼리 이어서 보잖아. 그런데 그게 아니라 별과 별 사이를 잇는 어두운 부분을 봐야 한다는 거야. 결국은 어두운 부분이 전체의 윤곽을 만든다는 뜻이지."

빛을 발하는 지점보다는 그 사이 암흑 공간이 성좌의 형태를 결정한다는 말은 시적이었다. 내가 고개를 끄덕이며 양갈비 한 대를 쥐고 뜯자, 형은 캠프에서 본 양 잡는 과정에 대해서 설명했다. 이들은 양을 죽일 때 최소한의 고통을 주는데, 예리한 칼로 가슴을 5센티미터 정도 찢은 뒤 손을 집어넣어서 심장 동맥한 가닥을 순간 움켜쥐어 즉사시킨다는 내용이었다. 그 속도가 얼마나 빠른지 양은 울지도 않고 피 한 방울 흘리지 않았는데, 신경은 여전히 살아 있어서 배를 가르고 가죽을 벗기는데도 큰 눈을 계속 껌벅거렸다고 했다.

간호대 교수가 크게 고개를 끄덕였다. 그녀도 어느덧 이야기에 빠져들었는지 유심히 듣다가 눈을 질끈 감았다. 내가 손에 기름을 묻히고 이제껏 열심히 먹던 갈빗대를 접시 위에 탁 떨어뜨리자, 세 사람이 동시에 웃었다. 나는 그녀를 촛불 너머로 바라보며 남부 고비 팀에 속하기를 바랐다.

3

몽골에서 돌아와 일주일이 지나도 고비의 모래가 발견되었다. 간혹 귀를 후비다가도, 그곳에서 입던 옷 주머니에 손을 찔러 넣다가도 황갈색 고운 모래가 묻어 나왔다. 수첩의 갈피, 모자의 챙, 손목 시곗줄의 주름, 라이터, 선글라스의 브리지 조인트 지점에서도 미세한 알갱이가 보였다. 주름지고 빈 곳마다 고비의 모래는 구석구석 숨어 있었다. 모래는 물과 달리 위치를 이동할 뿐 증발하는 것이 아니었다.

고비가 오래전에 바다였다는 말은 부인할 수 없는 사실이었다. 러시아제 사륜구동 승합차 푸르공을 타고 달리다 보면 멀리 푸른 바다가 보였다. 분명히 저 먼 곳에 둥글게 걸쳐 있는 것은 지평선이 아니라 수평선이었다. 먼 곳에서는 파도가 넘실대고 지근거리의 모래벌판은 해변 같았다. 그러나 차를 타고 종일을 달려도 바다에는 닿지 못했다. 이른바 '고비 신기루'였다. 여덟 시간을 달리면 그 환상의 수평선은 다시 여덟 시간 뒤로 멀어졌다.

어른고비의 바잉작에 도착하자 우리 앞에는 거대한 붉은 벼랑이 놓여 있었다. 시야가 닿는 곳 너머까지 거칠게 굽이굽이진 메마른 협곡은 장관이었다. 누군가 미국의 그랜드캐니언 같다고 말했다. '바잉작'의 뜻은 놀랍게도 목초지였다. 가이드가 설명했다.

"이곳은 전에 바다였고 여러분이 보시는 곳은 가장 깊은 곳이었대요. 몇 년 전만 해도 조개 화석이 많았고 다른 물고기 화석도 정말 많았어요."

고대 수생생물의 화석이 대량 출토된 곳. 그러니까 발밑에 펼쳐진 벼랑 아래는 바다의 바닥이자 해저 혹은 심연인 셈이었다. 가이드는 밑에 내려갔다 오라며 시간을 넉넉히 줬지만 일행 대부분은 그 말을 그저 웃어넘겼다. 나는 주변을 둘러보다가 완만한 곳을 골라 아래로 발을 디뎠다. 저 밑에 내려가면 왠지 지상의 모든 침묵이 고여 있을 것 같았다. 물기라곤 찾아볼 수 없는 그곳에도 가시풀이 듬성듬성 자라고 있었다. 걸음을 옮길 때마다 절벽에 붙은 연녹색 도마뱀들이 긴 꼬리를 흔들며 도망을 쳤다. 가장 깊은 곳에 닿았을 때, 놀랍게도 그녀가 그곳에 서 있었다.

"혹시 담배 있으시면…… 저 하나만 주실래요?"

담배를 건네고 라이터로 불을 당겨주자 그녀가 내 손등 위에 자신의 손을 포개 바람을 막았다.

"3년 전에 끊었는데, 이곳에 오니 안 피울 수가 없네요."

나는 그저 씽긋 웃어주고는 허리를 굽혀 바닥을 살피며 천천히 걸었다. 그녀의 목소리가 뒤에서 들렸다.

"뭘 그렇게 찾아요?"

"바다였다면서요? 닻이 닿았던 자리를 찾고 있어요."

"그게 남아 있을까요? 모래바람이 이미 지워버렸을 텐데."

"그래요?"

나는 허리를 잠깐 폈다가 다시 낮은 자세로 주변을 자세히 살폈다. 저 위에 분명히 일행들이 있을 텐데 아무 소리도 들리지 않았다. 그녀가 정적을 깨고 물었다.

"이번엔 또 뭘 찾아요?"

"고래의 뼈."

"에이, 그 뼈는 이미 모래가 되었다가 바람이 되었을 텐데요."

순간 모래바람이 훅 불어와서 나는 고개를 돌리며 눈을 감았다. 그녀가 곧 짧은 비명을 질렀다. 돌아보니 그녀는 두 손으로 얼굴을 감싸고 있었다. 다가가 괜찮으냐고 묻자 그녀가 매우 아픈 듯이 말했다.

"아, 눈에 모래가 들어갔어요."

나는 어찌할지 몰라 당황한 그녀 앞에 서서 말했다.

"눈물을 흘려봐요."

"아, 잘 안 돼요. 눈물이 말랐나 봐요!"

"그럼, 이렇게 해봐요. 효과가 있을 거예요."

나는 그녀의 손가락 사이에서 타들어가는 담배를 빼앗아 연기를 깊이 빨았다. 침에 약간 젖은 필터는 부드러웠다. 그리고 입술을 앞으로 모아 연기를 곱게 만들어 그녀의 눈가에 조용히 불었다. 손으로 그녀의 뺨을 살짝 감싸자 뺨에서도 모래가 서걱거렸다. 눈꺼풀은 경련을 일으키며 내 입에서 나오는 연기를 받아들이기 위해 잠깐씩 열렸다 닫혔다. 긴 속눈썹이 촉촉해지면서 곧 눈물이 눈꼬리를 타고 흘러내렸다. 고개를 치켜들고 눈물을 흘리는 그녀의 얼굴을 보자 심장이 빠르게 뛰었다. 필터를 깊이 빨 때마다 나는 코 아래 있는 그녀의 붉고 마른 입술에서 눈을 뗄 수 없었다. 높은 하늘과 바다의 밑바닥 그 사이에 오직 그녀와 나만 낙오된 듯 아득했다.

저 위에서 "곧 출발!" 하고 외치자 소리가 골짜기와 골짜기 사이로 메아리치며 흘러 다녔다. 나는 서둘러 완만한 곳을 찾아서 붉은 절벽을 먼저 올라갔다. 발을 디디면 모래가 바스러지며 쏟아져 내려서 내려올 때보다 훨씬 힘들었다. 그녀는 체면 차리지 않고 두 손으로 땅을 짚고 엉금엉금 올라오는데도 곧잘 미끄러졌다. 심지어 내 발끝에 채인 모래가 그녀의 머리 위로 떨어지기도 했다. 나는 아래를 내려다보며 그녀를 향해 팔을 길게 뻗었다.

*

귀국 후 사흘이 지났을 때, 백 선배를 학교에서 우연히 만나 술자리를 함께했다. 우리는 싱싱한 오징어회를 안주로 소주를 마셨다. 백 선배는 북부 팀이었고 나는 남부 팀이어서 못다 한 말이 많았다. 남부 팀이 처음부터 끝까지 모래 구덩이를 헤매는 동안 북부 팀은 박물관과 사원을 중심으로 답사한 모양이었다. 그러다가 잠깐 낙마 사고가 언급됐고 자연스럽게 그녀에 대한 이야기가 흘러나왔다.

닷새 동안 함께 고비를 여행한 나보다 백 선배는 그녀에 대해 더 많은 것을 알고 있었다. 나는 그녀가 타워펠리스에 산다는 말을 듣고는 알 수 없는 격차를 느꼈다. 그녀가 명문 여대의 학부와 대학원을 졸업했고 나보다 다섯 살 어린 서른두 살이라는 얘기를 듣는 중에도 머릿속에는 그녀가 사는 초고층아파트가 떠나지 않았다. 위성도시의 연립에 사는 나로서는 고비를 건너는 일보다 서울의 강남인 그곳이 오히려 닿기 어려운 거리로 다가왔다. 불현듯 대학 시절 한쪽은 복장을 갖춰 승마를 배우는 동안 한쪽은 삽자루를 들고 말똥을 치우는 장면이 스쳤다. 몽골에서는 오직 말을 같이 달렸다는 기쁨만 있어서 미처 생각하지 못했던 부분이었다.

"너 이번 금요일 모임 가냐?"

"형, 나 그 모임 가기 싫은데?"

"무슨 말이야? 너는 무조건 가서 따까리 해야지. 송별회까지 겸한다는데."

"송별회라니요?"

그녀가 곧 2년 정도 미국 보스턴으로 떠난다는 소식이었다. 금시초문이었다. 보스턴에서 도대체 뭘 하느냐고 묻자 선배는 "포스트 닥터 코스 정도 하지 않겠어?" 하고 반문하며 일어나 화장실에 갔다. 2년 후면 나는 서른아홉이었다. 이 무슨 허무맹랑한 계산인가, 고개를 저으며 소주를 들이켰다. 그리고 막막한 기분에 휩싸여 그녀를 마지막으로 봤던 때를 떠올렸다.

고비를 나오기 전, 기념품을 늘어놓고 파는 허름한 좌판에서 나는 물고기 목걸이를 발견했다. 매끄럽고 단단한 옥돌로 만든 물고기는 손가락만 한 크기였다. 물건을 파는 여인은 고비의 돌로 만든 물고기라고 했다. 무딘 조각칼로 가늘게 홈을 낸 입과 아가미 주위로 반원 모양의 비늘이 서툴게 새겨져 있었다. 유선형의 머리는 마치 성기의 귀두를 연상시켰다. 정교하지 않은 솜씨가 고비의 분위기와 어울렸다. 물고기를 조각한 장인은 어쩌면 바다를 본 적이 없을지도 몰랐다. 나는 목걸이를 주머니에 넣고 기회를 엿보다가 귀국 직전 울란바토르공항에서 그것을 그녀에게 슬쩍 건넸다.

"바다를 본 적이 없는 장인이 만든 고비 물고기예요."

"어머, 정말 예쁘네요! 저는 아무것도 드릴 게 없는데……."

"한국 돌아가면 한 번 봐요."

내가 무심히 말하자 그녀는 장난스럽게 대답했다.

"좋아요. 그럼 한 번만이에요. 너무 늦으면 안 돼요."

무슨 일이 생겼는지 강 교수가 나를 찾는 소리가 들렸다. 나는 그녀에게 영원히 각인될 멋진 말을 궁리했으나, 결국 발걸음을 떼며 한 말은 싱거운 농담이었다.

"그거 아무리 예뻐도 구워 드시고 그러면 안 돼요. 잘 안 익거든요."

그녀가 풋, 하고 웃으며 어서 가보라는 손짓을 했다.

화장실을 다녀온 선배는 오징어회 접시에서 제대로 썰지 않은 다리를 젓가락으로 들어 올렸다. 토막이 났어도 신경이 살아 있는지 여전히 꿈틀거렸다.

"너 이게 뭔 줄 알아?"

"와, 그것만 유독 가늘고 기네요."

"이게 말이야, 수컷 오징어가 교미할 때 암컷을 힘껏 끌어안는 팔이야. 교접완이라고!"

선배는 그것을 초고추장에 찍으며, 열 개의 다리 중에 이런 게 두 개 있는데 평상시엔 먹이를 포획하는 촉수로 쓰인다고 덧붙였다.

"잠깐!"

나는 선배의 동작을 멈추게 하고는 젓가락을 뻗어 그 다리를 빼앗아 먹었다. 그리고 그것을 오물오물 씹으며 다른 한쪽을 찾았다. 가늘고 긴 다리를 내가 집어 올리자 선배가 외쳤다.

"잠깐!"

나는 들은 척도 안 하고 그것을 바로 입에 넣었다. 하긴 노총각이 먹어야지, 자신 같은 유부남이 먹어서 뭐 하겠느냐며 투덜거리던 선배가 갑자기 한쪽 눈썹을 치켜올리며 말했다.

"근데 어째 너 좀 이상하다."

백 선배가 유심히 내 얼굴을 살펴보더니 빙긋이 웃으며 잔을 들었다.

"짜식…… 너 베였구나?"

나는 소주잔을 들어 그의 잔에 세게 부딪치고는 홀짝 들이켰다. 어른고비의 바잉작에서 눈을 감고 고개를 치켜든 그녀의 옆모습이 떠올랐다. 가늘게 떨리던 그녀의 눈꺼풀과 촉촉한 속눈썹 그리고 부드러운 콧날 아래의 붉은 입술이 잊히지 않았다. 바람이 바람을 껴안듯, 구름이 구름에 겹치듯, 모래가 모래를 뒤덮

듯, 허공이 허공에 섞이듯 그렇게 입술과 입술이 포개졌어야 했다는 후회가 들었다.

4

　나흘 밤낮을 모래만 보며 달리니 시야가 황량했다. 시야는 그저 텅 비어 있어서 초점을 맞출 곳이 아무 데도 없었다. 아무리 달려도 사방은 둥근 지평선이었다. 여기가 거기 같고 거기가 저기 같으며 저기가 여기 같았다. 하늘과 땅이 분간되지 않았고 이쪽과 저쪽의 구분이 무의미했다. 고비는 애초부터 경계가 없던 땅이었다. 경계 없는 벌판으로 간혹 양 떼와 낙타 무리가 줄을 지어 지나갔다.

　네 명의 동승자들의 눈동자 역시 총기가 걷히고 막막해 보이기는 마찬가지였다. 그들의 얼굴에는 웃음이 사라지고 누런 흙먼지가 덮여 있었다. 위안이라면 그녀가 우리 3호 푸르공 멤버라는 점이었다. 남부 고비 인원은 열다섯 명이어서 세 대의 푸르공으로 나뉘었다. 영향력 있는 분들은 영향력 있는 분들끼리, 가족은 가족끼리 멤버가 묶이자 우리 차는 자투리 인원으로 구성되었다. 나는 간혹 룸미러나 차창에 비친 그녀의 얼굴을 바라보았다. 그것이 내게는 고비에서의 유일한 초점이었다.

　소비에트연방 당시 도로가 없는 시베리아에서 병력 수송용으로 고안된 푸르공은 길을 만들면서 달렸다. 처음 고비에 들어섰을 때, 멋진 곳이 나타나면 우리는 어설픈 몽골어로 운전사 수캐에게 손짓을 했다. "엔드(여기)!" "텐드(저기)!" 접속사 '그리고'에 해당하는 말이 '바'라는 것을 배운 뒤에는 "엔드 바 텐드!"라고 외쳤다. 몽골 기마돌격대를 닮은 수캐는 자갈길이건 언덕이건 장애물을 거침없이 돌파했다. 날뛰는 말 위에 올라탄 것처럼 우리 다섯 명은 콩 볶듯이 사방으로 튀었다. 냉난방 장치가 없어 열어놓은 차창으로 흙먼지가 그대로 들어왔다. 푸르공은 최소 요건으로 최대 효과를 발휘하도록 디자인되었는데, 공학자들이 효율성에만 치중한 나머지 사람 타는 것을 깜박 잊고 만들었다는 말이 맞았다.

닷새째 되던 날 점심을 먹고 만달고비(Mandal-Gobi) 부근에서 우리가 탄 푸르공이 고장 났다. '덥축'이라는 무덤처럼 작은 구릉 지대를 통과하려다가 생긴 일이었다. 푸르공의 그런 거침없음이 오히려 불상사를 만든 셈이었다. 그동안 타이어가 펑크 나거나 잔고장이 날 때마다 뚝딱뚝딱 고쳐내던 수캐도 이번엔 운전석을 뜯어내고 내부를 보더니 앓는 소리를 냈다. 오늘 안으로 이곳을 빠져나가 울란바토르공항에 집결해서 귀국길에 올라야 했다.

"우주의 낯선 행성에 불시착한 기분이네요."

푸르공 안에서 시달리던 그녀와 나는 천천히 들판을 걸었다. 일정이 지루하고 고단한 탓인지 그녀는 간혹 담배를 태우자는 신호를 보냈다. 나이 드신 분들의 눈을 피해 우리는 푸르공을 뒤로하고 사막을 걸었다. 나는 휴대용 플라스크를 꺼내 그녀에게

"아르히?" 하고 물었다. 몽골 보드카였다. 그녀가 한 모금을 마시고는 내게 조용히 건넸다. 모래먼지를 오래 맞다 보면 물로는 해결되지 않는 갈증이 있었다. 몇 모금을 연속으로 들이켜자 목구멍에서 화약이 터지듯 후끈했다.

"아, 저기 좀 봐요!"

그녀가 가리킨 손끝에 동물의 뼈가 누워 있었다. 지금껏 보던 것과 달리 머리부터 갈비뼈와 다리까지 형태가 온전하게 남은 것이었다. 말인지 낙타인지 가늠하기 힘든 뼈를 바라보며 그녀와 나는 담배를 피웠다. 암컷인지 수컷인지 구별하기 어려웠고 언제부터 누워 있었는지도 막연했다. 한 걸음 떨어진 곳에 발목 뼈가 보였다. 유목민들은 말과 낙타가 죽으면 발목을 잘라 굽이 하늘로 향하게 땅에 묻는다는 말이 떠올랐다. 막상 가이드는 그 풍습의 연유에 대해서는 답을 못 했다. 인간의 노역을 감당하느라 평생 모래밭에 담갔던 발목. 살아서 가지 못한 길을 죽어서는 마음껏 가라고 족쇄를 풀어주는 장례 의식으로 짐작될 뿐이었다.

"한때 따뜻한 피가 돌던 짐승이었겠죠?"

그녀의 말에 나는 고개를 끄덕였다. 한때 짝짓기를 위해 잘 보이려고 사뿐사뿐 사방을 뛰어다녔을 테고, 연한 풀을 찾아 뜯으며 입 안 가득 녹색의 풀즙으로 목마름을 지웠을 것이다. 그녀가 조용히 말했다.

"갈비뼈가 꼭 현악기의 스트링 같네요."

우리는 앉아서 보드카를 홀짝이며 그 늑골 사이로 지나가는 바람 소리에 귀를 기울였다. 털가죽, 살, 지방, 오장육부, 힘줄, 혈관들을 모두 내려놓고 오로지 뼈로만 하는 연주. 정적을 베이스 삼아 모래바람이 그 텅 빈 뼈들을 뒤흔드는 고비의 연주를 오랫동안 들었다. 바람이 의외로 거셌다. 그녀의 머리와 목에 훌훌 감겨 있던 스카프가 벗겨지며 펄럭거렸다. 닷새 이상 감지 못한 머리가 고스란히 드러나도 그녀는 별달리 부끄러워하지 않았다. 그녀가 필터 가까이 담배를 태우며 담담하게 수수께끼를 내듯 물었다.

"지금 이 바람은 암컷일까요, 수컷일까요?"

순간 발목까지 내려오는 그녀의 치마가 훌렁 낙하산처럼 부풀어 올랐다.

"아, 답이 금방 나왔네요. 수컷이네요."

내가 웃으며 대답하자 그녀는 키득키득거리며 치마를 갈무리했다. 나는 엉덩이를 털고 일어났다. 그리고 70년대 흑백영화의 남자 주인공 같은 억양과 몸짓을 흉내 냈다.

"그럼 기분도 꿀꿀하고 그런데 우리 어디 조용한 데 가서……."

"어디 조용한 데 가서요?"

"지평선이나 보면서, 따끈하게 오줌이나 한번 갈길까요?"

그녀가 쿡, 하고 웃음을 터뜨렸다. 그리고 벌떡 일어나 성큼성큼 걸어갔다. 바짝 말라서 뿌리 뽑힌 풀들이 바람을 타고 허공에 날아다녔다. 바람결에 섞인 굵은 모래가 뺨을 긁으며 스쳐 갔다. 아무리 걸어도 몸을 가릴 만한 곳은 없으므로 그녀가 먼저 자리에 주저앉았다. 고비에서 닷새를 함께 헤매지 않았더라면 쉽게 할 수 없는 일이었다.

흑설탕 같은 벌판 위로 뭉게뭉게 피어난 흰 구름이 눈높이에 걸려 있었다. 맨 처음 딴 목화솜처럼 순결한, 누구의 손때도 타지 않은 뽀송뽀송한 구름이었다. 우리는 그 구름 아래에서 대여섯 걸음 정도 떨어져 함께 지평선을 바라보며 오줌을 눴다. 바람이 거센 탓인지 오줌 줄기가 누운 'S' 자 모양으로 파동을 그리며 날아갔다. 허공에 그리는 무늬였다. 등 뒤에서 그녀의 오줌발이 뜨거운 모래 속으로 파고드는 소리가 들렸다.

마침내 수캐는 녹슨 스패너를 연장통에 집어 던졌다. 우리가 낙오된지도 모르고 다음 행선지까지 갔던 2호 푸르공이 가이드를 대동하고 한참 만에야 나타났다. 나이가 지긋한 2호 푸르공 운전자가 랜턴을 밝히고 기름 범벅이 되어 차체 밑을 몇 번이나 들락날락거렸지만 속수무책이었다. 비라도 오려는지 두꺼운 먹구름이 몰려들자 주위는 삽시간에 어두워지고 기온이 내려갔다. 수캐는 2호 푸르공의 조수석에 올라앉자마자 한숨을 길게 몰아쉬었다. 기마돌격대 같던 그의 얼굴이 시무룩했다. 어두워지는 사막에서 수캐의 푸르공은 숨이 끊긴 덩치 큰 짐승 같았다. 튀어나온 바위의 날카로운 면이 내부의 회로 한 가닥을 베어낸 게 분명했다.

가이드와 함께 뒤의 여섯 자리에 우리는 꼭 끼어 앉았다. 기다림과 추위에 지친 동승자들은 아무 말도 하지 않았다. 안은 미등이 켜져 있고 밖은 어두워서 차창에 일행의 고단한 얼굴이 돋았다. 고비의 저녁이 만든 거울이었다. 그들은 모두 앞만 보고 있었다. 누구도 고개를 옆으로 돌려 밖을 보지 않았다. 옆이나 앞이나 오직 허공과 어둠뿐이었으므로 어쩌면 자신의 모습을 보고 있다는 표현이 맞았다. 앞자리의 왼편에 앉은 나는 뒷자리의 오른편에 앉은 그녀에게 초점을 맞췄다. 그리고 어느 순간 불투명한 반사체에서 서로의 눈길이 잠깐 부딪쳤다. 그 섬광과 같은 찰나의 번쩍임에 나는 몸이 찌릿했다.

*

몽골에서 돌아온 날부터 나는 그녀를 앓았다. 이전과 마찬가지로 전철을 타고 학교에 가고 연구소에서 프로젝트 지원서를 작성하고 늦게 귀가하여 저녁을 먹었지만 나는 분명히 어딘가를 심하게 앓고 있었다. 몸은 이곳에 있지만 마음은 여전히 저곳을 헤매고 있었다. 전철에서 창밖을 보거나 연구소에서 예산을 짜거나 식탁에서 숟가락질을 할 때면 불쑥불쑥 고비가 펼쳐지고 그녀가 나타났다. 그녀와 보낸 8일. 중국어로 발음하면 고귀한 무엇인가 일어난다는 뜻의 '8(發)'. 나는 고비의 모래알 틈에 딸려 온 낙타풀 씨앗이 그새 움을 틔웠다는 것을 알게 되었다.

극소량의 수분으로 생존하는 고비의 가시풀. 사막에서 나고 자란 가이드는 겨울에 먹을 것이 없을 때, 낙타가 입에 피를 흘리며 먹는 그 보잘것없는 풀 한 포기가 거대한 사구를 만든다고 했다. 바람을 타고 가던 모래가 그 풀에 걸려 두꺼비집을 만들고, 두꺼비집은 모래 봉분으로 자라고, 봉분이 언덕으로 커지면, 기댈 것이 필요한 모래들이 사방에서 모여들어 사구를 이룬다는 것이다.

불을 끄고 침대에 누우면 푸르공의 차창에서 섬광처럼 마주친 그녀의 눈빛이 어김없이 나타났다. 낙타풀은 그녀의 눈빛을 받으며 실뿌리를 내리고 줄기를 뻗고 가시를 세웠다. 그리고 죽은 짐승의 갈비뼈를 통과하는 고비의 바람 소리에 섞여 모래가 날아왔다. 초침과 함께 누적되는 모래언덕. 새벽이면 모래언덕은 거대한 그녀의 나신(裸身)으로 변모했다. 그리고 아주 천천히 몸을 뒤틀었다. 그것은 매혹적이었으나 품에 안기에는 너무 컸고 곁에 두기에는 쉽게 부서졌다. 나는 이러지도 저러지도 못하고 그녀의 풍만하고 굴곡진 젖가슴과 허리와 골반과 엉덩이와 허벅지 사이를 우왕좌왕 헤매다가 지쳐 쓰러지곤 했다.

백 선배와 만나고 돌아와 이틀을 더 앓다가 결국 나는 그녀에게 메일을 썼다. 7시 송별회가 시작되기 전 5시에 만나자는 내용이었다. 당신의 인생에서 두 시간만 내게 내어달라고 부탁했다. 그리 길지 않은 메일을 쓰는 데 세 시간이 걸렸는데 동의하는 답신은 3분 만에 휴대전화 문자로 수신됐다. 그런데 마치 기다리고 있었다는 듯이 약속을 방해하는 일이 연이어 터져 발목을 붙잡았다.

문제는 휴대전화였다. 명동으로 전철을 타고 가는 중에 연구소장으로부터 전화가 걸려왔다. 소장은 프로젝트 심사가 코앞인데 구성안이 엉망이라며 호통부터 쳤다. 그리고 수정할 곳이 몇 군데 있으니 당장 고쳐서 보내라는 불호령을 내리고는 전화를 끊었다. 연구원 몇 사람의 생계가 걸린 사업이기 때문에 미룰 수 없는 일이었다. 다음 역에서 내려 피시방을 찾았으나 아무리 뛰어다녀도 찾을 수가 없었다. 날은 무덥고 마음은 조급했다. 버스로 두 정거장 정도 거리에 피시방이 있다는 말을 듣고 택시를 잡아탔다. 막상 도착해서는 한글 프로그램이 깔린 컴퓨터를 사용하기 위해 순서를 기다려야 했다.

소장의 지적 사항 중 한 곳은 중요한 예산 신청 부문이었다. 항목이 두 개나 덧붙어서 1억 원의 금액을 전체 항목으로 재분배하고 각 항목의 세목별로 다시 나눠야 했다. 어렵다기보다는 시간을 잡아먹는 일이었다. 불행하게도 피시방에는 전자계산기가 없었다. 휴대전화를 찾는 순간 나는 그것이 수중에 없다는 것을 알았다. 허둥거린 나머지 어디에 흘린지도 모를 그것을 찾을 엄두가 나지 않았다. 계산은 더뎠고, 더해진 항목의 세목은 떠오르지 않았으며, 무엇보다 그녀에게 늦을 거라는 이메일을 보내놓고는 시간이 줄어들어 미칠 노릇이었다. 연구소장에게 수정안을 전송하고 택시를 잡아탔지만 금요일 저녁 도로는 꽉 막혀 있었다.

끝내 5시 약속을 지키지 못하고 7시 모임에도 30분이나 늦게 도착하고 말았다. 학회의 막내 격인 내가 일찍 와서 일을 돕지는 못할망정 반팔 셔츠가 땀에 후줄근히 젖어서 나타난 것이다. 나는 테이블 끝자리에 앉아서 잔이 오면 사양하지 않고 아무 말 없이 마셨다. 회장의 '후래자 삼배'를 마시고, 지도교수가 말없이 밀어놓은 폭탄주를 마시고, 지난 학기 강의를 마련해준 학과장님의 잔을 마시고, 다음 학기 강의를 배려해준 선배 교수의 술을 받아 마셨다. 짧은 시간에 폭탄주 여섯 잔이 들어가자 긴장이 풀리면서 정신이 몽롱했다. 그리고 중간중간 '위하여'를 외치며 맥주 글라스를 비웠다.

5

술자리는 중간에 좌석 배치가 몇 번씩 바뀌었다. 부회장이 공지를 내릴 때마다 회원들은 이쪽과 저쪽으로 나뉘었다. "학회 임원은 이쪽으로 오시고 그렇지 않은 분은 저쪽에 앉아주시기 바랍니다." 임원들은 회의를 따로 잡지 않고 이런 모임을 겸해서 다음 학술대회에 대해 대략적으로 논의했다. 한 사안이 끝나면 부회장은 다시 공지를 내렸다. "학술지 논문 게재자는 이쪽에 앉아주시고 그렇지 않은 분은 자리 이동을 부탁드립니다." 자리가 바뀌는 동안 그녀는 중앙을 벗어나지 않았고 나는 어떤 사안에 속하든지 맨 끝자리였다.

천 교수가 나타난 건 모든 안건이 끝난 10시경이었다. 그는 회장인 강 교수와 회원 전체를 향해 인사를 하더니 그녀의 옆자리에 앉았다. 천 교수는 더운 날씨에도 넥타이를 맨 양복 차림이었는데, 기품이 있고 풍채가 좋았다. 백 선배의 말에 따르면 집안이 상당할뿐더러 전도유망한 학자였다. 그가 눈앞에 나타나자 갑자기 현기증이 일어서 나는 마른세수를 하듯 두 손으로 얼굴을 여러 번 문질렀다. 국립대에 재직 중인 그가 이번에 하버드대학교의 교환교수로 파견되자 그녀가 남편을 따라서 떠나게 된 것이다. 강 교수는 오래 기다렸다는 듯 큰 소리로 외쳤다.

"후래자 삼배!"

그리고 빠른 손놀림으로 폭탄주를 제조했다. 두 잔은 맥주 글라스였고 한 잔은 기네스 스쿠너 잔이었다. 먹물 같은 검은 액체 세 잔이 천 교수 앞에 놓였다. 회원들이 박수를 치며 환호를 하자 천 교수는 자신 없다는 표정으로 술잔을 들었다. 나는 테이블 맨 끝에 앉아 그녀를 바라보았다. 주로 대화가 그곳에서 일어났기 때문에 그쪽을 보는 일은 그나마 자연스러웠다. 그녀는 내가 앉은 쪽으로는 눈길조차 주지 않았다.

"저, 죄송합니다. 더는 못 마시겠습니다!"

긴 시간을 두고 맥주 글라스 두 잔을 간신히 비워내더니 천 교수가 미간을 찌푸리며 말했다. 가만히 지켜보던 강 교수가 입을 열었다.

"이런 미모의 아내를 책임지려면, 학계의 국가대표라면, 응당 마셔야죠!"

회장이 그렇게 종용하자 그녀가 회장의 어투를 따라 하며 장난스럽게 응수했다.

"아, 창피하네요. 용기 있는 남자라면, 응당 마셔야죠!"

보통 남편 역성을 들기 마련인데 그녀는 오히려 반대편에서 야유를 보내 좌중을 흥겹게 만들었다. 그녀는 자신의 물잔을 들며 남편에게 건배를 하자고 제안했다. 무슨 까닭인지 강 교수는 오늘의 주인공인 그녀에게만은 술을 한 잔도 주지 않았다. 다른 임원들도 마찬가지였다.

"아, 우리 천 교수님, 이대로 무너지나요? 자, 같이 마셔요. 한 번에 쭉!"

"안 돼, 안 돼, 정말이야! 마시면 큰일 날 것 같아!"

얼굴이 터질 것처럼 붉게 달아오른 천 교수는 팔을 내밀어 그녀를 향해 손사래를 쳤다. 그녀는 그와 약간의 실랑이를 벌였다. 폭탄주에 시선이 집중되어서 마치 무대 위에 핀조명이 들어온 듯 보였다. 실랑이가 의외로 길어지고 강 교수가 만류를 하지 않자 부회장이 자리에서 일어났다. 이대로 가다간 송별 모임에서 부부가 마음 상하는 일이 벌어질 듯했다. 부회장은 자리를 정리하기 위해 공지를 했다.

"잠깐 차량 안내 말씀드리겠습니다. 강남 방향은 여기 천 선생 차를 이용하시고, 강북 방향은 양 선생 차에 탑승하시기 바랍니다. 그리고 비서울권은 전철 막차를 생각하셔서 10분 내에 일어나셔야 합니다. 아, 물론 술이 부족하신 분들은 우리의 영원한 주당 회장님을 따라가시면 됩니다."

마지막 멘트에 사람들이 웃음을 터뜨렸다. 그리고 부회장은 강 교수를 향해 정중하게 말했다.

"회장님, 그럼 마지막으로 인사 말씀 하시죠?"

그런데 강 교수는 바위처럼 꿈쩍도 않고 검지 끝으로 '폭탄'을 가리켰다.

"이 잔이 비워지면 하겠습니다."

그의 초지일관한 자세에 몇 사람이 웃었지만 천 교수와 그녀는 난처한 기색이었다. 그녀가 천 교수를 설득하듯 귓속말로 속삭였으나 천 교수는 조용히 고개를 가로저었다. 좌중의 눈길이 다시 그 잔에 쏠렸다.

*

"괜찮다면, 제가 마시겠습니다."

나는 자리에서 벌떡 일어섰다. 의자가 바닥을 긁으며 날카로운 소리를 냈다. 그리고 말석에서 일어나 중앙 테이블로 걸어가서 그녀와 그 사이에 섰다. 스쿠너 잔에 담긴 폭탄주를 집어 들자 무게가 묵직했다. 조명은 이제 내 머리 위로 쏟아지고 있었다.

"좋아, 대타 허용! 마시고 다음 주자 한 명 지명해!"

강 교수가 남은 술을 모아 섞으며 지시했다. 나는 그의 말을 가볍게 밀어내며 말했다.

"지명보다는 모레 떠나시는 윤 선생님께 선물을 하나 드리고 싶습니다."

술자리의 끝물이라 얼큰하게 취한 회원들이 '선물'이라는 단어에 와아, 하는 탄성을 질렀다. 테이블 여기저기서 "뭐야? 뽀뽀라도 하는 거야?" "두 사람 선물 주고받는 사이였어?" "노래하는 건가? 이별가?" 하는 반응이 들렸다. 나는 술잔을 허공에 잠깐 들었다가 내가 할 수 있는 가장 빠른 속도로 들이켰다. 잔이 비워지자 여기저기서 박수가 나왔다. 새로운 시각의 논문 발표나 전체 학술대회 준비 등 가장 어렵고 힘든 일을 할 때는 받지 못했던 박수였다.

빈 잔을 소리 나게 천 교수 앞에 내려놓고 나는 덥석 접시의 오징어를 집어 들었다. 그리고 가늘고 긴 다리 하나를 큰 동작으로 쭉 찢어냈다. 그다음 그것을 그녀의 입가에 갖다 댔다. 이 장난을 어떻게 받아들여야 할지 난감해하면서도 그녀가 그것을 받아먹자 회원들이 소리를 지르며 박수를 쳤다. "어머, 선물이 저거였어?" "차라리 뽀뽀가 낫겠다." "노래는 안 부르나? 무반주로?" 들쑥날쑥 웅성거리는 소리가 들렸다.

나는 나머지 긴 다리를 찢어서 입에 물고는 뒤로 돌아섰다. 그리고 출입구를 향해 비틀거리며 걸어갔다. 걸음을 옮길 때마다 눈에 필터를 끼운 것처럼 흐릿한 화면이 좌우로 길게 찢어졌다. 걷는 동안 다리에 걸리는 의자는 전부 쓰러뜨렸다. 나는 인사도 하지 않고 그대로 유리문을 열고 밖으로 나갔다. 뜨거운 바깥공기가 훅, 하고 몸을 덮쳤다.

토요일 명동의 밤거리는 인파로 붐볐다. 행인들은 길의 이쪽과 저쪽으로 나뉘어 천천히 밀려오고 천천히 쓸려갔다. 도대체 어디에서 쏟아져 나와 어디로 흘러가는지 매번 의문이었다. 형형색색의 네온이 머리 위에서 번쩍거렸다. 상점의 스피커에서 나오는 중국어와 일본어와 영어가 귓전으로 날아들었다. 더운 바람이 불자 행인들의 발에 밟혔던 각종 전단지들이 펄럭거렸다. 고비와 다른 곳이었지만 황량하기는 다를 바 없었다. 나는 오징어 다리를 입에 물고 명동 거리를 비틀거리며 걸었다. 모레가 되면 그녀가 떠난다는 사실 한 가지만 떠올랐다.

이곳을 떠나 저곳으로 가는 그녀에게 나는 무슨 말을 하고 싶었던 것일까. 볼 것도 없고 얻을 것도 없고, 그저 비우고 오라는 선생의 금언을 잊고 도둑놈처럼 무엇을 훔치려 했던 것일까. 사방팔방이 텅 빈 그곳에서 슬금슬금 무엇을 얻으려 기웃기웃했던 것일까. 비우는 작업도 고도의 연습이 필요한 것이어서 말처럼 쉬운 일이 아니었다. 잠깐 맺힌 물방울 같은 이 감정도 곧 증발할 것이다. 다행히 물방울은 뼈가 없으니 증발하고 나면 흔적이 남지 않을 것이다.

전철 입구의 모서리를 돌 때 나는 이제껏 씹던 오징어 다리를 쓰레기통에 퉤, 하고 뱉었다. 그리고 뒤를 돌아보며 중얼거렸다.

"바야르테, 허르홍 부스구이(그럼 안녕, 예쁜 여인)!"

걸음을 떼자, 급작스레 속에서 격렬한 통증이 치밀어 올라 나는 출입구 번호를 알리는 기둥을 붙들었다. 고비에서 돌아온 지 일주일 만이었다. 어디선가 거대한 모래언덕이 허물어져 내리는 굉음이 들렸다. 온몸에 힘이 쭉 빠지며 한쪽 무릎이 꿇리고 발목이 접혔다. 나는 허리를 굽히고 고개를 떨어뜨리며 손바닥으로 땅을 짚었다.

* 일부 이미지는 최승호 시집 『고비』(현대문학, 2007)에서 왔다.

리키의 화원

Level 1

　리키는 종합 장애물 경기의 출발대에 들어섰다. 바람이 불어와 높은 곳에 선 그의 금빛 머리카락이 흩날렸다. 리키는 고개를 들어 눈앞에 펼쳐진 장애물들을 바라보았다. 5단계의 장애물 아래 고인 물웅덩이의 수면이 7월의 햇살에 거울처럼 반짝였다. 수십 대의 카메라와 수많은 관중의 시선이 그를 향했지만 그의 눈동자는 흔들림이 없었다.

　"〈가자, 우리 팀〉 오늘의 마지막 도전자, 리키 정! 과연 42초의 기록을 깨고 챔피언이 될 것인지!"

　긴장된 진행자의 목소리가 스피커를 통해 장내에 울렸다. 최고 기록은 상대 팀인 태권도 국가대표 시범단의 주장이 세운 것이었다. 사전 공연에서 도우미가 다른 선수의 어깨를 밟고 올라서 높이 든 송판을 주장이 공중 900도 발차기로 격파했을 때 관객은 벌린 입을 다물지 못했다. 그것은 이제껏 본 적도 없고 봤다고 해서 흉내 낼 수도 없는 고난도의 발차기였다. 내가 세운 신기록 45초 35를 주장은 3초 단축시키며 파란을 일으켰다.

출발 버튼을 누른 리키는 도움닫기를 하여 다섯 개의 징검다리를 성큼성큼 건넜다. 두 개의 밧줄로 연결된 25미터 낭떠러지 구간에서는 놀라운 균형감각으로 몸이 거의 흔들리지 않았다. 공중사다리를 올라타자 참가자들은 소리를 지르며 자리에서 일어났다. 모두가 팔을 뻗어 원숭이처럼 매달려 건너던 구간을 리키는 두 발로 빠르게 훑고 지나갔다. 가로대를 평지처럼 디디며 하늘을 걷는 그를 우리는 고개를 들어 올려다보았다.

팔 힘을 아낀 그가 10미터의 외줄 로프에 매달리자 공중에 달린 드럼통에서 물이 쏟아졌다. 리키는 흠뻑 젖은 채 줄을 타고 올라가 꼭대기에 매달린 종을 울리고 내려왔다. 이윽고 엎드려서 슬라이드를 타고 내려와 도착 버튼을 누른 순간 진행자의 목소리가 스피커를 찢을 듯했다. 전광판의 스톱워치는 38초 02를 가리켰다. 최고 기록을 4초 앞당긴 것이었다.

관객들은 환호성을 지르며 기립 박수를 보내고 우리 팀 전원은 결승점까지 뛰어나갔다. 그리고 리키를 얼싸안으며 어깨를 걸고 발을 굴렀다. 우리는 그를 높이 헹가래 치며 축하했다. 진행자는 우리를 진정시키며 신기록을 세운 리키에게 소감을 물었다. 그가 메인 카메라 앞에 서자 나머지 팀원들도 양옆으로 늘어섰다.

"그저 눈앞의 장애물에 집중해서 최선을 다했습니다. 감사합니다.”

진행자는 리키를 기록시계 옆에 세우더니 포즈를 잡게 했다. 리키는 두 팔을 벌리며 소박하고 환하게 웃었다. 카메라플래시가 사방에서 그를 향해 쏟아졌다.

나는 그를 향해 박수를 치고 엄지를 치켜들었다. 지난 6개월 동안의 장애물 경기에서 30초대 진입은 처음이었다. 모두가 어려워하고 기대하지 않았던 일을 그는 아무렇지 않게 성공했다. 새로운 세계를 열어젖힌 신성(新星)의 등장이었다. 현장을 총괄하는 강 피디가 뒤에서 내 어깨를 툭 치며 눈을 찡긋 감았다.

“어디서 저런 괴물을 물어 왔어. 이따 한잔 살게.”

다음 주가 되자 응용 장애물이 설치됐다. 전체 포맷은 그대로지만 한두 구간이 업그레이드됐다. 징검다리가 평형으로 빙글빙글 돌고 외나무다리가 크게 회전하는 식이었다. 직진 장애물에 회전 장애물이 더해지자 전체 장애물의 규모는 전보다 복잡해지고 길어졌다.

제작진은 특공무술 팀과 무아이타이 팀과 이종격투기 팀을 3주 이어서 섭외했다. 경기 시작 전 무술 시연에서 그들은 놀라운 기량과 체력으로 우리를 압도했다. 촬영 현장에는 전과는 다른 새로운 긴장이 감돌았다. 지렁이처럼 바닥을 기던 시청률 곡선이 매회 조금씩 머리를 쳐들었다.

우리는 연승 행진을 이어갔다. 전에는 상대 팀을 한 번 이기기도 어려웠는데, 이제는 지기가 어려웠다. 운동 능력이 뛰어난 연예인들이 출연 의사를 밝혀 우리 팀의 전력은 보강되었다. 육상

100미터 경기에서 짐 하인스가 56년 만에 10초대 벽을 허물자 다른 선수들도 10초대를 깨뜨렸듯 리키가 40초대를 뛰어넘자 다른 참가자들도 기록 단축을 위해 눈에 불을 켰다.

그때까지 우리는 그 장애물의 수준을 아무도 '레벨 1'이라 부르지 않았다. 그저 종합 장애물 코스라고 불렀을 뿐이었다. 그런데 리키가 그 코스를 자유자재로 넘나들자 제작 팀의 누군가 그것을 레벨 1이라 칭했다. 나는 지금껏 해오던 운동량을 늘리고 개인 트레이너를 고용했다.

Level 2

리키의 인기는 프로그램 홈페이지 댓글에서 조짐이 보였다. 다음에도 그가 성공할 거라는 부류와 다음에는 성공이 어렵지 않겠느냐는 조심스러운 예견이 꼬리를 물고 이어졌다. 리키를 응원하든 하지 않든 그가 주목을 받고 있는 건 분명했다. 누군가는 너무 쉬운 장애물을 가지고 왈가왈부가 지나치다고 지적했다.

'레벨 2'는 회전 장치가 과감하게 도입됐다. 직진 장애물은 공중으로 높이 올라가고 회전 장애물은 속도와 크기에서 한층 강화됐다. 제작진은 상대 팀으로 신종 익스트림스포츠인 프리러너 팀을 섭외했다. 오로지 맨몸으로 건물과 건물 사이를 건너다니거나 외벽을 기어오르는 그들은 점프력, 순발력, 순간 판단력이 뛰어나서 고공과 회전 장애물에 최적화된 팀이었다. 무엇보다 프리러너는 장애물을 자신을 표현하는 도구로 삼는 아티스트였다.

레벨 2, 2차전은 1차전을 통과한 각 팀의 세 명이 선발되었다. 최고 기록은 리키가 1차전에서 세운 2분 30초 33이었다. 1차전이 맛보기 완주였다면 2차전은 선수들이 각 구간의 특성을 파악한 상태여서 기록 단축이 생명이었다. 과욕을 부린 앞의 세 명은 어이없이 넘어지거나 물속으로 곤두박질쳤다.

나는 심호흡을 하며 출발선에 올라섰다. 카메라맨이 내 얼굴을 클로즈업했다. 이상하게 이 자리에 서면 머릿속에 잡념이 들끓었다. 성공하여 환호하는 내 모습과 실패하여 낙망한 내 모습이 겹쳐 보였다. 마치 거울의 방에 들어선 듯 잡념에 들끓는 나를 다른 내가 옆에서 지켜보고, 그 광경을 또 다른 내가 줄줄이 지켜보곤 했다. 출발 버튼을 누르고 달려 나가자 장애물들은 굶주린 짐승처럼 울부짖으며 달려들었다.

도착 버튼을 누르자 진행자가 외치는 소리가 들렸다. 고개를 드니 전광판의 시계는 2분 20초 30이었다. 리키의 기록을 10초나 앞당긴 셈이었다. 나는 해냈다는 기쁨에 준비한 축하 세리머니로 공중제비를 몇 바퀴 돌았다. 그리고 대기석의 높은 곳에 마련된 1등석 의자에 앉았다.

프리러너 팀의 에이스가 스타트라인에 서자 관중석 전체가 들썩거렸다. 1차전부터 발군의 실력을 보인 그는 민첩한 동작과 과감한 돌파력으로 내 기록을 10초 앞당긴 2분 10초 44로 골인했다. 박수를 받으며 그가 대기석으로 돌아오자 나는 자리를 양보하고 두 번째 자리로 옮겨 앉았다. 열 살 이상의 체력 차이는 어쩔 수 없이 인정해야 했다. 카메라가 내 얼굴에 초점을 맞추는 걸 보니 '영원한 2인자, 씁쓸한 탈락의 교과서'라는 자막이 눈에 보이듯 선했다.

마지막 순서로 리키가 등장하자 일부 관중은 플래카드를 높이 들고 그의 이름을 목이 터져라 연호했다. 출발 버튼을 누르기 직전 경기장 내의 긴장감은 끊어질 듯 팽팽했다. 리키는 자신의 종전 기록에서 무려 20초를 앞당겨야 해서 부담이 컸다. 장애물은 전체 다섯 구간이었다. 그는 한 구간을 통과할 때마다 프리러너 에이스가 세운 랩타임을 약 2초씩 단축했다. 집중력, 민첩성, 심폐지구력, 순발력, 평형성, 유연성과 지구력, 근육 간 협응력에서 완전무결했다.

마지막 구간에서 리키는 온몸을 던져 워터 슬라이더의 물살을 가르고 내려와 팔을 뻗었다. 실제로 경기장은 해설과 응원 소리로 시끄러웠지만 내게 그의 동작은 음소거 상태의 슬로모션처럼 느껴졌다. 도착 버튼을 누르는 순간 비로소 귀청을 찢을 듯한 소리가 들렸다. 흥분한 진행자와 해설자의 목소리가 뒤섞이고 겹쳐지며 일파만파로 울려 퍼졌다. 전광판의 기록시계는 2분 00초 53을 가리켰다.

나는 천천히 자리에서 일어났다. 장애물이 어려워지자 초반 탈락자가 늘었지만, 리키의 능력은 더욱 돋보였다. 한 치의 오차도 없는 동작의 조화뿐만 아니라 차분한 실행력은 참가자들을 아연실색하게 만들었다. 팀원들은 박수를 치며 서로의 표정을 살폈다. 그것은 열패감과 부러움이 뒤섞인 울음 속의 웃음 같은 것이었다. 진행자와 카메라맨이 리키에게 달려갔다.

"다만 눈앞의 장애물에 집중할 뿐 다른 생각은 하지 않았어요."

촬영을 마치고 돌아오는 차 안에서 나는 리키의 우승 소감을 곱씹었다. 레벨 1의 우승 소감과 흡사했고 그다지 흥미롭거나 인상적인 말은 아니었다. 나라면 그렇게 밋밋하게 말하지 않을 텐데…… . 아직 예능 감각은 떨어지지만 그가 잡생각이 없는 인물인 것만은 분명했다.

두 달 전, 내가 속한 천주교 봉사단체는 서울 도심의 쪽방촌을 찾아가 도배 작업을 했다. 주부층이 주요 시청자인 아침 방송프로그램 카메라가 따라붙었다. 쪽방촌은 예상보다 훨씬 열악했다. 한 사람이 간신히 모로 누울 만한 방에서는 견디기 힘든 악취가 진동했다. 이 지역만 그런 방이 1000개가 넘었다. 신인 여자 탤런트는 동네 어디를 가도 피할 수 없는 악취에 진저리를 쳤다.

도배지에 풀을 바를 장소가 마땅치 않아서 공터에서 작업을 했는데, 리키는 뙤약볕을 맞으며 아침부터 쉬지 않고 풀을 발랐다. 그리고 틈만 나면 짐을 방 밖으로 빼내고 도배가 끝나면 다시 뛰어가 짐을 넣었다. 카메라가 있건 없건, 술 취한 주민이 시비를 걸든 말든 묵묵히 몇 사람 몫을 해냈다. 오후 활동 중에 중견 남성 탤런트가 그늘에서 땀을 식히다가 턱 끝으로 리키를 가리키며 물었다.

"쟤는 대체 정체가 뭐냐? 좀 지나친데?"

"그러게. 저건 봉사활동이 아니라 거의 독립운동 수준인데."

옆에서 그의 오랜 지기가 말을 받았다. 저러다 쓰러지면 곤란하니 쉬게 하라는 말을 듣고 나는 리키를 억지로 그늘로 데려갔다. 180센티미터가 넘는 장신에 백인 혼혈의 준수한 외모로 모델과 드라마 단역을 한다는 건 알고 있었다. 이런저런 얘기 중에 그가 대학 시절 미식축구 선수였다는 말을 듣자 호기심이 생겼다. 나는 그를 주말 예능프로 〈가자, 우리 팀〉에 추천했다.

리키의 출연 이후 존폐를 위협받던 종편 채널은 활력이 돌았다. 동시간대 공중파 프로그램의 시청률을 앞지르자 신문과 인터넷 포털에 기사가 나가고 광고가 붙었다. 무엇보다 회가 거듭될수록 팬덤이 폭발적으로 커졌는데, 묘하게도 그에게는 추종 세력과 안티 세력이 동시에 늘어났다.

저 높은 곳에 그를 두고 따르는 열성 팬과 자신들과 같은 평범한 위치로 끌어내리려는 반대 팬으로 극렬히 갈렸다. 지난 회식이 끝나고 나는 둘만 남은 차 안에서 그에게 물었다.

"지금 말이야, 너의 성공을 원하는 사람이 반이고, 너의 실패를 원하는 사람이 반이야. 부담 안 되냐? 반반씩인데 싫어하는 사람들이 너를 좋아하게 만들고 싶지 않아? 보란 듯이 말이야."

차분한 음성으로 그가 대답했다.

"그들이 나의 성공을 바라든 실패를 바라든 그건 그 사람들 마음이에요. 나와는 아무런 상관이 없어요."

나는 그의 대답이 놀라웠다.

"아무런 상관이 없어? 누가 너의 실패를 바라는데 안 괴로워, 너는?"

"모두에게 사랑받는 사람은 없어요. 누구를 좋아하고 싫어하는 그 사람의 마음을 내가 어떻게 할 수 있겠어요? 내가 어떻게 할 수 없는 걸 어떻게 하려는 게 더 이상해요. 안 그래요, 형?"

리키의 말에 나는 입을 다물고 말았다. 묻는 사람을 머쓱하고 무안하게 만드는 대답이었다. 차량이 서울로 진입하는 톨게이트 앞에 이르자 매니저가 고개를 돌려 물었다.

"정말 B사 광고 안 할 거야? 오늘까지 연락 주기로 했는데……."

스포츠 브랜드 B사의 광고 제안은 의외의 행운이었다. 프로그램이 상승세를 타면서 들어온 CF 중에 가장 규모가 컸다. 그러나 나는 경쟁업체인 A사 CF에 더 욕심이 났다. 무술 드라마 주연으로 인기 절정이던 시절 꼭 해봤으면 하고 꿈을 꾸던 업체였다. B사를 수락하면 당연히 A사는 포기해야 했다.

"그 대답은 몇 번이나 했는데."

"욕심도 적당히 부려. A사가 우리를 부르는 건 사실 무리잖아. 리키면 몰라도……."

매니저는 애가 타는지 일주일째 나를 설득했다. 리키는 어떤 광고도 계약하지 않았다. 그는 다른 오락프로그램의 섭외를 받아도 나가지 않고 적은 출연료로만 연명했다. 그가 거절하기에 그에게 갈 것이 내게 오는지도 몰랐다. 나는 매니저에게 A사 홍보 팀에 출연을 적극적으로 추천해달라고 고집을 꺾지 않았다.

"되는 걸 되게 하는 건 능력이 아니야. 안 되는 걸 되게 하는 게 능력이지. 이번에 네 능력을 보겠어."

매니저는 미간을 찌푸리며 셔츠의 단추 두 개를 성급히 열었다.

"아이, 참, 이러다가 굴러온 것도 못 먹고, 거기서도 내쳐지면 완전 망하는데……."

Level 3

프리러너 팀에 이어 아크로바틱 팀과 녹화를 마치자 대결 구도는 이상한 방향으로 흘러갔다. 이젠 이 팀과 저 팀의 경쟁이 아니라 리키가 얼마나 빨리 장애물을 통과하는가로 관심이 바뀌었다. 리키의 기록 경신으로 초점이 모아지자 열성 팬과 안티 팬의 대립은 첨예해졌다. 열혈 팬이 늘수록 신성(新星)은 점점 신성(神聖)화되어갔다.

'레벨 3'으로 등급을 올리며 제작진은 첫 상대로 해양경찰 특공대를 선정했다. 장애물 세트장은 더욱 험란해지고 다섯 구간에서 일곱 구간으로 확장됐다. 참가자들은 떨어지고 나동그라지며 망연자실하거나 억울함을 감추지 못했다. 그러나 리키가 나타나면 장애물들은 길들인 짐승처럼 이빨을 감추고 온순해졌다. 다른 선수가 건너려면 타이밍이 맞지 않는 두 개의 공중 바람개비조차 리키가 손을 뻗으면 한쪽 날개를 내주어 연결을 돕는 것처럼 보였다.

시청률이 높아질수록 리키의 광신도와 질투의 화신들은 논쟁에 불을 뿜었고 프로그램과 미디어는 이를 영악하게 이용했다.

그럼에도 리키는 고뇌하거나 괴로워하는 기색이 없었다. 기뻐하거나 슬퍼하지도 않았다. 가열되는 주위의 반응과 고난이도 장애물 앞에서 겁이 날 만한데도 그저 담담했다.

스포츠 브랜드 A사에서 연락이 온 건 해양경찰 특공대를 이긴 방송이 나간 뒤였다. 매니저는 수화기 저편에서 담담하게 말했다.

"A사에서 오늘 연락 왔어. 모델 계약할 의사가 있대."

"정말이야?"

피트니스센터 러닝머신에서 땀을 흘리던 나는 기쁜 나머지 내 귀를 의심했다. 이런 기적이 내 인생에 일어나다니, 침착한 척했지만 속에서 뜨거운 환호성이 울려 퍼졌다.

"그런데 한 가지 조건이 있어."

"뭔데? 무조건 다 들어준다고 해."

"리키랑 함께 찍어야 한대."

러닝머신에서 내려와 나는 수화기를 왼쪽에서 오른쪽으로 바꿔 들었다. 이어서 매니저는 리키가 그 제안을 조심스럽게 거절했다고 전했다. 나는 눈을 질끈 감았다. 이마에서 흐른 땀이 눈으로 들어가 몹시 쓰렸다. 직접 나서서 그를 설득하거나 회유하기엔 자존심이 허락하지 않았다.

나는 한때 주연으로 빛났던 기억 때문에 오랫동안 불행했다. 그리고 불행은 불평을 낳았다. 그때 기획사가 나를 약간만 받쳐주었으면 하는 원망, 담당 피디가 조금만 끌어주었으면 하는 아쉬움, 상대 배우가 물의를 일으키지 않았다면 하는 안타까움……. 그 빛나던 순간으로 돌아가야만 행복할 것 같은데 번번이 돌부리에 걸려 넘어져 그곳에 닿지 못했다. 이젠 내가 이끌어준 후배마저 결정적인 순간에 나를 돕지 않았다.

리키는 정말 장애물에만 몰두할 뿐 다른 생각은 전혀 하지 않는 듯했다. 대개의 출연자들은 카메라를 계산했다. 이렇게 하면 더 멋있을까, 저런 액션을 하면 더 어필하지 않을까, 여기서 이런 제스처를 하면 관중은 어떻게 반응할까……. 그래서 최선을 다하기보다 최선을 다한 듯한 표정을 연기하고 진짜 몰입하기보다 몰입하는 흉내를 냈다. 나는 누구보다 그것에 더 노련했다.

해양경찰 특공대가 게임에서 패하자 그동안 참가를 망설이던 수방사 특별경호 팀의 도전이 들어왔다. 상대는 그야말로 인간 병기들이었다. 스타트라인에 서면 장애물은 마치 날뛰는 야생마 같았다. 외나무다리는 세 개의 움직이는 시소로 진화하고, 징검다리는 연속된 다람쥐 쳇바퀴로 바뀌었다. 외줄 타기는 지름 3미터의 육중한 얼레로 복잡해지고 대형 바람개비는 세 개로 늘어났다. 슬라이더는 보트를 타고 내려가 몸을 날려서 공중 샌드백을 잡고 10미터가량을 이동해야 했다.

대전에 위치한 대학 캠퍼스에서 수방사 특별경호 팀과의 촬영을 마치자 강 피디는 다음 상대가 특전사 특수전교육대 교관 팀이라고 발표했다. 우리 팀은 경악하며 두 손으로 머리를 감싸쥐었다. 나는 눈앞에서 당장 잃게 될지도 모르는 광고와 다음 촬영 스트레스 때문에 신경이 곤두섰다.

녹화장을 나서며 나는 리키를 내 차에 태웠다. 운전대를 잡은 매니저는 그와 눈도 마주치지 않았다. 수련과 단련을 직업으로 삼는 상대 팀을 이기는 비결을 리키는 알고 있을 것 같았다. 최소한 그만의 특별한 운동법이라도 알고 싶었다. 리키는 내 질문에 차분히 설명했다.

"집중은 누군가의 힘을 빌리지 않고 자신의 슈퍼 파워를 찾게 해줘요. 사람들이 떨어지는 이유는 간단해요. 나를 보는 게 아니라 남을 봐서 그래요. 남들을 기준으로 삼는 거죠. 남들에게 박수받고 멋지게 보이고 싶은 거예요. 그러면 영원히 성공할 수 없어요. 영원히 불행해요. 남들이 만든 기준은 매번 바뀌잖아요."

당장 내 귀엔 정신 나간 사람의 장광설처럼 들렸다. 나는 종일 쌓인 피로와 장애물 탈락의 우울과 뜻대로 되지 않는 계획에 참지 못하고 소리를 질렀다.

"넌 매번 집중, 집중 떠드는데, 집중이 뭔 줄 알아? 설명할 수 있어?"

갑작스러운 나의 반응에 그가 입을 다물었다.

"네가 왜 설명할 수 없는 줄 알아?"

리키는 움푹 꺼진 눈으로 그저 나를 바라봤다.

"너는 그걸 설명할 수 없어, 영원히! 너는 집중 안에 있기 때문이야. 우리는 집중 밖에 있어서 그게 얼마나 어렵고 두려운지 알아. 근데 넌 몰라."

한번 터진 말은 걷잡을 수 없이 새어 나왔다.

"네가 말하는 건 집중이 아니야. 네가 말하는 집중은 두 글자지만 어마어마한 뜻이야. 평범한 사람은 할 수 없다고. 넌 그걸

다만 집중이라고 말하는 거야."

나는 집중한다고 해서 그런 초인적인 힘이 나온다고 믿지 않았다. 그저 그가 가진 신체적 우월함과 단련 상태를 '집중'으로 바꿔 부른다고 생각했다. 참지 못하고 나는 끝내 A사 광고 건을 건드리고 말았다.

"그리고 너 CF를 찍지 않는 이유가 뭐야?"

"그건 원하지 않아요."

"야, 뜰 때 한몫 잡는 거 몰라?"

"그런 건 관심 없어요."

"관심이 없어? 너 그럼 이거 왜 해?"

"뭔가에 몰두하는 순수한 즐거움이 좋아서 하는 거예요."

나는 차창을 끝까지 내렸다. 벽창호 같은 녀석의 개똥 같은 말때문에 속에서 불길이 이는 걸 견딜 수 없었다. 몰두하는 게 즐거워서 일을 한다는 건 이 세계의 진실이 아니다. 먹고살기 위해서 대중의 관심이 떠나지 않도록 싫어도 억지로 하는 것이다.

"형, 나는 장애물과 대면하는 순간이 좋아요. 무서운 짐승과 나 오직 둘만이 남을 때, 죽느냐 사느냐를 앞둔 완벽한 집중과 긴장 있잖아요. 어디까지 할 수 있나, 나를 시험하는 게 좋아요."

나는 고속도로를 달리는 차창 밖으로 머리를 내밀고 괴성을 질렀다. 그 괴성은 거친 욕설과 다름없었다. 한껏 벌어진 입으로 들이닥친 바람이 목구멍을 틀어막는 것 같았다.

게임이 거듭될수록 리키는 이 순간을 위해 살아온 듯, 이 순간이 마지막인 듯 장애물을 넘었다. 담담한 그의 태도를 보며 정말

신이 아닐까, 하다가도 저런 것도 잠깐이겠지, 하며 고개를 저었다. 나는 하루는 그의 숭배자가 되고 하루는 배교자가 되었다. 나를 사로잡는 감정을 애써 열등감이나 질투로 여기지 않았다.

장애물을 더욱 어렵게 제작하라는 시청자들의 요구가 빗발쳤다. 안티 세력은 그가 실패하는 것을 보고 싶기 때문에 장애물을 더욱 어렵게 만들 것을 원했다. 추종자들은 그를 신으로 숭배하기에 장애물을 더욱 어렵게 만드는 것에 동의했다. 강 피디는 방송의 재미와 시청률을 위해 전문가를 쫓아다니며 더 어려운 장애물을 고안해냈다.

Level 4

50회 특집 촬영지는 실미도였다. 특집을 준비하며 기획 팀은 대결의 긴장을 높이기 위해 제도권의 정규 수련을 받은 그룹보다 비제도권의 거칠고 야생적인 상대를 물색했다. 마침 코리아 액션스쿨에서 배출한 일곱 멤버의 최근 활약이 대단하다는 연예계 뉴스가 보도됐다. 오디션에서 40명이 합격했으나 6개월간의 혹독한 수련 과정에서 모두 탈락하고 살아남은 정예라는 소문이 자자했다.

"이 액션배우들은 한 컷에 목숨까지 건다고."

핵심 멤버만 남은 회식 3차 자리에서 강 피디는 징그럽게 웃으며 내게 슬쩍 정보를 흘렸다. 제작국장이 이번 특집은 세계 최대급으로 하라고 격려했다는 말도 덧붙였다. 자꾸 헛웃음을 짓는 강 피디에게 나는 이번 '레벨 4'가 왠지 두렵다고 고백했다. 강 피디는 폭탄주를 한 번에 비우며 말했다.

"생명보험이나 상해보험 들었지? 4단계는 넘지 마."

'세계 최대 장애물'이라는 특집 콘셉트에 호주와 대만의 방송사 제작 팀이 방문했다. 그들은 이 장애물 경기의 포맷과 시스템을 수입할 계획이었다. 압도적인 세트장 규모에 벌어진 입을 다물지 못하는 그들은 간혹 쉼표처럼 '크레이지!'를 내뱉었다. 해외 팀이 가장 크게 고개를 저은 건 안전 장치였다. 안전을 문제시할 때마다 제작진은 지금까지 문제가 없었다는 것으로 우려를 일축했다.

액션배우 일곱 명이 보유한 무술 단수를 모두 합치면 90단이었다. 세간에 회자되고 뇌리를 강타했던 최고의 액션 장면에는 항상 이들이 등장했다. 최고의 한 지점을 향해 본능적으로 몸을 던지는 이들은 그럴듯한 연기나 계산 따위를 하지 않았다. 영화와 드라마 대역으로 몇 컷 혹은 몇 초간 출연하던 이들에게 이번 특집은 더할 나위 없이 반가운 기회였다.

본게임에 들어가기 전 진행자가 내게 마이크를 들이대며 물었다.

"오늘 참가자 중 최고령 유단자로 알고 있는데, 공인 도합 몇 단이죠?"

"태권도 2단, 합기도 2단입니다."

참가자와 제작진이 탄성을 질렀다. 사회자는 마이크를 옮겨 옆에 선 리키에게 갖다 댔다.

"리키는 단증이 있습니까?"

"단증은 아니지만 저도 증이 하나 있어요."

"그게 뭡니까? 여기서 운전면허증 같은 거 말하면 안 돼요."

"조경사 자격증이 하나 있어요. 한국식으로 말하면 풀 뽑기, 꽃 심기 유단자입니다."

그러더니 리키는 갑자기 주저앉아서 마구 풀을 뽑는 시늉을 했다. 그것은 그가 방송에 출연한 이래 던진 최초의 농담이었다. 미국 대학교에서 조경학을 전공한 그의 이력이 슬쩍 드러났다.

— 형, 재미로 하는 거잖아. 리키 실패 1번, 성공 2번.

경기 시작 직전, 우리 팀 막내인 개그맨에게서 문자가 왔다. 출연료를 걸고 내기가 벌어지고 있었다. 누가 주도하고 몇 명이 참가하며 어떻게 진행되는지 알고 싶지도 않았다. 결과를 맞히면 출연료의 두 배가 떨어진다고 했다. 내기는 전에도 종종 재미로 벌어졌지만 이렇게 노골적인 건 처음이었다. 리키는 장애물에 몰입할수록 출연진과 제작진 양측에서 고립되어갔다. 그와는 불안과 불평을 나눌 수 없었다.

출발대는 무려 11미터 상공에 설치됐다. 인간이 가장 큰 공포를 느낀다는 높이였다. 댄스 그룹의 래퍼는 기중기에 오르자마자 극도로 밀려오는 공포를 숨기지 못하고 비명인지 모를 실성한 웃음을 터뜨렸다. 아래에서 그것을 바라보는 사람들의 얼굴에도 울음 섞인 웃음이 잡혔다.

— 형 빨리! 형만 빼고 예능국 제작진도 다 걸었어. 의리!

막내에게서 세 번째 문자가 왔다. 나는 '의리'라는 말에 망설이다가 결국 1번을 눌렀다. 휴대전화 전원을 끈 뒤 재킷 주머니에 넣고는 그 옷을 한쪽에 던졌다. 빠져나올 수 없는 거대하고 정교한 덫에 몰아놓고는 빠져나올 것 같으냐고 묻는 것과 다름없었다.

주변만 미쳐 돌아갈 뿐, 정작 리키는 '태풍의눈'처럼 고요했다. 명멸하는 스포트라이트와 카메라, 환호와 야유, 응원과 실패가 코앞에서 벌어지는데도 그는 담담함을 잃지 않았다. 우리 팀과 상대 팀 모두 7단계 중 4단계를 넘어선 참가자는 없었다. 이윽고 3차 도전의 마지막 도전자로 리키의 이름이 호명됐다.

"〈가자, 우리 팀〉의 영원한 레전드이자 히어로!"

기중기의 오름대에 리키가 들어서자 진행자의 음성이 장내를 쩌렁쩌렁 울렸다. 기중기는 접힌 허리를 길게 펴며 11미터 높이에 그를 올려놓았다. 그는 종합 장애물 경기에 출전하여 완주를 못 한 적도 없고 우승을 놓친 적도 없었다. 예측 불가능한 상황에서도 최대의 힘을 발휘하여 장애물들을 아무것도 아닌 것으로 만들어버렸다.

그가 스타트라인에 올라섰다. 바닷바람이 거세게 불어와 높은 곳에 선 그의 머리카락과 셔츠 자락이 흩날렸다. 도처에 걸린 현수막이 찢어질 듯 부풀어 오르거나 매듭이 닿지 않는 천막의 끝단이 펄럭거리며 요란한 소리를 냈다.

리키는 고개를 들어 먼 곳을 바라보았다. 장애물 세트장은 거대하고 포악한 공룡처럼 굉음을 내며 몸 전체를 들썩거렸다. 대형 화면에 클로즈업된 그의 눈동자가 긴장과 불안으로 약간 흔들렸다. 아니, 긴장과 불안으로 떨고 있는 내 눈에 그의 눈동자가 흔들려 보이는지도 몰랐다. 그는 기도하듯 눈을 잠시 감았다가 천천히 떴다. 그리고 출발 버튼을 눌렀다.

리키는 1단계와 2단계, 3단계를 안정적으로 통과했다. 날뛰는 티라노사우루스의 꼬리에서 등뼈까지 내달리던 그는 목뼈 부근까지 신속히 진입했다. 구간별 랩타임은 최고 기록이었다. 이제 정수리 부분만 통과하면 나머지는 비교적 어렵지 않은 하강 코스였다. 나를 비롯한 참가자들은 손 그늘을 만들어 고개를 뒤로 한껏 꺾었다.

그가 4단계를 통과하고 가장 높은 지점에 올라서자 네 군데의 대기 차량에서 물대포가 쏘아 올려졌다. 이제까지 5단계에 진입한 선수가 없어서 참가자들은 물대포의 위용에 경악을 금치 못했다. 굵은 물줄기는 하늘로 솟구치는 백룡 네 마리가 불을 뿜으며 달려드는 형국이었다. 물의 포말은 색이 선명한 무지개를 만들어서 그의 몸부림은 흡사 천상에서 추는 격렬한 춤으로 보였다. 해설자와 진행자의 긴장된 목소리가 몇 겹으로 뒤섞이고 갈라지며 아득히 멀어지는 듯했다.

이제껏 카메라를 의식해서 팔짱만 끼고 있던 나는 더는 견디지 못하고 두 손으로 머리를 쥐어뜯었다. 리키는 신이 아니었다. 오히려 시청자와 프로그램은 리키를 살아날 수 없는 벼랑 끝으로 몰고 가며 얼마나 더 버티는지 즐기는 꼴이었다. 제어 장치가 풀린 사람들은 더욱 미쳐가고 있었다. 리키는 그들의 초과된 욕망을 거부하지 않고 기꺼이 그 속으로 걸어 들어간 광대와 다름 없었다.

나머지 출연진과 제작진은 저 높은 곳에서 그가 벌이는 사투를 관망하며 내기의 결과를 점쳤다. 나는 그가 물보라를 뚫고 나와 결승선을 향해 온몸을 던지기를 바라면서도 한편으로는 바닥으로 추락하는 장면을 떠올렸다. 언젠가 잦아들 이 광풍이 이젠 끝났으면 했다. 그를 향한 부러움과 질투, 숭배와 배신 따위의 감정의 소용돌이에서 이젠 벗어나고 싶었다. 그가 이번 장애물을 통과하면 다음 레벨은 어떤 극단의 난코스를 개발할지 상상하기조차 끔찍했다.

'리키, 이젠 그만 내려와!'

나는 손톱을 세워 머리카락을 쥐어뜯으며 속으로 그렇게 울부짖었다. 겨우 두 발을 놓을 만한 외나무다리 위를 달리던 리키는 18미터 상공에서 날아오는 물대포를 견디지 못하고 몸이 크게 휘청하더니 구조물 아래로 떨어지고 말았다. 중간에 걸린 안전그물을 찢고 그의 몸은 허리 높이의 물웅덩이로 곤두박질쳤다. 결국 그는 들것에 실려 대기 중이던 앰뷸런스에 실려 나갔다. 장애물은 레벨 4로 갈수록 어렵게 고안됐지만 안전 장치는 여전히 레벨 1에 머물러 있었다.

이 소식이 전해지자 안티 세력은 역시 그가 떨어질 줄 알았다며 목에 힘을 주었다. 숭배자들은 역시 그가 신이 아니었다는 사실을 깨닫고 한때 자신들이 왜 그리 도취됐는지 아리송해했다. 제작진은 그를 신속하게 잊었다. 다음 회부터는 출연진이 걸그

룹으로 교체됐다. 비키니를 입은 걸그룹 멤버들이 춤을 추고 물
에 빠지자 카메라는 그들의 몸을 훑었다.

Leveller

이후로 리키는 보이지 않았다. 방송국도 더는 그를 부르지 않
았다. 혼혈이라는 제약 때문에 애초부터 활동에 한계가 있었다.
그에게 덧씌워진 성공의 이미지는 평범한 조연에 부적합했고
마지막 실패의 이미지는 위대한 주연에 맞지 않았다. 추악한 악
당 역을 맡길 수도 없고 이미 불어난 몸값에 단역 요청은 불가능
했다.

리키가 상당히 크게 다쳤다는 소식을 듣고 전화를 몇 번 걸었
으나 연결은 되지 않았다. 누군가는 휠체어를 탄 그를 보았다고
했고 누군가는 재활 운동 중이라고 했으며 누군가는 그가 미국으
로 돌아갔다고 했다. 프로그램은 제작진을 교체하고 험난한 장
애물 승부에서 가벼운 남녀 커플 오락으로 방향을 전환했다. 나
는 새로운 드라마에 영입되어 그 일에 적응하느라 그를 잊었다.

리키를 다시 보게 된 건 2년이 지난 후 교황의 시복 미사를
하루 앞둔 광화문광장에서였다. 직제상 가장 높은 곳에 있지만
가장 낮은 행보로 세계의 이목을 끄는 교황의 이번 방한은 연초
부터 큰 이슈였다. 나는 방문준비위원회의 자원봉사자로 방송
장비 설치 및 미디어 배치에 관여했다. 초대장을 받은 예약 인

원만 18만 명이어서 주변은 다음 날 열릴 대형 행사 준비로 부산했다. 8월 정오의 햇볕은 천막 아래에서도 견디기 힘들 정도로 뜨거웠다.

스피커 점검을 위해 음향감독은 그레고리오 알레그리의 성가곡 〈미제레레 메이 데우스(Miserere Mei, Deus)〉를 틀었다. 옥스퍼드합창단이 부르는 참회곡 〈우리를 불쌍히 여기소서〉가 광장에 낮게 깔리자 자동차 경적과 시위 구호에 익숙하던 광장이 성스러운 공간으로 바뀌었다. 한 점 흠결도 없는 천상의 목소리가 울려 퍼지는 가운데 철제 바리케이드가 햇빛에 반짝이고 교구 표시 깃발이 더운 바람에 흔들렸다.

잔디 광장에서는 뙤약볕 아래에서 약 서른 명의 공공근로자가 잡초를 뽑거나 꽃밭을 가꾸는 중이었다. 멀리서 보면 그들은 풀밭에 모여 있는 비둘기 떼와 흡사했다. 내가 그쪽으로 시선을 두었을 때 그들은 교황이 카퍼레이드로 입장할 도로가에 쪼그려 앉아 막바지 작업에 여념이 없었다.

나는 주위의 시선을 그다지 끌지 못하는 그곳에서, 더욱이 비슷한 작업복을 입은 서른 명 넘는 근로자 중에서 리키를 어렵지 않게 발견했다. 그는 잡초를 뽑는 하잘것없는 순간에도 오로지 그 일에만 몰입하고 있었다. 몹시 무더운 하오였음에도 어떤 근심이나 노역의 고단함은 보이지 않았다. 모든 감정에 초연한 모습에 주위가 환했다.

"야, 넌…… 실패가 안 두렵냐?"

'레벨 4' 녹화 중에 초조함을 못 이긴 나는 그에게 심각하게 물었다. 다른 출연자들에겐 귀띔을 주었지만 나는 그에게만 4단계를 넘으면 위험하다는 말을 하지 않았다.

"뭐가 두려워요? 나는 이 장애물을 성공하기 위해서 넘는 게 아니에요. 그냥 순간을 즐길 뿐이에요. 그럼 떨어져도 실패가 아니잖아요."

"그럼, 그건 실패가 아니고 뭐냐?"

리키는 대답 없이 고개를 숙이고 눈을 살며시 감았다. 이윽고 눈을 뜬 그가 음영이 짙은 눈동자로 내 어딘가를 깊이 응시했다. 그는 팔을 뻗어 내 손을 잡았다. 마디마다 굳은살이 단단히 박혔지만 심장까지 온기가 전해지는 손이었다. 그럼에도 나는 그 말을 끝내 하지 않았다. 나는 하던 일을 멈추고 천천히 모자와 선글라스를 벗었다. 그리고 뙤약볕 아래에서 쪼그려 앉아 꽃밭을 가꾸는 그를 향해 조용히 성호를 그었다.

한산 수첩

천 원짜리 설탕 커피를 한 모금 홀짝였다. 그리고 이어폰을 끼고 보이스레코더를 작동시켰다. 지난 보름간 녹취한 음성 파일은 30건이 넘었다. 오늘은 한산에서 맞이한 세 번째 장이었다. 인터뷰 대상은 모시 생산자와 시장 상인 그리고 노점상 등으로 다양했다. 대설주의보와 한파주의보가 하루걸러 내려지는 올겨울에 나는 보이스레코더와 수첩을 들고 한산면을 헤집고 다녔다. 새벽에 반짝 열렸다 사라지는 모시전을 취재할 때는 거의 전투에 임하는 군인의 심정이었다.

"대체 어서 왔대유?"

12월 초 한산면에 첫발을 디뎠을 때, 나를 접한 주민들은 대개 이렇게 물었다. 일주일이 지나자 그 물음은 놀라움으로 바뀌었다.

"아니, 여직도 안 갔슈?"

이 말은 여러 의미를 내포했다. 긍정적으로는 '아직도 여기 있었네?' 하는 신기함이고, 부정적으로는 '아직도 안 가고 뭐 하니?' 하는 아연함이었다. 허허실실 웃는 분들은 '그래도 꽤나 착실한 놈이네!' 하면서 마음을 여는 반면, 미간을 찌푸리는 분들은 '어허, 거 꽤나 할 일 없는 놈일세?' 하며 혀를 차는 식이었다. 보름이 되도록 내가 시장 구석구석을 빙글빙글 맴돌자 좋게 봐주든 나쁘게 봐주든 주민들은 한목소리로 말했다.

"워메, 도대체 원제 간댜?"

면사무소 근처의 초원다방은 옛 모습을 고스란히 간직하고 있었다. 4인용 테이블 여섯 개가 놓인 홀 중앙의 연탄난로 위에서는 주전자 물이 끓었다. 벽에는 주류 회사에서 배부한 달력이 붙어 있고, 출입문이 여닫힐 때마다 천장에 매달린 형광등이 그네를 탔다. 홀과 부엌을 구분하는, '바(bar)'라고 하기엔 토속적인 나무선반에는 전기밥솥이 놓여 있는데, 차를 주문하면 여주인은 뜨거운 밥솥에서 찻잔을 꺼내 준비했다.

동자북 마을에서 녹취한 '모시 삼는 노래'를 듣다가 레코더의 정지 버튼을 누르고 이어폰을 귀에서 뺐다. 녹음 파일을 문서로 만들 생각을 하니 한숨부터 나왔다. 백 선배의 목소리가 귀에 쟁쟁했다.

"야, 넌 소설가가 뭐 대단한 건 줄 알아? 사람 사는 이야기 적는 거잖아! 시골 장터 가서 현지인들 인터뷰 따고 정리하는 게 뭐가 어려워?"

3주 내로 인터뷰 스무 꼭지를 건져 오라는 말에 난감한 표정을 짓자 선배는 언성을 높였다. 그것도 육성 녹취를 그대로 타이

평하는 게 아니라 '문예 미학적으로 복원하라'는 단서가 달려 있었다. 처음에는 이런 일 한번 해보지 않겠느냐는 청유형으로 나오더니 막상 설명을 듣고 내가 망설이자 말투는 곧 명령형으로 바뀌었다. 잡지사 쪽에서 관록이 붙은 선배는 나를 마치 수습기자 다루듯 했다.

쓰고 있던 장편소설이 예정보다 1년이 늦어지자 아내는 청약저축과 적금과 보험을 깼다. 원고를 마무리 지어 출판사로 넘겨야 한다는 강박은 높아지는데, 아무리 고쳐도 글은 좀처럼 모양이 나오지 않았다. 잔뜩 써놓은 활자는 중요한 뭔가를 빠뜨린 거대한 깡통 로봇 같았다. 자신이 하는 일의 핵심을 모른다는 부끄러움은 밤잠을 설치게 만들었다. 밥상머리에서 아이들은 없는 반찬으로도 밥그릇을 뚝딱 비워냈다. 아이들의 교육이나 장래는 둘째치고 저 숟가락질을 멈추게 해서는 안 된다는 생각뿐이었다. 선배에게 연락을 먼저 한 것은 나였다.

"인마, 블라디미르 나보코프는 이런 말을 했어."

편집팀장인 백 선배는 등을 의자 뒤로 기대며 턱을 치켜들었다. 작가 아닌 사람이 작가에게 작가는 이래야 하고 저래야 한다고 가르치려 들 때만큼 불편한 경우는 없었다. 대학 시절 같은 문학회에서 활동하던 선배는 공부도 등한시하며 작가가 되기위해 갖은 애를 썼으나 끝내 되지 못한 사람이었다.

"잘 들어. 과학자는 우주의 한 점에서 일어나는 모든 것을 보고, 시인은 시간의 한 점에서 일어나는 모든 것을 느낀다! 뭔 말인지 알아? 시골 촌부에게서 발견하는 것이 곧 우주일 수 있다는 거야. 잔말 말고 가서 온몸으로 채록해 와!"

이런 잡문을 쓰면서 저런 잡설까지 들어야 하나, 하는 자괴감이 밀려들었다. '이런, 블라디! 그렇게 우주를 보고 싶으면 당신이나 직접 가시지!' 하는 욕설이 치밀었지만 결국 나는 고개를 끄덕이고 말았다. 아내와 네 살배기 딸, 두 돌이 지난 아들의 얼굴이 아른거렸다. 그는 원하던 작가가 못 되었고 나는 그가 원하던 작가가 되었는데, 이상하게 그는 다리를 떨면서 꾸짖는 반면 나는 고개를 숙이고 훈계를 듣는 상황이었다. 마감은 12월 25일이었다.

"이거 한잔 드셔보세요."

사십대 후반으로 보이는 여주인이 주문하지도 않은 생강차 한 잔을 내왔다. 그녀는 아담한 키에 몸가짐이 다소곳하고 목소리가 나긋나긋해서 마음씨 고운 시골 이모 같았다. '아주머니'라 하기엔 젊고, '누나'라 부르기엔 나이 차가 보였으므로 '이모'라는 호칭이 떠올랐다. '이모'라는 단어는 얼마나 순박하고 향내나며 곱디고운가.

장날인데도 다방엔 손님이 없어서 대화를 나누기에 좋았다. 생강차는 알싸하고 달콤했다. 하루 손님이 몇 명이냐고 물으니 보통 열 명이라는 답이 돌아왔다. 가장 많이 나가는 품목은 천원짜리 '설탕 커피'이고 웬만한 찻값도 천 원이었다. 아무리 시골 다방이지만 하루 매출이 만 원 내외에 불과했다. 나는 난로의 하루 연탄 소비량이 궁금했다.

"하루 여섯 장 때요. 요즘 연탄 한 장에 500원이에요."

난방비로 3천 원이 나가면 순이익은 한참 깎이는 셈이었다. 내가 노트를 하며 어이없는 표정을 짓자, 장날엔 손님이 서른 명이 넘을 때도 있어서 운영에는 큰 지장이 없다고 했다. 나는 가장 비싼 찻값이 얼마인지 물었다.

"생마를 간 차와 인삼차가 가장 비싸요. 5천 원."

그녀는 '5천 원'이라고 발음하면서 환하게 웃었다. 생마는 직접 시장에서 골라 갈아 만들고, 인삼은 홍산에서 주문한다. 하루 열 명 정도의 손님이 전부 그런 차를 마실 턱이 없으므로 역시나 비관적이었다. 위로를 해야 할 쪽은 나인데 오히려 역할이 바뀌어서 그녀는 상황이 그렇게 나쁘지 않다고 힘주어 말했다.

"지금이 겨울이라 그렇지 여름엔 괜찮아요. 3천 원짜리 냉커피가 인기가 좋거든요."

냉커피를 논과 밭에 배달하면서 여러 잔심부름까지 도맡아 한다는 말이었다. 담배뿐만 아니라 농사에 필요한 자질구레한 것들까지 사다 준다는 것. 나는 이 찻집만의 특별한 차를 개발해서 마케팅을 하는 전략이 필요한 것 같다고 제안했다.

"특별한 차는 없어요. 다방이 다 그렇죠."

그녀는 부끄러운 듯 고개를 숙였다. 나는 손수 꿀에 재운 생강차처럼 직접 구해서 쓰는 다른 차 재료는 뭐가 있느냐고 질문했다.

"대부분 직접 구해요. 쌍화차에 들어가는 달걀도 집에서 키운 닭이 낳은 거예요. 대추차의 대추도 집 마당에서 딴 거고."

커피를 제외하곤 모든 재료가 토산품이고 자연산이었다. 집에서 닭을 키우느냐고 물으니, 40마리가량 키운다고 했다. 그녀는 아침에 새로 낳은 달걀을 가져왔다며 "한번 맛 좀 보실래요?" 하고는 냄비에 달걀을 삶았다. 특별한 게 없다기보다는 특별한 것의 기준이 도시와는 다를 뿐이었다.

달걀이 익자 그녀는 쟁반에 소금과 함께 내왔다. 그리고 그중 한 알의 껍데기를 벗겨 내게 건넸다. 나는 직접 까서 먹겠다고 몇 번을 사양하다가 결국엔 그녀가 까준 달걀을 받아먹었다. 흰자가 탱글탱글하고 노른자는 고소했다. 소금 사이에는 깨가 옹기종기 박혀 있었다.

나는 슬슬 사적인 것을 알고 싶었다. 어떻게 이곳에서 다방을 열게 되었느냐는 질문이었다. '어떻게 해서 이런 일을 하게 되었는가?'라는 말은 간단한 듯 보이지만 실은 어려운 물음이었다. 대답의 스펙트럼과 깊이의 층위가 다양하기 때문에 조심스러운 일이었다.

그녀는 신성리 갈대밭 근처의 연봉에서 태어나 스무 살에 중매로 결혼하여 한산에 정착했다. 서른이 못 되어 남편과 떨어져 살게 되었고, 이후에는 두 아이를 키우며 식당 일을 주로 했다. 남 밑에서 일하기가 힘들었는데, 마침 15년 된 다방이 세를 놓은 것을 보고 인수하게 됐다.

처음에는 주위 분들에게 왜 하필 다방이냐며 거친 소리를 많이 들었다. 그때 개업을 말리던 분들이 지금은 주요 고객이다. 장성한 딸은 달마다 생활비를 보내주며 제발 그만두라는 잔소리를 한다. 개업하고 얼마 지나지 않아서 딸을 가르치던 고등학교 선생님이 심심풀이 화투를 치러 온 적이 있는데, 민망해서 얼굴이 화끈거릴 정도였다. 그러나 이제는 그분과 편하게 농담도 주고받는다.

손님이 없는 시간이나 가게 문을 닫은 후에 가장 많이 하는 생각은 자식 걱정이다. 특히 혼기가 꽉 찬 아들이 좋은 아가씨와 결혼해야 할 텐데, 하는 염려가 떠날 때가 없다. 자식 얘기가 나오자 그녀는 어느덧 '상냥한 다방 주인'에서 '걱정 많은 어머니'로 바뀌어 있었다. 나는 문득 그녀의 어릴 적 꿈이 궁금했다.

"이건 잘 말하지 않는 건데……."

그녀는 한참을 망설이다가 내가 기다리자 조용히 대답했다.

"학교 음악 선생님이 되고 싶었어요."

그리고 손으로 입을 가리며 수줍게 웃었다. 나는 그 말을 듣고 참으로 적절하다 싶어서 빙긋이 따라 웃었다. 왜 '마음씨 고운 이모'들은 영화나 드라마에서, 소설에서 그리고 현실에서까지 선생님이나 수녀를 꿈꾸는지 알 수가 없었다. 왜 그리 순탄치 못한 사랑의 과정을 겪는지도 알 수가 없었다. 더욱이 왜 그 꿈을 이루지 못하여 벽지(僻地)의 허름한 탁자 건너편의 낯선 남자에게만 그런 속내를 수줍게 털어놓는지 그 역시 알 수 없었다.

우리 앞에는 어느덧 달걀 껍데기만 쌓여 있었다. 소금의 양도 전보다 훨씬 줄어들었다. 복잡하고 굴곡진 한 사람의 생애를 고작 몇십 분에 간추려 듣는 건 이렇듯 부스러진 껍데기를 더듬는 일이 아닐까, 하는 생각이 들었다. 그러나 그 잔해로 원형의 상태를 가늠하는 철없는 작업이 나의 일이었다.

테이블을 치우는 그녀에게 이 마을에 흥미로운 인물이 사느냐고 물었다. 가능하면 젊은 사람이면 좋겠다고 덧붙였다. 여주인은 고개를 갸웃하더니 수의대를 졸업한 마을의 전도유망한 청년이 얼마 전에 신협 서기가 되었다고 했다. 신협이라면 걸어서 3분도 안 되는 거리였다. 나는 레코더와 수첩을 챙기고 점퍼를 주섬주섬 걸쳤다. 그리고 왜 상호를 '초원다방'으로 했느냐고 물었다.

"여기는 초원이 없잖아요. 예쁘지 않나요?"

나는 동의한다는 뜻으로 고개를 끄덕이며 남아 있는 차를 홀짝 들이켰다. 벌써 세 잔째였다. 맛이 좋다고 하니 텃밭에서 자란 옥수수로 끓인 차라고 했다. 하기야 그녀에게는 볶은 옥수수를 사는 일이 훨씬 손해일 것이다. 생강차를 두 잔이나 마시고 찐 달걀까지 얻어먹은 터라 거스름 돈을 팁으로 건넸으나 그녀는 한사코 사양했다.

출입문을 열고 나와 시멘트 계단을 내려갔다. 겨울바람이 매섭게 양 뺨을 할퀴고 지나갔다. 간판에 새겨진 '초원'이라는 글자를 무심히 보고 있다가 그녀의 대답을 생각했다. 여기는 초원이 없잖아요…… 맞다. 이런 초원 혹은 일상의 공터가 없다면 삶이 얼마나 답답할 것인가. 나는 천천히 신용협동조합 한산 지점을 향해 걸음을 옮겼다.

*

'문화시계'의 유리문을 열고 들어선 건 '준비된 우연'이었다. 신협 서기 남영기 씨를 방문했더니 6시쯤에 일이 끝난다고 했다. 벽시계는 4시를 가리키고 있었다. 일단 밖으로 나왔으나 마땅히 할 일이 없는 나는 '소곡주 거리'에서 칼바람을 맞으며 콧물을 훔쳤다.

어디 들어갈 만한 곳이 없었다. 수북이 쌓인 눈을 밟으며 새벽부터 장터 사람들을 만난 터라 인터뷰에도 지쳐 있었다. 생판 모르는 사람에게 살아온 이야기를 해달라고 부탁하는 일은 고단한 작업이었다. 나 역시 낯선 사람에게서 그런 부탁을 받으면 환대보다는 냉대를 택했을 것이다. 더욱이 영업을 하는 시골 상인들에게 '현실적 이윤'과 무관한 '막연한 인생담' 요청은 당혹스러울 게 분명했다.

주변을 두리번거리던 내 눈에 몇 걸음 건너 시계방이 들어왔다. 배터리가 닳아서 멈춰버린 손목시계가 떠올랐다. 장날인데도 점심시간 이후로는 사람이 지나다니지 않았다. 10여 년 전만해도 '썩은 생선을 팔려면 한산시장으로 가라'는 말이 돌 만큼 문전성시를 이루던 한산은 이젠 말 그대로 한산했다.

시계방 문을 열고 들어서니 안에는 아무도 없었다. 몇 번이나 주인을 부르자 육십대로 보이는 아주머니가 방문을 열고 나왔다. 용건을 묻더니 아주머니는 어디론가 전화를 걸었다. 점포 안은 'ㅠ' 자 형태로, 가장 넓은 가운데 진열장에는 각종 시계가 놓여 있었고, 왼쪽 진열장에는 보석류, 오른쪽 진열장에는 수동카메라 등속이 정갈하게 진열되어 있었다. 시계가 주요 취급물이고 보석과 카메라는 부속 상품인 듯 보였다.

연락을 받고 나타난 사장은 첫인상이 방송인 이상벽과 흡사했다. 아담한 체구에 표정이 부드럽고 말투가 유쾌했다. 충청도 사투리가 유쾌해지면 얼마나 듣는 이를 기분 좋게 뒤흔드는지 겪어보지 못한 사람은 잘 모를 것이다. 부쩍 친근함을 느낀 나는 애초의 계획을 바꿔 시계 배터리 교체뿐 아니라 아직 멀쩡한 가죽끈까지 바꿔달라고 부탁했다. 그리고 스탠드 램프 아래서 노련한 솜씨로 수은전지를 갈아 끼우는 그에게 여기서 장사를 한 지 얼마나 됐느냐고 슬쩍 말을 걸었다.

"이 바닥에서 지가 장사를 40년 넘게 했어유. 여덟 번을 넘게 이사를 댕겼구먼유."

사장은 시선을 작업대에 고정시킨 채 시곗줄을 바꾸며 대꾸했다. 반응이 호의적이었다. 나는 이 일을 처음 하게 된 계기가 있느냐고 물었다.

"처음엔 지가 전자제품 수리가 주특기였쥬. 그것보단 아무래도 시계가 훨씬 수입이 좋으니께 바꾼 거쥬. 지금도 어지간한 전자제품은 지가 다 고치쥬. 내용을 아는 사람들은 시골서 썩기 아깝다고 한당께유."

그는 자화자찬이 좀 어색했던지 말을 마치고 나서 나를 슬쩍 올려다보았다. 순간 눈이 마주치자 누가 먼저랄 것도 없이 동시에 웃음이 터져 나왔다. 우리를 지켜보던 아주머니도 남편의 농담에 함께 웃었다. 나는 거의 동물적인 본능으로 주머니에 들어 있는 레코더의 녹음 버튼을 눌렀다. 그리고 말씀을 참 재밌게 하신다고 칭찬하며 지갑을 열었다.

"7천 원만 주셔유."

값을 지불하고, 정상적으로 초침이 돌아가는 시계를 손목에 차고 나서도 나는 몸을 돌려 밖으로 나가지 않았다. 밖은 추웠고 갈 데도 없었다. 그래서 여기는 주요 고객층이 어떤 분들인지를 물었다.

"우리의 주요 고객층은유, 육십대에서 칠십대 할아버지, 할머니들이쥬. 요즘은 검은 머리 보기 힘들어유."

그 별것도 아닌 말에 사장님과 나는 또 마주 보며 웃었다. 한산시장의 소비 연령층이 적나라하게 드러나는 대목이었다. 그러자 옆에 있던 아주머니가 말을 거들었다.

"옛날부터 오던 손님들이 전부지유. 아주 가끔은 손주 돌반지도 하나씩 사가세유."

영업을 하는 당사자로서는 한심하기 그지없는 내용을 부부는 천연덕스럽게 늘어놓았다. 나는 여기서 가장 많이 나가는 상품이 궁금했다. 사장님은 잠시 흰머리를 검지 끝으로 긁적이다가 말했다.

"가장 많이 나가는 상품은유…… 그게 그러니께, 시계 수리여유. 여기는 웬만혀서 암것도 안 버려유. 다 고쳐 써유. 수리가 가장 많아유."

남편의 말을 받아서 아주머니가 이었다.

"옛날에는 예물 시계나 보석도 가끔 혔는디, 이제는 싹 없어유. 근디…… 어디서 왔시유?"

그제야 나는 신분과 지금 어떤 작업을 하는지를 밝혔다. 이미 대책 없이 얼굴을 마주하며 웃은 탓인지 두 분은 경계심 없이 나를 대했다. 어쩌면 이 좁은 마을에서 나의 출현을 벌써 들었을지도 모르고, 두 분의 큰아들과 내 나이가 같았기 때문일지도 몰랐다.

올해 64세인 박순종 사장은 이곳에서 2킬로미터가량 떨어진 송산리 출신이었다. 나는 시계 수리 일을 처음 배우게 된 과정을 들려달라고 했다. 사장님은 진열장 안쪽에 서서 경쾌한 사투리로 얘기를 꺼냈다. 이후 그의 입담이 얼마나 찰지고 재미있는지 나는 때로 진지하게 고개를 주억거리고, 때로 허리를 꺾어가며 웃었다. 자칫 지루해질 찰나에 들어오는 아주머니의 추임새는 분위기를 돋우었다. 부부는 웃음이 많은 분들이었다.

십대 중반부터 동네에 버려진 라디오나 TV를 분해해서 고치는 일에 남다른 재능을 보인 그는 스무 살이 되기 전에 상경했다. 그 시절 학업의 기회를 얻지 못한 대부분의 청년들이 그러하듯 그 또한 기술을 익혀서 빨리 돈을 벌어야겠다는 각오뿐이었다. 그러나 서울의 시계방에 들어가 온갖 허드렛일을 하는데도 돈 한 푼 못 받고 밥만 겨우 얻어먹는 견습 생활이 몇 년이나 지속됐다.

역 주변에 위치한 시계방을 찾아오는 손님들은 대개 뜨내기였다. 그 자리에서 대충 손을 대서 초침만 움직이면 그걸로 끝이었다. 근본적인 수리보다는 일단 작동시키는 잔기술을 주로 부리는 곳이었다. 더욱이 처음 만난 시계방 사장은 그에게 기술을 가르쳐주는 일에 매우 인색했다.

"기술을 빨리 일러주면 딴 데로 가버리니께. 그럼 더는 못 부려먹으니께 이 냥반이 잘 안 갈쳐주더라고."

한계를 느낀 그는 그렇게 해서는 고급 기술을 못 배우겠다는 생각에 서울에서 과감히 군산으로 돌아왔다. 군산은 그의 고향 부근에서 대처에 속했다. 다행스럽게도 새로 취직한 군산의 수리점은 시계와 전자제품, 안경까지 두루 다루는 곳이었다. 배울 것이 많을 뿐만 아니라 시계 부속을 깎는 기계까지 구비하고 있어서 안성맞춤이었다. 그리고 오히려 서울보다 대우가 좋았다.

"지금 보니께 그 주인이 실력은 있었어. 내보고 그러더라고, 자신이 누구 못잖게 잘 고치니께 열심히 허라고."

그날 이후 아침부터 저녁까지 일하고 밤에는 가게 바닥에서 자는 생활이 이어졌다. 겨울에는 접이식 군용 침대에서 자며 시계 수리 일을 배웠다. 뜯어보면 겨우 엄지 첫 마디만 한 시계 내부가 속을 알 수 없는 깊은 우물처럼 까마득하고 어지럽게만 보이던 시절이었다.

"참 나, 지금 보면 원리가 간단헌디, 당시엔 그게 그렇게 힘들었어. 못 배우겠더라고. 아휴, 못 배우겠어!"

그때가 떠오르는지 사장의 얼굴엔 어느새 힘겨운 표정이 역력했다. 미간에 주름을 잡으며 고개까지 도리도리 저었다. 말투에도 경쾌함이 사라지고 고단함이 배어 나왔다. 나는 그가 감정에 휘말려 이야기가 뒤죽박죽 섞이지 않도록 유도 질문을 했다. 군산에 내려와 맨 처음 배운 것을 말해달라고 했다.

*

"맨 처음 한 일은 부품 소제였어. 요즘 말로 허면 부품 청소."

군산 시계방의 주인어른은 시계 수리 주문이 들어오면 그에게 모든 부속을 깨끗이 닦으라고 지시했다. 민감한 부속일수록 먼지가 많으면 기계가 잘 돌아가지 않는 탓이었다. 그는 그 일을 반년이나 했지만 주인이 수리를 하는 근처에는 얼씬도 할 수 없었다. 그가 할 수 있는 일이란 틈날 때마다 주인이 수리하는 모습을 몇 걸음 떨어져서 유심히 관찰하는 것뿐이었다.

"그렇게 반년을 넘게 일했을 거여. 어느 날은 주인이 부르더니, 고장 난 시계 뒷면을 뜯어서 부속을 쏟아놓고는 맞추라고 하더랑께."

내장 기관을 전부 밖에 풀어 헤쳐놓고 제 위치에서 톱니가 꼭 맞게 재조립하는 일이 두 번째 과제였다. 그는 두 번째 과제를 잘하려고 분해와 재조립을 수백 번 정도 했다. 주인에게 인정받아서 빨리 다음 단계로 올라가고 싶은 열망이 가득했다. 나중에는 눈을 감고 잠자리에 누우면 깨알만 한 부품이 수박만 하게 떠오를 정도로 부속 하나하나를 훤히 들여다보게 되었다.

"그 일에 자신이 붙었을 때, 큰맘 먹고 제대로 된 놈으로 하나 뜯었지. 근데 말이여, 부품을 다 집어넣었는데도 초침이 안 움직이는 거여! 멀쩡한 놈을 병신으로 만들었당게. 환장하겠더라고!"

점포 일이 끝나면 원인을 알기 위해 분해와 재조립을 반복했다. 주인어른은 문제점에 관해 별다른 지침이나 언급도 없었다. 그는 처음 배운 대로 부품을 꺼내 하나하나 다시 닦고, 어깨너머로 봤던 주인의 작업을 흉내 내어 부품에 기름칠을 한 뒤에 조립과 해체를 계속했다. 4개월가량 똑같은 짓을 반복하던 어느 날이었다.

"크아, 드디어 째깍하고 초침이 움직이더라고. 난 정말 지축이 움직이는 줄 알았당께!"

듣고 있던 내 입에서도 탄성이 나왔다. 그랬을 것이다. 서울에서의 견습 기간을 제외하더라도, 부속 소제부터 거슬러 올라가면 그 작은 초침을 한 칸 이동시키는 데 거의 10개월이 걸린 셈이니 째깍하는 순간 지구 축이 흔들리는 경이로움을 맛보았을 것이다. 해체와 조립을 반복하던 그 4개월 동안 그는 도대체 무엇을 깨닫고 발견한 것일까.

"그게 뭔가면, 지금 보믄 참으로 간단한 거여. 내가 부속 먼지를 닦아다 주면 그 냥반이 조립할 때 꼭 기름칠을 하더라고. 기계 잘 돌아가라고. 나는 기름칠이 많으면 잘 돌아갈 거라고 생각혔지 뭐여! 바보맨치로!"

같은 생각을 하고 있던 나는, 그가 내 눈을 보며 "바보맨치로!" 하는 바람에 어떤 표정을 지어야 할지 난감했다.

"근디 그게 아니여. 기름칠이란 게 원래 한 듯 만 듯 혀야 지역할을 하더랑께!"

그랬다. 120일 동안 시계 내장에 코를 박고 그가 간신히 알아낸 것은 겨우 '기름 몇 방울의 양'이었다. 원인은 그렇게 사소하고 간단했다. 정밀한 것일수록 사소하고 간단한 것이 문제를 일으킨다는 사실을 그는 그 순간 깨달았던 셈이다. 세상사 혹은 인간관계에서도 기름칠이나 양념이란 게 원래 있는 듯 없는 듯 해야 최대 효과를 본다는 이치까지 터득한 것이다. 하지만 그게 끝이 아니었다.

"근디 희한하게도 말이여, 이 시계가 가긴 가는디 시간이 안 맞는 거여. 점점 느려지더랑께!"

박순종 사장의 음성이 한층 높아졌다. 한 고개를 넘었으나 다른 난관이 기다리고 있었다. 초침은 움직이지만 점점 느려져서 나중엔 멈춰버리는 시계. 이쪽 말로 환장할 노릇이었다. 그는 목이 마른지 아내에게 눈짓을 했다. 그러자 아주머니는 작은 냉장고에서 박카스 두 병을 꺼내 나와 그에게 내밀었다. 맞장구를 치며 듣고만 있는 나도 목이 말랐다. 박순종 사장은 목울대가 울리도록 음료수를 들이켜더니 뚜껑을 든 손을 치켜들었다.

"내가 말이여, 이걸 알아내는 게 지금까지 젤루 힘들었어. 가긴 가는디, 제대로 안 가는 거여. 한 사흘 지나면 시간이 안 맞는 거여. 미치고 팔짝 뛸 노릇인 거여. 근디 주인은 아무리 졸라도 안 갈쳐주는 거여!"

아무것도 가르쳐주지 않는 상황에서 그가 할 수 있는 일이란, 다시 처음의 스텝을 되밟는 일이었다. 부속에 먼지가 있는지, 기름칠을 적당하게 했는지, 부품의 아귀가 제대로 들어맞는지 아무리 되짚고 확인해도 작동이 느려지는 원인을 알 수가 없었다. 그래서 그는 달력 뒷면을 양분하여 결함의 문제가 될 법한 것들과 그렇지 않은 것들을 차분히 나누었다. 문제가 될 법한 것들의 범위를 좁히고 좁히다 보니 결국 한 지점에 이르게 되었다.

"시계 내부를 보믄 말이지, '유사'란 게 있어. 내가 그걸 몰랐던 거여."

군산 시계점 밥을 먹은 지 11개월이 흘렀을 때, 유사에 문제가 있다는 사실을 겨우 알아냈다. 그럼에도 유사를 어떻게 고쳐야 할지 몰랐다. 그때부터 주인이 수리를 할 때마다 꼼꼼히 살폈는데, 예전에는 '무조건 훔쳐보기'였던 반면 그 후로는 '옥석을 구분하는 관찰과 분석'에 들어갔다.

"그러니께 '유사의 간격 잡기'가 안 되었던 거여. 지금 보면 되게 간단한 건디, 그게 그렇게 힘들었어. 유사가 상하좌우 어느 면에 닿지 않도록 조정해줘야 시계가 정확허게 가거든."

이야기를 듣던 나는 박수를 쳤다. 굳이 박수를 친 까닭은 그의 말에서 어떤 진정성을 엿보았기 때문이다. 큰 성취를 이룬 어떤 연구자의 실험 과정기와 다르지 않았다. 동전 하나 크기의 세계를 파악하기까지 반복된 실패와 자각의 노고가 고스란히 다가왔다.

"일루 와바. 이거시 바로 유사랑께. 이거시 있어서 손목시계가 어떤 위치에 있든지 바늘이 돌아가거든."

사장님은 나를 '시계샘방(시계 수리 장비틀)' 안으로 불러들였다. 알전구 아래 확대경을 통해서 나는 난생처음 기계식 시계의 '유사'를 보았다. 머리카락 한 올 굵기의 철선을 미세한 간격에 맞춰 동심원 형태로 정교하게 감아놓은 것이었다. 그것은 템포 바퀴, 태엽통 등과 긴밀히 연결되어 예민하게 팔딱거리며 시계에 동력을 제공했다. 사람으로 치면 맥박을 공급하는 심장과도 같았다. 고급 손목시계를 고치는 기술자일수록 이 유사에 관한 이해도와 정밀도가 높다고 했다. 나는 고개를 들어 유사의 간격 잡기를 파악했을 때의 기분을 물었다.

"뭐 그냥 말도 못 혀. 뛸 듯이 기뻤쥬 뭐! 날아갈 것 같았징!"

그의 눈시울이 붉어지며 목소리가 떨렸다. 당시 청년 박순종은 이를테면, '시계 심장의 은밀한 비밀을 파악한 사람'이었다. 사람의 일생에서 몇 번 각인되지 않는 성공의 한순간이었을 것이다. 그리고 신은 이후로 그렇게 스스로 도운 자를 계속 도왔다.

자신의 지식이 거기까지 도달하자 주인은 그저 고개를 한 번 끄덕했다고 한다. 그제야 나머지 것들을 세부적으로 차근차근 알려주었다. 그리고 주문이 들어온 시계 수리를 그에게 맡기기 시작했다. 시계 부속을 직접 깎아 만드는 법도 가르쳐주었다. 수리에 성과를 보이자 점차 가게 운영을 전부 그에게 일임했다. 한마디로 신임을 얻은 것이다. 그러면서 청년 박순종은 수리뿐만 아니라 점포 운영에 관한 여러 노하우를 익히게 되었다. 그의 대우는 날로 좋아졌다.

*

　군산 시계방에서 4년을 보냈을 때, 그는 독립을 결심했다. 나가겠다는 의사를 밝히자 주인어른은 이전보다 훨씬 나은 처우를 약속했지만, 그는 당장의 안락을 뿌리치고 한산시장에 첫발을 내디뎠다. 가게를 열기에는 자금 사정이 턱없이 열악했기 때문에 햇빛 가리개도 없는 좌판을 벌였다. 지금으로부터 40년 전이고 한산시장이 한창 흥청대던 시기였다. 아주머니는 그 시절을 딱 몇 마디로 요약했다.

　"혼담이 들어왔는디, 아, 상대가 한산시장서 시계방을 한다네유. 주변에서 부자헌티 시집 잘 간다고 얼마나 부러움과 시샘을 받았능갑나 몰러유. 근디 막상 와보니께 글씨, 국민핵교 책상만한 좌판에다 시계 몇 개, 시곗줄 몇 개, 도라이바 몇 개, 뭐 그딴거 달랑 갖다 놓고 서 있드만유."

　그 말에 우리 셋은 또 얼굴을 마주 보며 웃었다. 지나간 시간에 대한 애틋함 때문이었다. 그때는 텃세가 심해서 '시장 주먹들'한테 얻어터지기도 많이 얻어터졌다고 했다. 술 먹고 행패를 부리는 사람들이 적지 않았고, 무작정 손을 내밀고 돈을 달라는 이들이 걸핏하면 좌판을 뒤집는 일도 심심찮게 벌어졌다.

　곧 박순종 사장의 실력은 입소문을 타고 빠르게 퍼져나갔다. 장날이 되면 시계 수리가 한 보따리씩 들어왔다. 다음 오일장이 설 때까지 수리를 마쳐야 해서 그는 늦은 밤까지 시계샘방에 앉아 일을 했다. 그리고 시장 구석에서 구석으로 여덟 번의 이사를 다닌 끝에 지금의 널찍하고 번듯한 가게를 열었다. 가게를 연 자리는 바로 군산에서 내려와 초등학생 책상만 한 좌판을 처음 펼친 곳이었다. 그러는 와중에 세 아들을 모두 대학까지 졸업시킨 것을 보면 그가 얼마나 성실했을지 짐작됐다. 나는 그렇게 한 보따리씩 들어오던 일감이 언제부터 끊겼는지를 물었다. 부부는 동시에 대답했다.

"IMF 때! 1998년, 그 뒤로 뚝 끊기더랑께."

IMF가 몰고 온 악몽의 시간을 이 시계 기술자 또한 피해 갈 수 없었다. 점방을 차린 후로는 돈 걱정을 크게 한 적이 별로 없었는데, 이때는 만 원 한 장을 쓸 때마다 손이 벌벌 떨렸다고 했다. 요새는 어떠하냐는 질문에 전보다는 '쬐금' 나아졌지만 재미없기는 매한가지라는 대답이 돌아왔다.

그는 여전히 연구를 게을리하지 않는다. 수동카메라 수리에도 상당한 자신감을 내비쳤다. 서천군에서 수동카메라를 수리할 만한 기술자는 몇 손가락에 꼽을 정도에 불과하다. 신제품들은 그에게 전부 연구 대상이다. 여전히 그는 책도 참조 안 하고 오로지 정면 승부를 택했다. 그가 내뱉은 한 문장에서 나는 수리 실력 9단의 내공을 느꼈다.

"원리를 찾아내서 고치는 게 젤루 어려워."

아내가 안쓰러운 듯 옆에서 거들었다.

"교육기관서 책으로 배워서 고치는 법을 익혔으면 쉬울 터인디, 그냥 무작정 뜯어서 고치니께 지금도 아침부터 밤까지 저 늬가 그렇게 애를 써요."

그 덕에 박순종 사장은 7형제 중 가장 먼저 머리가 하얗게 세는 기록을 세웠다. 다른 사람은 못하는 특기 개발에 여전히 고심 중이라는 증거였다. 최근에는 디지털시계와 디지털카메라까지 연구하고 수리한다. 디지털시계의 경우 대전에서 한 박스씩 모아서 수리를 맡기고 간다고 했다. 한번은 도저히 못 고치는 디지털시계를 맡아서 자존심이 상한 적이 있었는데, 결국 생산공장에 들어가서도 수리가 불가능하다는 판정을 받고 나서야 가슴을 쓸어내렸다고 한다.

나는 그의 실력을 검증하지도 않았고 검증할 수도 없지만, 그의 실력을 의심하지 않게 되었다. 박순종 사장이 밑바닥에서부터 본질에 접근한 사람임을 납득했기 때문이다. 시계 수리 기술자의 시간에는 무엇보다 진정성의 맥박이 뛰고 있었다. 따라서 서울의 오리엔트 수리 최고 전문가에게서 인정받은 일화, 부여와 군산에서 못 고친 고급 롤렉스 시계를 고친 성공담 등은 생략하기로 마음먹었다.

두 시간이 얼마나 빨리 갔는지 레코더가 꺼진 줄도 모를 정도였다. 밖에는 어느덧 함박눈이 쏟아지고 있었다. 우리가 이야기를 나누는 동안 가게 문을 열고 들어온 사람은 한 명뿐이었다. 그것도 물건을 구입하거나 수리를 의뢰하는 분이 아니라 불우이웃돕기 떡을 팔러 들어온 아저씨였다. 차가운 떡을 든 아저씨의 손에 사장 내외는 몇천 원을 쥐여줬다. 나는 사장님과 인사를 나누며 이렇게 가게 안에 수많은 시곗바늘이 돌아가고 추가 흔들리면 어지럽거나 불안하지 않느냐고 물었다. 악수를 하던 그가 일축했다.

"건 모르는 소리여. 우덜은 저거시 안 움직이면 불안혀."

*

신협 서기 남영기 씨를 만나러 6시에 찾아가자 집에서 급한 전화가 왔다며 내일로 미뤘으면 좋겠다고 했다. 나는 어쩔 수 없이 그렇게 하자고 약속하고 밖으로 나왔다. 눈송이가 꽤나 굵었다. 장이 완전히 파한 뒤여서 텅 빈 시장과 거리는 눈으로 뒤덮이고 있었다.

초원다방을 지나쳐 큰길을 따라 내려오는 길에 '멕시칸치킨' 간판에 불이 들어온 게 보였다. 이제는 새로운 프랜차이즈에 밀려 도시에서 자주 볼 수 없으나 한때는 흔하던 멕시칸치킨의 붉은 간판이 그곳에 고스란히 남아 있었다. 그러나 우리가 과거에 접하던 멕시칸치킨과는 다른 독특한 풍경을 나는 그곳에서 발견했다.

지난 보름 동안 한산면을 헤매다가 해가 저물면 나는 언제나 '멕시칸치킨' 앞을 지나갔다. 다른 길도 많지만 일부러 이 가게 앞으로 지나갔다. 더욱이 그냥 지나치지 못하고 문밖에서 안을 기웃거리며 서성댔다. 그 가게 앞에 서면 커다란 유리창 너머로 두 아들의 공부하는 모습이 보이기 때문이었다. 단정하게 스포츠머리를 한 아이들은 오늘도 연필을 세우고 문제집을 풀거나 책을 읽고 있었다. 매일 똑같이 펼쳐지는 정경은 이랬다.

이 가게는 여느 치킨집이면 구비하기 마련인 손님용 테이블이 없다. 대신 두 개의 학생용 책상이 있다. 초등학교 고학년으로 보이는 아이는 좌측 벽의 책상에 앉아 있고, 중학생쯤 되는 큰아이는 출입구에 등을 보이고 앉아 있다. 우측 사이드의 튀김 조리시설 앞에는 어머니가 신문을 읽고 있다. 아버지는 출입구의 작은 의자에 앉아서 공부하는 두 아들의 등을 보며 배달을 준비하고 있다. 그 가족은 한두 걸음이면 닿을 거리임에도 불구하고 서로 조심하며 독려하는 듯 보였다.

나는 마음속으로 '멕시칸치킨'이라는 간판을 떼어내고 '미시건 독서실'이라는 새 간판을 붙여주었다. 단 한 번도 그 아이들은 한눈을 팔거나 다리를 떨거나 코를 후비는 짓은 하지 않았다. 물론 꾸벅꾸벅 조는 일도 없었다. 밖을 서성대는 나와 눈이 마주치는 일도 없이 매번 반듯하게 앉아서 자신의 공부에 몰두했다.

목화솜 같은 눈송이가 펄펄 내리는 밤거리에 서서 그 가족을 보고 있으면 까닭 없이 눈물이 핑 돌았다. 아버지와 어머니는 아이들이 공부하는 뒷모습을 보며 노동의 피로와 쪼들리는 살림살이를 감내하는 듯 여겨졌다. 그리고 아이들은 아버지와 어머니의 삶의 현장에서 아무런 불평 없이 정신적 지평을 넓히는 데 열중이었다.

책꽂이에 꽂힌 학업 참고서와 낡은 위인전과 과학 도서를 보면 괜히 콧등이 시큰거리고, 좌에서 우로 또박또박 움직이는 연필을 보면 심장이 빠르게 뛰었다. 번잡한 대로와 유리 한 겹을 두고 공부에 여념이 없는 그들을 볼 때면, 나는 느닷없이 문을 열고 들어가 녀석들의 짧은 머리를 한 번씩 쓰다듬어주고 싶었다. 그리고 이해받을 수 있다면 용돈을 건네주고도 싶었다.

그러나 나는 한 번도 그 가게 안으로 들어가지 못했다. 다만 밖에 서서 두 아들과 부모님을 위해 기도했을 뿐이다. 이런 말을 하면 웃길지도 모르지만, 한산의 빼어난 풍경 몇 개를 꼽으라면 나는 주저 없이 멕시칸치킨의 유리 너머 가족 풍경을 포함시킬 것이다. 그것은 액자와 제목을 갖춘 한 폭의 수채화와 다름없었다.

나는 그렇게 치킨집을 들여다보다가 내일은 이 시장에서 또 누굴 만나야 하나, 헤아리며 걸음을 옮겼다. 발이 시리고 배가 고프고 가족의 품이 그리웠다. 간혹 크고 작은 차량이 찬 바람을 일으키며 옆으로 지나갔다. 여관은 마을 밖의 대로변에 있었다. 내일은 신협 서기 남영기 씨를 만나는 게 급선무였다. 그를 만나서 별다른 성과가 없을지 몰라도 그것 외에 다른 생각은 들지 않았다. 나는 콧물을 훔치고 시린 손으로 주머니 속의 레코더를 움켜쥐었다. 레코더는 펜보다 날카롭지 않았다. 그러나 지금은 나보다 이 레코더가 더 소중했다.

옴 샨티

차크라 주발이 어두운 요가실 안에서 맑게 울렸다. 아쉬탕가 수련생 아홉 명은 매트에 서서 가슴 앞에 두 손을 모은 자세로 만트라를 찬팅했다. '30일 특별 수련'의 마지막 수업 시작을 알리는 산스크리트어 만트라는 둔중했다. 수련생들은 대개 목이 쉬고 근육통을 앓았으며 말수를 잃었다. 그사이 참가자는 스물다섯 명에서 아홉 명으로 줄었다.

구루인 한나가 먼저 '옴'을 낮고 길게 소리 내자 수련생들은 성대를 열어 '옴'을 따라 했다. 턱을 한껏 벌리고 입술을 오므려 내는 울림음이 뿔고등 소리처럼 퍼져나갔다. 만트라는 마음을 보호하는 주문이고 세상 만물을 박동하는 신성한 소리가 바로 '옴'이었다.

옴   옴
반데 구루남 짜라나라빈데   구루의 연꽃 발밑에 절합니다.

산다르시따 스와뜨마 스카바 보데	참나의 행복을 일깨워 알게 하 시고
니 쉬레야세 장갈리까야마네	궁극의 안식처인 밀림의 치유 자로서
삼사라 할라 할라 모하샨띠에	삼사라의 독(毒)인 망상을 잠 재워 평화롭게 하십니다

"사마스티티."

한나는 가르침의 말을 생략한 채 낮게 구령을 붙였다. 수련생들은 일제히 일어나 매트 위에 섰다. 척추를 길게 하고 반다에 집중하여 깊이 호흡했다.

"수리야 나마스카라 A. 에캄."

완은 숨을 가득 들이쉬며 태양을 경배하듯 양팔을 올리고는 차분히 엄지를 응시했다. 그리고 날숨으로 몸을 접어 가슴을 무릎에 붙였다가 들숨으로 척추를 길게 폈다. 점프 백으로 다리를 쭉 펴며 내쉬고, 들이마시며 부장가사나를 하고는 다운 독에서 호흡을 5회 유지했다.

"수리야 나마스카라 B. 에캄."

첫 자세로 돌아오자 한나는 꼿꼿이 서서 구령을 붙였다. 수련생들은 방금 했던 동작의 변형 자세를 오른발과 왼발을 앞세워 반복했다. 부장가사나가 세 번 연결된 한 세트가 끝나자 열기가 피어오르며 우짜이 호흡이 깊어졌다. 실내에 땀 냄새와 아로마 향이 뒤섞인 공기가 농밀했다. 아홉 명의 수련생은 같은 리듬 안에서 호흡했다. 공기가 들고 나며 인후 뒤쪽에서 소용돌이치는 소리는 마치 한꺼번에 밀려왔다 밀려가는 파도 소리 같았다. 완은 흡사 자신이 파도가 된 듯 바다에서 물결치는 환각에 사로잡혔다.

7월 말경, 완이 요가원에 들른 것은 두고 온 물건 때문이었다. 그는 트레이닝 재킷을 두고 왔다는 사실을 알았지만, 당장 필요하지 않아서 몇 달째 찾으러 가지 않았다. 선생과 대면하는 일이 적잖게 불편했다. 요즘 왜 안 나오세요, 언제 다시 시작하나요 등의 물음에 대답이 궁색했다. 재킷에 넣어둔 갤러리 관계자들의 명함이 필요하지 않았다면 그곳의 문턱을 넘는 데 상당한 시간이 걸렸을 것이다.

로커에서 재킷을 들고 나오는데, 좁은 통로에서 완은 한나와 부딪치고 말았다. 한나는 환한 표정으로 웃었고, 완은 정중하게 머리를 숙여 인사했다.

"지난 3년간 열심히 수련하셨는데, 올해는 반년치를 내고 안 나오신 지 좀 되셨죠?"

반년치 수강료를 내고 석 달을 드문드문 다니다가 지난 석 달간 발길을 끊었기 때문에 비용은 공중으로 흩어진 거나 마찬가지였다. 가만히 고개를 끄덕이는 완에게 한나는 테이블 위의 종이 한 장을 집어서 내밀었다.

"이번에 특별 수련 과정이 열려요. 참가비는 받지 않을 테니 꼭 오세요."

팸플릿에는 8월 중 30일간의 아쉬탕가 프라이머리 시리즈의 이론과 실기, 마이소르 메인샬라의 가르침을 전달하는 프로그램 내용이 인쇄되어 있었다. 수료증 발급이 포함됐기 때문인지 참가 비용은 사라진 석 달치의 액수를 훨씬 웃돌았다. 수련은 매일 오전과 오후를 합쳐 세 시간씩이었다. 완은 예의상 팸플릿을 훑어보았다.

"저와 하는 마지막 아쉬탕가일지도 몰라요. 이번 과정이 끝나면 여기를 떠나거든요."

완의 귀에 유독 '마지막'이라는 단어가 강하게 들렸다. 가면 언제 오느냐는 완의 물음에 그녀는 그저 웃으며 "꼭 오세요"라는 당부를 남기고 수련실로 걸어갔다.

한나는 완보다 열 살 어린 스물여덟 살이었지만 근접할 수 없는 위엄과 격조가 있었다. 완은 그녀의 수업을 처음 들었을 때의 충격을 여전히 기억했다. 전등의 조도를 한껏 낮춘 요가실로 그녀가 들어왔을 때, 인도의 여신이 나타난 듯한 착각이 들었다. 여성과 남성의 적절한 혼융, 유연성과 근력의 섬세한 조화를 완은 그녀를 통해서 보았다. 요가원에는 네 명의 선생이 지도를 했으나 완은 한나의 빈야사와 아쉬탕가 수업만을 들었다.

"파당구쉬타사나. 가슴의 눈을 크게 뜨고 아래로."

양발을 골반 너비로 벌리고 선 수련생들은 숨을 들이쉬며 복장뼈를 들어 올렸다가 숨을 내쉬며 가슴이 무릎에 닿도록 몸을 접었다. 척추의 골을 타고 땀방울이 후드득 떨어져 내렸다. 자세는 곧 손바닥을 발바닥 아래로 넣고 전굴(前屈)하는 파다하스타사나로 이어졌다. 정수리를 바닥으로 향하고 5회 호흡하는 동안

이마의 땀방울이 매트 위로 후드득 떨어졌다.

―오른쪽 가슴에 방울토마토만 한 결절이 세 개나 있대요. 제 가슴을 그렇게 콩닥콩닥 뛰게 했나 봐요, 이 방울만 한 것들이!

연에게서 문자가 날아온 것은 올 1월 초였다. 부쩍 건강이 나빠져 병원에서 각종 검사를 받았는데, 초음파사진을 보니 결절이 여러 개 발견됐다고 했다. 연의 아파트를 마지막으로 방문한 지 두 달이 지났을 무렵이었다. 유방암 수술 병력 때문에 재발의 두려움을 그림자처럼 안고 산다는 말이 떠올랐다. 완은 답신할 내용이 마땅치 않아서 미루다가 타이밍을 놓치고 말았다.

―오른쪽 폐 조직검사를 한대요. 조직검사라뇨? 제가 무슨 보스도 아니고 ㅋㅎ 한번 안 들르세요?

일주일쯤 지나서 온 연의 문자를 보고는 '오른쪽 가슴'이 '오른쪽 폐'를 가리킨다는 것을 알아차렸다. 폐 조직검사를 한다면 이미 전이가 진행됐거나 확산 중이라는 뜻이었다. 완은 이젤 앞에서 작업을 하다가 아크릴물감을 잔뜩 묻힌 브러시를 팔레트 위에 내려놓았다. 갑자기 입 안에 쓴 침이 고여서 화장실 변기에 그것을 뱉었다. 변기 안에 뜬 침을 멍하니 보다가 몸조리를 잘하라는 당부와 곧 들르겠다는 짧은 답신을 보냈다.

연을 만난 건 작년 봄 신촌의 백화점 문화센터 미술 강좌에서였다. 서양화 기초반의 출강 요청을 수락한 건 곤궁해진 생활 탓이었다. 결혼 후부터 생계를 책임지던 아내가 심한 피로를 호소하며 집에 들어앉자 완은 작업실에만 틀어박혀 지낼 수가 없었다. 아내는 서른다섯 살이 되자 더 늦기 전에 아이를 갖고 싶어

했다. 완은 세 번째 개인전을 열고 3년이 지난 후라서 수입이 끊긴 지 오래였다.

서양화 기초반 스무 명의 수강생들 중에서 완이 연을 눈여겨본 이유는 동갑인 까닭도 있지만 색다른 분위기 때문이었다. 수다스럽고 잘 웃는 저들과 뒤섞이기에는 그녀가 고귀해 보였다. 셔츠 한 장을 입어도 맵시 나는 골격 자체가 남달랐고 태도와 몸가짐이 단아했다. 머릿결부터 발톱까지 풍성하고 윤기가 흘렀다. 간혹 질문에 대답하는 어조 또한 세련되고 안정적이었다. 그녀가 사용하는 물감과 붓은 고가품이었다.

기초 과정이 끝나자 연은 완에게 개인지도를 부탁했다. 그녀는 혼자 지내기엔 꽤나 여유로운 연희동의 30평대 아파트에서 살고 있었다. 햇빛과 바람이 잘 들어오는 베란다에 딸린 방 한 칸을 통째로 아틀리에로 꾸미고 작업 중이었다. 국전 수상 경력을 가진 전문 화가로 사는 완의 작업실보다 훨씬 환경이 좋았다. 레슨 시간을 넘겨 식사 시간이 되자 그녀는 떡만둣국을 내왔다.

"죄송해요. 제가 혼자 살다 보니 이렇게 대충 먹어요. 무슨 소꿉놀이 같죠?"

두 가지 나물과 삶은 브로콜리 그리고 토마토 샐러드가 정갈하게 차려진 상을 받자 완은 왠지 코끝이 시큰했다. 끼니를 대충 때우거나 사 먹는 음식에 익숙한 그에게는 정성 어린 상차림이었다. 간이 약한 나물은 향과 감칠맛이 돌았고 멸치를 우려 맛국물을 낸 떡만둣국은 담백했다.

"선생님, 떡만둣국을 좋아하시나 봐요?"

102

완은 냅킨으로 입가를 닦으며 함박웃음을 지었다. 군복무 시절부터 그가 가장 좋아한 메뉴였다. 떡이 불어서 국물이 자작자작한, 달걀을 풀고 오래 끓인 나머지 죽처럼 부드러운 그것을 완은 '국방부 샥스핀 스프'로 불렀다. 연은 식탁 맞은편에서 식은 콩밥과 나물을 조심스레 먹었다.

그날 아파트를 나설 때, 연은 무릎을 접고 앉아 완의 신발을 가지런히 집어서 신기 좋게 방향을 바꾸어놓았다. 순간 고압 전류에 감전된 듯 완은 심장이 쩌릿했다. 어릴 적 한옥에 살 때 집 안의 높은 어르신들이 대청 끝에 서면 어머니가 댓돌에서 하던 모습이었다. 인사를 하고 아파트 복도를 성큼성큼 걷다가 뒤를 돌아보자 연은 문 앞에서 미소를 지으며 그 자리에 서 있었다.

그림을 지도하며 둘은 함께하는 시간이 점점 많아졌다. 날씨가 더우면 서강대 뒤편에서 을밀대 냉면을 먹었고 흐린 날에는 연희동의 이화원에서 굴짬뽕을 먹었다. 비가 오면 홍대와 합정의 일본식 선술집에서 더운 정종을 한 잔씩 홀짝이기도 했다. 의외로 연은 유쾌하고 유머 감각이 뛰어났다. 완의 계좌에는 문화센터 강사료의 거의 배에 해당하는 레슨비가 매달 초 입금됐다.

3개월가량 연희동을 드나들었을 때, 완은 연에게 모델이 되어달라고 부탁했다. 그녀는 전체적으로 풍만하고 비율이 좋았다. 산모퉁이를 돌다가 문득 반갑게 만난 수형이 좋은 나무 같았다. 특히 어깨선과 가슴이 자연스럽고 탐스러웠다. 완은 침대 모퉁이에 앉아 고개를 돌려 새벽 창문을 바라보는 여인의 누드를 그리고 싶었다.

"우티타 하스타 파당구쉬타사나 D."

양손을 허리에 놓은 수련생들은 한 다리로 서서 한 다리를 배꼽 높이까지 곧게 펴 올렸다. 완은 마음이 흐트러진 탓인지 혹은 열기에 어지러운 탓인지 호흡이 불규칙해지며 다리가 부들부들 떨렸다. 홀딩이 길어지자 허벅지 근육에 경련이 일 듯한 통증이 몰려왔다. 한나가 완의 곁으로 와서 작게 말했다.

"머리에 생각이 너무 많아요. 정면 한 점 보시고 호흡에 집중!"

한나는 인도의 마이소르에서 아쉬탕가 구루 파타비 조이스에게 직접 지도자의 권위를 부여받은 요기니였다. 엄격하면서도 온화하고 무엇보다 음성이 독특했다. 여성적 목소리에 남성적 메시지가 충만한 말투는 간결하고 의미심장했다. 완은 자신의 속을 훤히 꿰뚫는 말을 들을 때마다 그녀의 통찰력에 놀라곤 했다.

"마치 투명한 보석이 곁에 있는 꽃의 빛깔에 물들듯이 그렇게 생각을 비우세요. 그리고 집중하는 대상에 물들기를 기다리세요. 균형과 집중으로 대상과 하나가 될 때 빛나는 그 무엇과 만나세요."

남자 탈의실 벽에는 아쉬탕가 지도자 데이비드 스웬슨이 코스타리카 고원의 바위에서 바시스타사나를 취한 사진이 걸려 있었다. 옆으로 누운 '大' 자처럼 양쪽 바위에 한 팔과 한 다리를 걸치고 하늘로 곧게 뻗은 발끝을 손으로 연결한 아사나였다. 균형과 집중이 완벽해서 흡사 태양을 향해 날아오를 듯이 보였다. 그가 몸으로 만든 아치 아래로 피어나는 뭉게구름은 그런 부양감을 배가시켰다.

완은 요가복으로 갈아입으면 사진 앞에서 두 손을 모으고 눈을 감았다. 그것이 무엇이든 자기가 바라는 대상을 명상함으로써 마음의 안정이 얻어진다는 것을 그는 알고 있었다. 이 같은 방법으로 평정을 얻은 자는 가장 작은 것에서부터 큰 것에 이르기까지 지배력이 생긴다는 파탄잘리의 가르침을 완은 믿고 싶었다. 아무렇지도 않은 듯 작업실에서 전시회 그림을 준비하고 집에서 아내와 함께 갓난아기를 돌봤지만 완은 왠지 심한 죄책감에 시달리고 일손이 제대로 잡히지 않았다.

8월 내내 밖은 천천히 걷기도 힘들 만큼 무더웠고 폭염주의보와 경보가 하루걸러 떨어졌다. 이 더위에 30일간의 특별 수련을 완이 한 번도 빠지지 않은 이유는 자신에게 벌을 주기 위해서였다. 자발적 징벌……. 그는 온몸이 근육통에 시달리고 상체와 하체가 따로 노는 듯한 통증 속으로 담담히 걸어 들어갔다. 그것이 파렴치한 스스로에게서 벗어나는 유일한 방법이었다.

요가가 끝나면 속옷뿐만 아니라 매트 옆에 둔 수건이 흠뻑 젖을 정도로 땀을 흘렸다. 몸에서 지방을 4킬로그램이나 태웠고 눈물이 메마를 정도로 수분이 빠져나갔다. 이번 프로그램은 자신을 제어하고 정죄하기 위해 채택된 일종의 처벌이었다.

아사나 수련은 자신이 수련장으로 끌고 들어온 생각을 확대하고 강화하는 특징이 있었다. 만물에 감사하는 마음을 가지면 동작과 호흡이 진행될수록 에너지가 증폭되고 마지막에는 그것이 극대화되어 큰 행복감이 들었다. 반면에 슬픔을 갖고 시작하면 불행한 감정 상태가 고조되어 중간에 탈진하기도 했다. 완은 처음부터 연을 떠올리는 일을 피할 수가 없었다.

완의 부탁에 몇 번이나 부끄러워하고 망설이던 연이 결심한 듯 상의를 벗고 브래지어를 풀었을 때 완은 아, 하는 신음과 함께 미간을 찌푸렸다. 그것은 불쾌함이라기보다는 갑자기 갈비뼈 사이로 쑥 밀고 들어온 칼날의 차가움 같은 당혹감이었다. 여자로서 적잖게 수치스러운 일이었을 텐데 연은 애써 침착하고 재치 있게 대응했다.

"왼쪽 가슴에 애벌레 한 마리 보이죠? 이 애벌레가 복숭아 반쪽을 먹어치웠어요."

젖가슴을 반쯤 절제하고 봉합한 자국을 그녀는 그렇게 말했다. 희고 고운 옆구리에도 한 뼘 길이의 굵고 흉측한 송충이가 붙어 있었다. 완은 이젤을 앞에 두고 그녀의 모습을 스케치했다. 왼쪽 가슴이 보이지 않도록 오른 측면에서 구도를 잡았다. 그렇게 연은 완의 모델이 되었고 완은 연의 그림을 지도했다. 가을까지 그런 관계는 꾸준히 유지되었다. 그러나 완은 아내가 임신을 하고 전시회 일정이 잡히자 연희동을 향한 발걸음을 줄였다. 생활이 곤궁했으므로 그는 눈을 질끈 감고 계좌에 꼬박꼬박 입금되는 레슨비를 생활비로 썼다.

—ㅋㅋㅋ 선생님, 저 정수리가 뭉텅 날아갔어요. 하얀 간장 종지만 해요. 머리를 감았더니 깃털 빠진 공작 아니 까마귀 신세 ^0^ 기다리다 목도 빠질 듯 ㅎ

4월에 날아온 메시지를 보고 완은 그녀의 방사선치료가 상당히 진행됐다는 것을 짐작했다. 올해 여대에 입학한 조카가 자주 와서 함께 지낸다고도 했다. 완은 잘 참고 견디라는 답신을 보냈다. 전시회 출품작이 얼추 정리되면 들르겠다는 말도 덧붙였다. 그로부터 한 달 후에 온 문자는 쓸쓸했다. 배가 제법 부른 아내가 딸기가 먹고 싶다는 말을 듣고 마트에서 노끈에 묶인 스티로폼 딸기 박스를 들고 집으로 돌아가던 길이었다.

　─저 가발 썼어요. 재채기를 하면 풀썩 드러나는 대머리 쇼 개봉 박두! 궁금하면 500원 ^^

　완은 걷다가 멈춰 서서 딸기 박스를 옮겨 잡은 후 자신의 오른 손가락을 펼쳐봤다. 다섯 손가락 갈피마다 걸리던 연의 풍성하고 부드러운 머릿결이 떠올랐다. 반듯하고 깨끗한 그녀의 이마도 떠올랐다. 자동차 경적에 정신을 차리자 다섯 손가락에는 노끈 자국만 붉게 남아 있었다.

　흐느끼는 소리가 들린 건 서서 하는 자세가 끝나고 한참 앉아서 하는 자세를 할 때였다. 매번 동작이 끝날 때마다 부장가사나가 포함된 기본 아사나를 취한 터라 이쯤이면 온몸이 땀으로 미끄러웠다. 마리치아사나 B를 취하는 중에 뒷줄에서 낮은 울음소리가 들렸다. 마라톤으로 치면 중간쯤 온 거리였다. 완은 세운 한쪽 다리 위에 반가부좌를 하고 양팔을 뒤로 돌려 이마를 바닥에 조아렸다. 위대한 현인에게 바치는 자세였지만, 그는 연에게 사죄하는 마음으로 허리를 접었다. 머리에서 흘러내린 땀이 눈으로 스며들어 쓰렸다.

─무심함만큼 날카로운 칼날은 없어요. 무심함 아래에서는 몸도 마음도 그 어떤 믿음도 싹둑 잘려 나가요.

연은 이 세상에서 가장 무서운 것이 무심함이라고 했다. 가겠다는 말만 하고 오지 않는 완을 탓하는 듯했다. 그녀는 인터넷에 자신이 올린 글들을 모두 삭제하고 있다고 했다. 이메일을 없애고 가입한 동호회와 클럽도 전부 탈퇴했다고 덧붙였다. 연은 폐와 난소로 걷잡을 수 없이 전이된 암세포와 방사선치료에 몸과 마음이 지친 것 같았다. 간헐적으로 연에게서 오는 문자에는 원망이 가득했다.

"숩타 쿠르마사나."

완은 벌린 다리 사이로 상체를 접어 이마를 바닥에 대고 팔을 무릎 아래 넣어 뒤로 뺐다. 잠자는 거북이 자세로 프라이머리 시리즈 중에서 완이 요즘 자주 취하는 동작이었다. 최고 숙련자는 양 발목을 뒤통수에 엇갈리게 걸었다. 여기저기서 앓는 소리가 새어 나왔다. 호흡의 끈으로 아사나의 유동적 연결을 중요시 여기는 아쉬탕가에서 수련생들의 들숨과 날숨은 벌써 뒤죽박죽이었다.

지난 3년간 꾸준히 요가를 했어도 완은 되는 동작보다 안 되는 동작이 훨씬 많았다. 한쪽 다리를 간신히 들어 뒤통수에 얹자 대퇴부 신경이 끊어질 듯했다. 다른 쪽 다리는 요지부동이었다. 고관절이 유연하지 못한 까닭이었다. 한나는 타인과의 소통이 서툴거나 자기표현이 약한 사람들이 대개 감정을 고관절에 쌓아둔다고 했다. 완이 갖은 애를 쓰며 나머지 다리를 올리려고 낑

껑대자 한나가 다가와 속삭였다.

"너무 애쓰지 말아요."

아내는 나이가 많은 탓인지 조산 기미를 보였다. 분만지연제를 투여받자 당수치가 200대를 오르내리며 임신성당뇨 증세를 보였다. 아침마다 식전에 손끝에 피를 내어 혈당을 측정할 때마다 조마조마했다. 본가에서 부모님이 걱정스러운 얼굴로 찾아왔고, 장인 장모가 근심스러운 얼굴로 다녀갔다. 배가 점점 불러오는 것과 동시에 아내의 얼굴은 핼쑥해지고 눈 밑은 거뭇거뭇해져갔다. 가뜩이나 말수가 적던 그녀는 거의 아무 말도 하지 않아서 완은 억지로 작업실에 들어가서도 붓이 손에 잡히지 않았다.

6월의 새벽, 아내는 식은땀을 뻘뻘 흘리며 끙끙 앓았다. 배가 부른 애벌레처럼 몸을 둥글게 말고 간혹 손을 뻗어 허공을 움켜쥐었다. 완은 젖은 물수건으로 그녀의 얼굴을 닦아주며 안절부절못했다. 간신히 부축하여 병원으로 이동하는 차 안에서 양수가 터지고 말았다. 출산예정일은 두 달 뒤였다.

아침이 되자 담당의사는 아내를 서울의 큰 병원으로 급히 옮기자고 했다. 더는 분만을 지연시키기 힘들어서 출산을 해야 할 것 같다며 앰뷸런스를 불렀다. 7개월 만에 미숙아를 낳을 경우 폐가 미성장한 상태라 산소호흡기가 장착된 인큐베이터가 필요하다고 했다. 투여한 분만지연제 탓에 아내의 당수치는 350까지 치솟았다. 진통에 지친 아내는 죽어갈 듯 숨을 헐떡거렸다. 삼성서울병원으로 달리는 앰뷸런스 안에서 완은 땀에 들러붙은 아내의 머리카락을 천천히 갈무리해주었다.

—선생님은 저를 소중히 여기신다고 했는데, 그걸 어떻게 믿죠?

—어쩜 이렇게 무심할 수가? 선생님은 제가 당장 죽어도 눈물 한 방울 안 흘릴 사람이에요!

—당장 와서 가져가세요!

분만실 앞에서 초조하게 대기하는 동안 연으로부터 문자 세 개가 연속으로 날아들었다. 그동안 보았던 유머러스한 표현과 스마일 이모티콘은 분노의 문장과 부호로 바뀌어 있었다. 완은 답신을 못 하고 휴대전화 전원을 꺼버렸다.

출산하자마자 아기는 중환자실로 옮겨졌다. 전국에서 가장 아픈 신생아들만 모인 곳이었다. 완은 아기를 보자 주먹으로 세게 맞은 듯 콧등이 얼얼하고 목울대가 울컥했다. 2킬로그램도 안 되는 붉은 핏덩이 코에 굵은 산소 호스를 삽관하고 몸에 온갖 계측기의 전선이 주렁주렁 매달려 있었다. 탈장이 되거나 다리 한쪽이 빠져서 태어난 경우는 나은 축에 속했다. 완은 안아볼 엄두도 못 내고 물끄러미 붉은 얼굴만 바라보았다.

병원에서 나와 집으로 가는 전철 안에서 완은 첫아이가 이렇게 된 게 왠지 자신 탓이라는 죄책감이 들었다. 자신이 아내 외의 다른 여인과 알고 지낸 일이 태아에게까지 나쁜 영향을 미쳤을 거라는 생각 때문이었다. 아이는 너무 빨리 태어났고 이제 여인은 천천히 죽어가고 있었다. 완은 지난밤부터 꼬박 잠을 못 잔 탓에 고개를 떨어뜨리고 축축한 손바닥으로 얼굴을 비볐다.

전철을 두 번 갈아탔을 때 완은 갤러리 디렉터로부터 연락을 받았다. 9월 말에 잡힌 전시회에 대한 확인 전화였다. 브로슈어와 홍보물 제작, 언론사 보도자료를 배포해야 하니 9월 10일 전까지 작품을 전부 넘겨달라고 했다. 완은 무뚝뚝하게 알겠다고 했다. 통화 끝에 디렉터는 '메인 벽'에 걸릴 작품이 뭐냐고 물었다. 갤러리의 노른자위에 걸리는 대표작을 완은 정하지 못한 상태였다. 디렉터는 화랑 주인이 100호 정도를 기대한다고 넌지시 알려줬다. 완은 곧 알려주겠다고 대답하고 전화를 끊었지만 그 자리를 차지할 100호짜리는 아직 없었다.

"시르사사나."

완은 엎드려 두 손을 모아 깍지를 끼고 정수리를 바닥에 댄 채 물구나무를 섰다. 천천히 다리를 공중으로 쳐들어 몸을 일자로 만들었다. 이 자세에서 한나는 보통 열을 세었다. 그런데 오늘은 유독 홀딩이 길었다. 열다섯이 넘자 여기저기서 숨을 거칠게 내뱉더니 스물에 가까워지자 옆의 수련자가 둔탁한 소리를 내며 바닥으로 쓰러졌다. 한 사람이 쓰러지자 이어서 두 명이 차례로 허물어졌다. 한나는 그들에게 아기자세를 취해 숨을 고르며 쉬도록 했다.

완은 이를 악물고 버텼다. 토대가 되는 팔꿈치, 전완, 손 바깥으로 중력을 배분시켜야 하지만 실력이 그렇게 완벽하지 못했다. 완은 이대로 목이 부러지고 머리가 터져도 상관없다고 여겼다. 턱선을 타고 내려온 땀방울이 귓속으로 고여들었다. 요즘처럼 자신이 고통을 담기에 적당한 그릇이라는 사실을 절감한 적이 없었다. 고통스러울수록 슬픔의 면적이 줄어든다는 것은 다행이었다. 카운팅은 스물다섯에 가서야 멈췄다.

"시르사사나 B. 모든 반다를 꽉 잠그세요."

완은 그 상태에서 다리를 바닥과 평행이 되도록 반 정도 접었다. 몸은 완전한 기역자였다. 헉 소리를 내며 수련생 두 명이 바닥에 나동그라졌다. 완은 시선을 코끝에 집중했다. 역자세를 취할 때마다 바오밥나무를 떠올렸다. 욕심을 너무 부린 탓에 뿌리가 공중으로 들려 거꾸로 자라는 신의 저주를 받은 나무. 수액이 온통 머리에 쏠려 어지러운 나무, 덕분에 허공에 뻗은 뿌리의 촉수로 바람과 구름을 움켜쥔 나무. 완은 역자세가 익숙해진 것에 일종의 편안함을 느꼈다. 누구보다 역자세를 많이 연습했기 때문이다. 한나는 카운팅을 시작했다. 그러나 그 누구도 죽음에 연습이 되거나 익숙해질 수는 없었다.

—선생님, 저는 그리움을 잊은 줄 알았어요. 그런데 여전히 그리워요. 가져가야 하실 것이 있어요. 꼭 와서 가져가세요.

연의 문자를 받은 곳은 무더운 한낮의 3호선 전철이었다. 완은 머리에 둥근 챙의 모자를 쓰고 가슴에 멜빵을 가로질러 아이스박스를 멘 채 일원동의 병원으로 가는 중이었다. 아내의 빈약한 젖가슴에서는 젖이 그치지 않고 나왔다. 아기의 양분이자 생명수인 그것을 냉동실에 얼렸다가 완은 이틀에 한 번씩 '아이스케키 장수'처럼 폭염을 뚫고 위성도시에서 강남으로 배달했다. 완은 썩은 복숭아를 싹둑 도려낸 듯한 연의 젖가슴을 떠올리며 답신을 보냈다.

—갈게요. 떡만둣국도 먹고 싶어요.

그리고 보름 후의 날짜를 찍었다. 그때면 산소호흡기를 떼낸 아기도 안정되어 퇴원을 하고 집에서 엄마와 함께 지낼 거라 여겼다. 그러나 금방 퇴원할 듯했던 아기는 중환자실에서 한 달을 꼬박 채웠다. 약속했던 보름이 지나자 완은 연에게 도저히 몸을 뺄 수 없는 일이 생겨서 갈 수 없다는 메시지를 전송했다.

연에게서는 아무런 답신이 없었다. 완은 답신이 없는 그녀에 대해 깊이 생각하지 않았다. 자신의 발등에 떨어진 불행의 불길이 훨씬 더 뜨거웠다. 9월 말에 잡힌 개인전 작품 준비와 눈앞의 미숙아와 회복실의 산모에게 신경을 쓰느라 우왕좌왕했다. 연이 크게 실망하겠지만 다음에 적절하게 사과를 하면 이해해줄 거라 여겼다.

7월 중순에 택배가 배달됐을 때, 완은 찜통 같은 방에서 우는 아기를 품에 안고 달래는 중이었다. 아직 배 속에 있어야 할 아기의 얼굴엔 며칠 새 열꽃이 피어올랐다. 비좁은 연립주택의 꼭대기 층은 너무 더웠지만 에어컨이 없어서 아기에게 어찌해줄 방법이 없었다. 아내는 저녁거리를 사러 마트에 가고 없었다. 배달된 물건은 도배지처럼 둥글게 말려 있었고 발신인은 처음 보는 이름이었다. 간신히 잠든 아기를 강보에 눕히고 겉봉을 뜯어 내용물을 펼친 순간, 완은 얼굴을 일그러뜨리며 신음을 질렀다. 그것은 완이 그리다가 손을 놓은 연의 누드였다.

"사바사나."

한나는 마지막 동작을 지시했다. 완은 눈을 감고 마치 송장처럼 드러누워 두 팔과 두 다리를 바닥에 내려놓았다. 이제까지의 의식적인 호흡까지 놓아버렸다. 모든 것을 버리는 일종의 임사 체험이었다. 완은 자신이 송두리째 비워져 공중으로 들리는 부양감을 느꼈다. 흡사 벌을 받는 듯한 요가의 고통스러운 동작들은 채우기보다 비우기 위해 고안된 것이었다. 에로스의 궁극이 자신을 죽이는 황홀한 통증이듯, 극도의 쾌락과 극도의 고통은 서로 살이 맞닿아 있었다.

연은 만두를 빚다가 쓰러졌다. 완이 연희동에 가겠다고 약속한 날짜로부터 일주일 전이었다. 저녁에 항암제를 먹은 후 그녀는 조카에게 만두를 해야겠다며 장을 봐달라고 부탁했다. 몸도 아프고 날도 더운데 웬 만두냐고 조카가 묻자 입맛이 없으니 그걸 먹어야 힘이 날 것 같다며 재료 목록을 적어줬다. 조카는 인근 만두 가게에서 사다 주겠다고 말렸으나 그녀의 고집을 꺾을 수는 없었다.

연은 완이 좋아하는 대로 속을 매콤하게 하고 크기를 작게 해서 모양을 냈다.

조카가 샤워를 하고 나온 사이 그녀는 만두 속이 담긴 통에 얼굴을 묻은 채 쓰러져 있었다. 쟁반에는 만두 열 개 정도가 열을 맞춰 놓여 있었다. 택배 발신자인 조카에게 전화를 걸어서 들은 내용이었다. 날짜를 따져보니 완이 연희동에 갈 수 없다는 문자를 보낸 건, 장례와 발인이 끝나고 그녀가 납골당에 든 후였다.

통화를 끝내고 완은 그 자리에 주저앉아 두 손으로 자신의 머리를 움켜쥐었다. 그리고 견딜 수 없을 때마다 벽에 붙어 시르사사나를 취했다. 거꾸로 서면 괴로움이 비껴갔다. 완이 괴로운 까닭은 연이 지상에서 사라졌다는 슬픔보다는 연과의 관계를 정의할 수 없다는 점이었다. 연이 숨을 거두는 마지막 순간 자신이 어떤 기억으로 남았을지 궁금했다. 그것이 어떤 모습이든 완이 기대하는 이미지와는 반대일 것 같았다. 이곳의 그는 저곳의 그녀에게 아무것도 물을 수가 없었다. 머리로 피가 몰려서 눈을 감으면 광막한 밤하늘에 성냥불 같은 빗금을 그으며 떨어지는 유성이 보였다.

"요가란 무엇입니까?"

어제, 한나는 물었다. 한 시간 반의 프라이머리 시리즈를 마치자 수련생 한 명 한 명은 선생 앞에 나아가 문답을 주고받았다. 99퍼센트의 수련과 1퍼센트의 이론을 지향하는 파타비 조이스의 학풍에 따라서, 한나는 전 일정을 말없이 엄격하게 이끌었다. 완은 아쉬탕가 요기로서 앞으로 지니고 나아갈 한 문장을 답해야 했다. 땀에 흠뻑 젖은 셔츠와 팬츠를 입은 채 완은 한나 앞에 무릎을 꿇고 말했다.

"균형입니다. 균형은 단순히 넘어지지 않는 것이 아니라 내면의 평정을 배우는 것으로 진아(眞我)의 통로입니다."

"무엇과 무엇의 균형입니까?"

"요가의 요체는 치우침 없음입니다. 우리 몸의 왼쪽과 오른쪽의 균형, 앞과 뒤의 균형, 위와 아래의 균형, 안과 밖의 균형, 육체와 정신의 균형입니다."

지난 한 달간 수없이 몸을 접고 늘이고 굽혔다 펴며 마련한 대답이었다. 완은 한마디를 덧붙였다.

"그리고 과거와 현재의 균형입니다. 망각을 위한 기억입니다."

한나는 고요히 앉아 있다가 입을 뗐다.

"균형은 균등한 정반대의 힘 안에 존재합니다. 균형은 자유를 줍니다. 훌륭한 답을 마련하신 완님은 더는 과거를 살지 마시고 부디 현재를 사세요. 요가는 현재에 집중하는 것입니다."

나무 막대가 차크라 주발을 울리자 쇳소리의 각성적 기운이 그녀와 완 사이를 흐르며 휘감았다. 우주 창조의 근원음으로 알려진 그 진동은 가르치는 자와 배우는 자를 하나로 공명시켜 맥박과 의식을 정렬시키고 동조하게 만들었다. 둘은 "나마스테"라고 인사하며 손을 모으고 서로를 향해 고개를 숙였다.

사바사나 중의 고요하고 깊은 이완 속에서 만트라 곡이 흘러나왔다.

옴 아사토마 사드가마야	존재하지 않음에서 존재함으로
타마소마 조티르 가마야	암흑에서 밝음으로
미트르마 암리탐 가먀야	죽음에서 영원으로
샨티 샨티 샨티히	평화, 평화 그리고 평화를

완은 반복되는 진언을 속으로 찬팅했다. 만트라는 낮고 길게 이어지다가 사그라졌다. 이윽고 수련의 끝을 알리는 차크라 주발이 울려 퍼졌다. 어둠 속에서 난처럼 피어올라 부챗살로 퍼지

는 빛줄기가 완의 눈앞을 메웠다. 완은 생각에 끌려들어가는 스스로를 제어하려고 했으나 어쩔 수 없이 너무나 자연스럽게 그 영상 속으로 빠져들었다. 그 빛 속에서 연이 수줍은 듯 걸어 나왔다. 완은 무릎을 접고 앉아 연의 신발을 가지런히 집어서 신기 좋도록 방향을 바꾸어놓았다.

연은 신을 신고 걷다가 가만히 뒤를 돌아보며 인사를 했다. 곧이어 쏟아지는 벚꽃처럼 사방으로 흩어지는 은빛 파동은 연의 모습을 하얗게 삼켜버렸다. 그녀의 마지막 표정이 웃는 얼굴인지 우는 얼굴인지 완은 눈이 부셔서 확인할 수가 없었다. 거대하고 따뜻한 손이 완의 정수리부터 발바닥까지 부드럽게 어루만지는 느낌이 들었다.

이제는 붓을 들고 그녀와 마주 설 수 있을 듯했다. 그야말로 이제는 선과 색을 입혀 그녀를 어루만질 수 있을 것 같았다. 그렇게 어루만진다는 것…… 오직 그 길만이 그녀를 잊는 길이었다. 귓가에 잔향이 가실 무렵, 완의 눈에서 아주 뜨거운 눈물 한 방울이 빠져나왔다. 완은 입술을 달싹거려 중얼거렸다.

"옴 샨티!"

<u>요오드</u>

2011년 2월 초순

탈북청소년보호단체 '손에손잡고' 강병선 대표의 집무실로 교사 유미순 씨가 찾아왔다. 지난 10년간 이 단체에서 수학 교사로 근무한 유 씨는 강 대표와 마주 앉자 깊은 한숨부터 쉬었다.

"대표님, 너무 답답해서요. 이 문제를 어쩌면 좋아요?"

유 씨는 요즘 가르치는 청소년들 중에는 학습장애가 심해서 수업을 진행하기 어려운 경우가 잦다고 했다. 전에는 신체 발육 면에서 남한 학생들보다 뒤처져도 인지능력은 괜찮아서 잘 알아듣고 배웠는데, 몇 년 전부터 열 명 중 두세 명꼴로 수업을 따라오지 못하는 아이들이 부쩍 눈에 띈다는 것이다.

"애들이 어느 정도로 이해를 못하나요?"

유 씨는 격한 감정을 가라앉히려는 듯 한 손을 가슴에 얹고 숨을 골랐다.

"열일곱 살 남학생인데, 1킬로미터가 1000미터면 2.5킬로미터는 몇 미터인지 계산할 줄 몰라요. 열다섯 살의 여학생은 두 자리 숫자의 나눗셈 문제를 못 풀어요. 나머지가 0인 아주 쉬운 것조차 어려워해요. 게다가……."

이런저런 사례들을 숨 가쁘게 쏟아내는 유 씨의 얼굴에서 강 대표는 피로의 기색을 읽어냈다. 유 씨는 아무리 친절히 설명을 해줘도 학생들이 향상되는 조짐이 안 보이고, 오히려 배우는 일에 심한 피로를 호소한다고 했다. 강 대표는 왜소하고 빈약하며 눈빛이 흐린 몇몇 아이들의 얼굴을 떠올렸다. 그들은 또래 남한 아이들의 평균 신장보다 15센티미터가량이 작았다.

최근 들어 유 씨뿐만 아니라 다른 과목 선생들에게서도 비슷한 호소를 자주 접한 상태였다. 단순히 학습 기회가 적었던 이전의 꽃제비들과는 분명히 다른 차원의 문제였다. 선생들의 이러한 호소가 그저 가르치는 데 대한 답답함을 토로하는 게 아니라는 것을 그는 잘 알고 있었다. 이들은 이 땅의 치열한 경쟁에서 탈북청소년들의 적응력을 걱정하는 것이었다. 강 대표는 유 씨를 적절히 위로하고, 학습 부진을 겪는 아이들의 명단을 적어서 보내달라고 했다. 그리고 다른 과목 선생들에게도 같은 내용을 공지했다.

2011년 2월 중순

'손에손잡고' 대북협력부 서대건 부장과 자료를 살피던 강 대표는 외마디 비명을 질렀다. 점심을 먹고 시작한 신상 기록 검토는 밤 10시가 넘도록 이어졌다. 검토 범위는 지난 3년치였다. 어두운 창밖으로 흰 눈발이 희끗희끗 비쳤다.

"아, 이럴 수가!"

서 부장은 자리에서 벌떡 일어나 강 대표 쪽으로 다가갔다. 긴 회의용 탁자에는 탈북청소년들의 개인별 신상 기록부가 어지럽게 펼쳐져 있었다. 기록부에는 탈북 전 거주 지역과 가족관계에서부터 치아, 혈액, 모발까지의 신체검사 내역 그리고 탈북 루트 및 인터뷰, 심리 상담 자료 등이 항목별로 망라되어 있었다. 강 대표와 서 부장은 학습 부진아들의 자료만 따로 분류하여 검토 중이었다.

"뭘 발견하셨습니까?"

강 대표 앞에 어지러이 펼쳐진 것은 MRI 뇌 영상 촬영 기록이었다. 흑백으로 연속 촬영한 호두알 같은 사진들을 뚫어지게 쳐다보며 강 대표는 서 부장에게 말했다.

"가서 황 군과 정 양의 신상 기록부를 뽑아 오게!"

황 군과 정 양은 탈북청소년들 중에서도 우수한 체력과 지력을 바탕으로 명문대에 합격한 이곳 졸업생이었다. 적응력과 친화력이 뛰어나서 대학 생활 중에도 여러모로 두각을 드러내어 이 단체의 성공 사례로 꼽혔다. 서 부장은 캐비닛에서 자료를 찾아와 강 대표 앞에 놓았다. 강 대표는 개인별 출신 지역을 확인하고는 곧바로 두 사람의 뇌 영상 사진을 꺼내 들었다.

"자, 대조해보게. 뭐가 다른지!"

강 대표는 최근 눈에 띄는 학습 부진아들의 뇌 사진 옆에 두 대학생의 뇌 사진을 놓았다. 대학생들의 뇌는 실하게 여문 호두알처럼 꽉 들어찬 반면, 학습 부진아들의 뇌는 그 크기가 현저히 작았다.

"차이가 크네요. 이건 영양 상태에 따라 달라진 게 아닐까요?"

"맞아. 근데 자네도 알듯이 이 대학생들이나 최근 들어온 애들이나 만성적 영양실조에 시달리기는 마찬가지였어. 학습 부진아들의 출생지가 주로 어디지?"

"자강도, 양강도 그리고 함경북도 내륙 산간이네요. 그럼⋯⋯ 역시 그거였군요!"

둘은 서로를 마주 보며 눈빛을 나누고는 고개를 끄덕였다. 이론과 풍문으로만 알고 염려했던 일이 현실에서 벌어지고 있었다. 강 대표는 자리에서 일어나며 외투를 걸쳐 입었다.

"내일 아침 자문위원단에 연락해서 월말 회의 소집하고, 우린 회의 자료집 작성하자고."

"네, 알겠습니다. 그럼 먼저 들어가세요. 저도 대충 정리하고 퇴근하겠습니다."

서 부장은 기록부를 연도별로 빠르게 정리하다가 펼쳐진 자료 하나를 집어 들었다. 나눗셈을 잘 못하는 여학생이 남한 도착 직후 촬영한 인터뷰 동영상 채록이었다. 여성 인터뷰어가 아이에게 주로 무엇을 먹고 살았느냐고 묻는 대목이었다.

"흙을 퍼먹기도 하고, 나무껍질 같은 거 쪄서 먹고."

"그랬구나. 풀뿌리 그런 것도?"

"아뇨. 풀뿌리는 남아 있지 않아요. 가을과 겨울에는 구하기 어렵고."

"고기를 먹는 경우는 없었니? 꼭 배급이 아니더라도, 개울에서 물고기를 잡거나 들에서 새를 잡거나."

"(고개를 도리도리 젓다가 생각난 듯) 쥐를 잡아먹어요."

2011년 2월 말

회의용 탁자에 앉은 자문위원들의 얼굴은 사뭇 심각했다. 강 대표가 회의를 주재하고 서 부장은 옆에서 기록을 맡았다. 서강대 인류학과 신형석 교수, 고려대 통일의학센터 박서현 식품영양학과 교수, 이화여대 남북아동연구소 이은정 아동학과 교수, 통일교육협회 백운길 상임위원, 남북교류 NGO '새나라 새아침' 김영환 간사가 모인 자리였다. 시간 절약을 위해서 회의 안건과 자료집을 사흘 전에 미리 전달한 상태였다.

"충격이었어요. 우리 애들의 뇌 크기와 대조하면 한눈에 봐도 훨씬 작잖아요. 남한 사회에서 생존하기 위한 기본 지식 등을 학습하기에 상당히 어려운 상태라고 판단돼요. 여기서 적응을 못 하면 탈북청소년들이 계속 사회적 문제가 되고 우리에게는 또

다른 숙제가 양산되는 거잖아요. 이 악순환의 고리를 어디서부터 어떻게 끊어야 하죠?"

신형석 교수가 말을 하자, 박서현 교수가 곧바로 문제의 핵심을 짚었다.

"이건 요오드 결핍이 주원인으로 보여요."

지난 10년간 대북지원사업에 활발히 참여한 김영환 간사도 동의했다.

"저도 직감적으로 요오드 결핍이라고 생각했어요. 1990년대 후반에 국제기구들이 북한에 요오드를 공급하는 것을 직접 봤어요. 이 영양소는 해산물에 많이 함유되어 있는데, 1990년대 중반부터 잦은 홍수와 가뭄을 겪으면서 염전이 유실되고 어로활동이 막히자 해산물 배급이 장기간 끊겼거든요."

이은정 교수도 의견을 더했다.

"저도 요오드 결핍으로 확신했고, 어떻게 이를 해결할까 며칠간 고민했어요."

이후 '요오드'에 관한 다양한 설명이 나오자 서 부장은 이를 간략히 정리했다. 요오드는 뇌와 신체 발달에 반드시 필요한 미량영양소로 체내에서 합성이 되지 않기 때문에 음식으로만 섭취해야 한다. 또한 갑상선호르몬을 합성하는 주성분으로 결핍되면 갑상선의 크기가 커지는 갑상선종이 발생하고, 이후 갑상선기능항진증이나 갑상선암으로 발전할 수 있다. 무엇보다 결핍이 장기화될 경우 중추신경계 손상으로 어린이는 발육, 면역, 지능 발달에 큰 장애가 일어난다.

박서현 교수가 말했다.

"어린이뿐만 아니라 임산부와 모유 수유자에게도 절실한 문제예요. 산모의 요오드 부족은 선천적 저능아 출산으로 이어지고 영유아기 결핍은 10에서 20 정도의 IQ 저하를 가져온다고 보거든요. 요즘 문제되는 학습 장애 청소년들이 1990년대 중반 대기근 시기에 나고 자란 아이들이고, 이대로 가면 더욱 심각해질 거예요."

이은정 교수도 덧붙였다.

"가장 큰 문제는 성장기에 요오드 공급 시기를 일단 놓치면 나중에 커서 결핍 증상을 치유하기 힘들다는 거예요. 후천적 지원에 한계가 생기는 거죠. 가장 필요한 시기에 아주 적은 양이면 충분한데, 그때 부족하면 발육 지연, 면역 결핍, 지능 감소 외에도 여러 문제가 발생해요."

강 대표는 본인의 짐작보다 이 문제가 훨씬 심각하고 광범위하다고 생각했다. 그는 펜을 쥔 손목에 힘을 주어 '요오드결핍증(IDD : Iodine Deficiency Disorder)'이라 쓰고 낮게 신음했다.

박서현 교수가 말했다

"얼마 전 유니세프 평양사무소장의 말을 들었는데, 소변검사를 한 북한 아동의 약 70퍼센트가 요오드결핍증을 보였대요. 2000년대 초반 저희 연구소에서 평양 어린이영양연구소 관계자를 만났을 때, 26퍼센트가 요오드결핍증을 보이는 것 같으니 요오드 검사기를 사달라고 했거든요."

말없이 듣고만 있던 서 부장이 박 교수에게 물었다.

"그럼 요오드를 보내면 되겠네요. 필수 미량영양소이니까 제약회사와 접촉하면 되나요?"

"요오드를 전달하는 손쉬운 방법에는 소금이 있어요. 천일염에 그 성분이 많아요."

"소금이요?"

"네, 요오드 성분을 강화한 소금을 제조하면 돼요. 영양제보다 이런 섭취 방법이 자연스럽고 좋아요."

"아, 그거 좋네요! 요오드 강화 소금!"

서 부장이 수첩에 기록하자 강 대표도 자신의 수첩에 '요오드 강화 소금(iodized salt)'이라 적고 별표를 크게 다섯 개 쳤다. 그 아래에는 '절대 필요! 즉시 공급!'이라고 적었다.

백운길 상임위원이 처음 입을 열었다.

"그런데 이렇게 일회성 퍼주기식 지원이 능사가 아닙니다. 소금은 계속 부족할 텐데, 중요한 건 저들의 자립성을 높여야 해요. 염전 시범 지역을 조성하도록 돕고 요오드 소금 제조 기술 전수 교육을 시행하면 통일 이후를 대비한 기술 투자에 해당합니다. 통일 비용도 감소되고요."

이은정 교수가 말을 이어받았다.

"장기적 관점에서 옳은 말씀이에요. 물고기를 잡아주는 것보다 물고기 잡는 법을 알려주는 게 좋겠지요. 그러나 당장 배가 고파서 숨이 꼴딱 넘어가는 사람들을 가르치긴 힘들 것 같아요. 일단 필요량을 공급하면서 동시에 준비할 문제지요. 영유아 그리고 임산부와 모유 수유자에겐 한시가 급해요."

박서현 교수가 설명했다.

"1990년대 중반부터 소금과 해산물 배급이 동북부 지역부터 장기간 끊겼어요. 중국에서 들여온 돌소금을 쓰면서 '토질병'이라고 불리는 갑상선종 환자가 급증했다는 보고가 있어요."

김영환 간사는 실질적인 의견을 냈다.

"소금 생산에 근본적 문제가 있겠지만 더 큰 문제는 배분과 전달이에요. 식량 배급이 갖춰진 평양과 해산물 접근이 용이한 해안 지역보다는 평안북도와 자강도, 양강도, 함경북도 등 내륙 산간이 우선 투입 지역으로 보여요."

신형석 교수는 잠깐 화제를 확대시켰다.

"이건 끔찍한 일이에요. 현장 접근이 제한되어서 수치화가 어렵지만 북한의 기근은 20세기 말 인류가 경험한 최대 규모의 재난으로 평가되고 있어요. 1990년대 중후반 우리는 북한 체제가 기근으로 붕괴되면 한 번에 끌어안아서 구원하자는 논리까지 있었는데, 이건 우리가 뭘 모르고 한 소리예요. 현대사를 보면 기근 자체가 체제 붕괴를 가져온 적이 없어요. 중국의 대약진, 러시아혁명 직후, 우크라이나 대기근, 캄보디아, 베트남, 쿠바에서도 식량 부족이 체제에 직접 위협이 되지는 않았어요."

신 교수는 기근의 원인을 가뭄, 홍수 등의 자연 재난과 정치 파행, 식량 정책 실패 등 인간이 만든 두 가지 문제로 나눌 수 있는데, 북한은 이 두 가지가 제대로 겹친 최악의 형태라고 설명했다. 백운길 상임위원이 물었다.

"근데 너무 조용한 거 아니에요? 지중해에서 유람선 한 척이 뒤집어져도 해외 단신에 실리는 마당에."

"그래서 학계에서는 조용한 참사라고 불러요. 오랜 연구와 논쟁을 통해 분명히 밝혀진 건 기근은 국제적인 일이라는 거예요. 그 원인과 영향, 예방과 치유까지 해당 지역의 일일 뿐만 아니라 국제적인 문제로 여겨야 해요. 방치하다가 기근이 파생시킨 사회문제가 곪아서 확산되면 주변국뿐만 아니라 국제적으로도 손을 쓰기가 어려워져요."

이번 회의의 안건을 가장 많이 고민하고 해결 방안에 대해 활발히 의견을 피력한 이은정 교수가 힘주어 말했다.

"국제기구의 구호 물품 종류에는 한계가 있어요. 우리가 그 공백을 메워야 해요. 우리 아이들 문제니까 우리가 해결해야죠."

북한의 식량과 영양 현황은 지역적 편차가 크고 국지적으로 심화된 형태라는 점을 감안하면, 요오드 결핍 해결이 시급한 곳은 내륙 산간 지역이었다. 도시락을 먹으며 세 시간 동안 진행된 회의의 핵심을 강 대표는 수첩에 적었다.

'첫째, 요오드 소금 제조. 둘째, 내륙 산간 중심 전달.'

그러자 첫째 항목의 해결 과제가 바로 떠올랐다. 어떻게 요오드 소금을 마련할 것인가? 필요 수량은 얼마인가?

2011년 3월과 4월 그리고 5월

자문위원 회의를 마치고 '손에손잡고'는 연중 주요 프로젝트로 '요오드 소금 지원사업'을 수립했다. 그리고 향후 실천 방안의 키워드를 '생산, 분배, 전달'로 정했다. 첫 번째 임무는 소금 생산에 도움을 줄 후원자를 구하는 일이었다. 후원 요청 자료 200부가량을 서둘러 제작하여 기업과 단체의 관련 부서에 배포한 후 강 대표와 서 부장은 직접 팔을 걷고 나섰다.

사회학과 교수로 정년퇴임을 하고 재작년부터 '손에손잡고'의 대표직을 맡게 된 강 대표는 이런 필드를 동경했으면서도 막상 행동에는 낯설었다. 평생 학교와 학회에서 학생들과 후학들로부터 인사만 받던 강 대표는 새파랗게 어린 담당자에게 하얗게 센 머리를 조아리며 후원을 부탁해야 했다. 같은 학과 강사 출신인 서 부장도 현장 업무에 어둡기는 마찬가지였다.

공교롭게도 남북 관계는 이 단체가 품은 숭고한 의지를 무색케 했다. 한 해 전인 2010년 3월 천안함 침몰 후, 민군합동조사단은 그 원인을 북한의 어뢰 공격으로 공식 발표했다. 대북강경책을 고수하던 이명박 대통령은 5월 24일 담화문을 통해 북한 도발 시 엄중 대처와 남북 간의 교역 단절을 내세웠다. 더욱이 6개월 뒤 북한은 연평도를 포격하여 스물세 명의 사상자를 내고 각종 시설과 가옥을 파괴했다. 휴전협정 이후 대한민국 영토를 직접 타격하여 민간인이 사망한 최초의 사건으로 국제사회의 큰 우려와 함께 양국 갈등이 악화일로로 치달은 상황이었다.

기업 측에서는 북한 지원사업의 서두만 꺼내도 손사래를 치며 곧바로 등을 돌렸다. 지원할 경우 홍보 효과가 좋고 모양새도 번듯한 사업들이 줄을 섰는데, 굳이 성과도 미미하고 자칫 정부로부터 미운털이 박힐지 모를 대북 지원을 반길 리가 만무했다. 두 사람은 한 달간 부지런히 약속을 잡고 빌딩과 빌딩을 오르내리며 50개가 넘는 기업과 단체를 만났지만 아무런 수확이 없었다. 대부분의 담당자들은 영양제나 구충제도 아니고 소금을 보내자는 말 자체를 황당하게 받아들였다. 심지어는 거두절미하고 '빨갱이'로 취급해 소금을 뿌릴 기세로 쫓아내는 자들도 있었다.

3월과 4월 동안 동분서주했으나 적수공권인 강 대표와 서 부장은 새로운 전략이 필요하다는 사실을 깨달았다. 소금 제조가 가능한 설비를 갖춘 기업으로 타깃 범위를 좁힌 것이다. '무작정 애원'에서 '선별적 호소'로 방향을 바꾸자 구체적 전술이 따라붙었다. 그리고 기업의 전문성과 인프라를 활용하여 환경과 건강 등의 지역문제를 해결하는 공유가치 창출(CSV, Creating Shared Value)을 설득의 논리로 끌어들였다.

5월 초 때마침 그들의 눈에 KJ그룹의 최석근 회장이 포착됐다. 최 회장은 분식회계를 통해 비자금을 조성하여 재산상의 이득을 취한 일로 법정구속되어 징역 4년 형을 받고 수감 한 달이 지난 상태였다. 최 회장 측이 항소심을 준비하는 상황에서 강 대표는 비서실에 직접 연락을 했다. KJ그룹은 화학과 식품 계열사를 운영하기 때문에 그야말로 적격이었다.

"좋은 일 한번 해주세요. KJ가 충분히 할 수 있고 이벤트성 지원보다 훨씬 가치 있잖아요. 다른 것도 아니고 아이들 지능 발달에 중요한 일이에요. 지금 아무도 이 일을 하려 하지 않아요. 회장님 이미지 제고에도 도움이 될 겁니다."

비서실장은 아동 지능 개발에 컴퓨터를 사달라는 것도 아니고 도서관을 지어달라는 것도 아니고 그저 소금을 만들어달라는 말에 묘한 호기심을 가졌다. 그날 강 대표의 수확은 일단 보고를 하겠다는 약속을 받아낸 일이었다. 5월 말, 최석근 회장의 옥중 지원은 예상보다 신속히 이뤄졌다. 비서실장은 강 대표에게 전화를 걸어서 친절하게 간략하지만 분명한 뜻을 전했다.

"그럼 그렇게 하시죠."

2011년 7월 말

9톤의 요오드 강화 소금이 KJ그룹에서 제조됐다. 전북 부안 천일염 생산지에서 대전으로 배송된 소금은 요오드 함량을 강화하여 5킬로그램 포대에 담겨 포장됐다. 최 회장은 소금뿐만 아니라 일정 금액을 기부해서 '손에손잡고'가 추진하는 사업에 큰 추진력이 되었다. 강 대표와 서 부장은 몸이 힘든 줄도 모르고 불철주야 사업에 골몰했다. 실천 방안 세 개의 키워드 '생산, 분배, 전달' 중 이제 하나가 해결되고 '분배와 전달'의 숙제만 남은 셈이었다.

8월 초, 인천항으로 옮겨진 9톤의 소금은 20피트 컨테이너 아홉 대에 나뉘어 선적됐다. 물자의 분배와 전달은 1990년대 후반부터 아동 영양 개선 분야에서 활동한 영국 기반 구호 NGO인 'GOOD FARE'와 손을 잡았다. 중국까지는 수로, 중국에서 북한까지는 육로 이송이었다.

그러나 이후 북한 내의 분배와 전달에 관한 실질적인 진행에 대해 강 대표는 그 어떤 구체적인 그림도 그릴 수가 없었다. 'GOOD FARE' 측에서 작성한 내륙 산간 지역 분배 계획서와 유통경로를 몇 번이나 검토했지만 그곳은 달의 뒷면을 그린 지도보다 더 막막하고 캄캄했다. 단지 보급선으로 이어진 지명과 지명 사이에 소금 차량이 몇 개의 산과 험로와 수로와 검문소와 군부대를 통과할지 가늠할 수 없었다. 강 대표의 상상 속에서 소금차량은 자주 전복되거나 물에 젖거나 약탈되거나 전소되었다.

중국 단동에 도착한 소금이 통관되지 않았다는 소식을 들은 건 사흘 뒤였다. 처음에는 수입업자 서류 미비로 발목을 잡혔다가 이어진 성분 검사에서 보류 판정을 받았다. 'GOOD FARE'의 요구대로 품목명에 '영양강화제'로 표기했는데, 통관 측은 서류와 내용물이 다르다는 문제를 제기했다. 마약류로 의심될 만한 엄청난 물량의 하얀 분말도 의혹의 주된 이유였다. 'GOOD FARE'는 사태 해결에 답답할 정도로 소극적이었다. "그런 일이 발생한 점에 대해 우리로서도 심히 유감입니다"라는 식의 말만 반복하고는 별다른 책임 의식을 보이지 않았다.

강 대표는 가능한 모든 라인을 동원하여 통관 해결에 주력했다. 이러저러한 의혹과 의심이 '블랙머니'를 요구하는 트집이 아니겠느냐는 쪽으로 의견이 모아지자 사람을 붙여 교섭을 시작했다. 불가피할 경우 블랙머니를 지급하는 구호단체가 적잖은 것도 사실이었다. 그러나 그쪽의 요구액을 듣자 강 대표는 숨이 덜컥 막혔다. 그것도 최소 금액이고 더 필요할지도 모른다는 말에는 놀랄 힘마저 없었다. 인도주의 실현을 위해 그런 불법적인 일에 비용을 사용하는 건 적절치 않은 방식이었다. 블랙머니를 쓴다고 해서 통관을 100퍼센트 보장받는 것도 아니었다. 설령 요오드 성분 강화 소금으로 인정되어 통관되더라도 가공 식염은 천연염에 비해 관세가 높아서 추가 비용이 발생했다. 소금을 두고 이런 도박을 벌인다는 건 끔찍했다.

결국 일주일 동안 단동항에 부려졌던 소금은 출발했던 인천항으로 되돌아왔다. 컨테이너 아홉 대는 일단 보세창고에 부려져 대기 상태로 접어들었다. 이제 우리 쪽 세관도 수하물의 히스토리를 알게 된 이상 같은 방식으로는 바다를 건너기 힘들었다. 이 최초의 불발 사건 앞에서 강 대표와 서 부장은 꿈을 꾸다가 찬물을 뒤집어쓰고 화들짝 깨어난 기분이었다.

2011년 8월 9일

'손에손잡고'는 보세창고에 방치된 소금을 재전달하기 위해 안간힘을 썼다. 비상 대책 회의를 여러 차례 열어 공신력 높은 국제기구와 공조하기로 결정을 내리고, 책임 있게 이 일을 감당할 단체를 발 벗고 찾아 나섰다. 하루가 지연될 때마다 창고 비용이 상승하므로 시간과의 사투였다. 8월 16일, '손에손잡고'는 북한에 10년 전부터 현지 사무소를 개설하고 활동을 벌이는

'International Food Supply'에 견적의뢰서를 발송했다.

열흘 뒤 'IFS'는 견적서를 긍정적으로 검토했다며 몇 가지 사항을 요청했다. 북한 현지 도로 사정, 운송 수단 그리고 1회 운송 시 전달 분량과 배급 규모를 고려할 때 5킬로그램 포장 단위가 부적합하니 750그램 단위로 재포장하여 배분하는 게 효과적이라는 내용이었다. 북한 유통망이 열악하여 큰 규모의 차량 운행이 어렵고 가가호호 배급에는 적은 양이 적합하다는 요지였다.

강 대표와 서 부장은 인천항에 근접한 포장 회사를 서둘러 섭외했다. 컨테이너에 담긴 9톤의 소금은 트럭 아홉 대에 옮겨져 포장회사로 이송됐다. 신속한 작업을 위해 '손에손잡고' 단체원들은 재포장 작업에 자원봉사자로 참여했다. 5킬로그램 포장지를 찢고 750그램 단위로 재포장된 소금은 9월 5일에 다시 보세창고의 컨테이너에 적재되었다.

'IFS' 쪽이 제시한 요청 사항을 전부 충족시켰다고 통보했으나 후속 조치는 신속히 내려지지 않았다. 강 대표가 한국 지부장에게 연락을 취하고 서 부장이 사무실을 직접 방문해도 "처리 중이니 기다리시오"라는 답변만 돌아왔다. 강 대표와 서 부장은 머릿속에 무겁게 들어앉은 9톤의 소금을 치워내지 못해서 애가 바싹 타고 몸이 말라갔다. 드디어 20여 일이 지난 9월 26일 'IFS' 쪽에서 답신이 왔으나 내용은 전달 불가 통보였다.

'이 사항은 IFS의 로마 본부의 결정에 의한 것'으로 시작된 전달 불가 이유는 다음과 같았다. 첫째, 지역별 주택 개별 방문 혹은 대표 거점인 학교와 급식소를 통해서 물자를 배달해야 하는

데 인력이 부족함. 둘째, 현지 사무소 인력에 추가 수당을 지불해야 하는데 그 예산이 없음. 셋째, 'IFS'는 규정상 구호 목적의 현물 지원은 수용해도 인건비 목적의 현금 지원은 일체 수용하지 못함.

요약하자면 이 사업을 추진할 인력과 예산이 없는데, 인력과 예산의 외부 도움은 불가하므로 이 일을 할 수 없다는 논리였다. 서 부장은 통보서를 움켜쥔 주먹으로 테이블을 내리치며 고함을 쳤다.

"아니, 이게 무슨 말장난이에요? 이 일을 할 수 없으니 할 수 있도록 돕지도 말라는 뜻이잖아요? 그토록 아등바등 애쓴 결과가 이거라뇨!"

2011년 9월 말

늦은 밤 집무실에 앉아 있는 강 대표는 그동안의 지출 내역서를 보고는 손이 부들부들 떨렸다. 컨테이너 아홉 대 분량의 선적 비용은 600만 원가량이 지불됐다. 컨테이너가 반송 조치된 후 보세창고의 첫 달 비용은 400만 원 정도였다. 누진세와 통관 지연가산세가 더해져서 9월 창고 비용은 첫 달보다 훨씬 늘어났다. 더욱이 재포장 비용과 트럭 수송비까지 더하니 2000만 원을 상회한 금액이 휘발된 셈이었다.

'IFS'조차 소금 전달을 거부한 일은 강 대표에게 큰 충격이었다. 인도주의 정신은 현실 정치의 문턱을 한 치도 넘지 못했다. 전달이 늦어질수록 북쪽의 내륙 사람들은 영양결핍에 시달리고 남쪽의 지원단체는 비용 압박에 시달리는 최악의 상황이었다.

'이 상황에서 내게 남은 최선의 방법은 무엇인가!'

강 대표는 수첩에 한 문장을 펜으로 눌러썼다. 너무 힘주어 적는 바람에 수첩이 거의 찢어질 뻔했다. 고개를 숙이고 손 갈퀴를 세워 흰 머리칼을 쥐어뜯던 그는 펜을 다시 들었다. 그리고 '존경하는 유엔사무총장님께'로 시작되는 편지를 쓰기 시작했다. 학연이 있다는 것과 오래전 회의석상에서 수인사를 나눴다는 희미한 인연뿐이었다. 신성한 의도와 신선한 발상을 가져도 이토록 허망한 결과에 이른다는 사실이 믿어지지 않았다.

이 가을을 넘겨서는 안 됐다. 겨울이 와서 땅이 얼고 눈이 내려 길이 막히면 그곳 주민들은 소금을 구하기가 더욱 어려워질 게 분명했다. 강 대표의 펜 끝이 격하게 흔들렸다. 9톤의 소금이 머리 위로 까마득하게 쏟아졌다. 9톤의 소금에 빠져 허우적대느라 진이 빠질 지경이었다. 이것이 가장 마지막으로 기댈 보루였다.

2011년 10월 17일

오후 3시, 서울 외교부 청사 7층 소회의장에 남북한 주재 국제기구 다섯 개 단체장들이 집결했다. 외교부에서는 직원 두 명이 동석하여 회의 진행을 지원했다. '손에손잡고' 서 부장이 자료를 배부하자 강 대표는 직접 PPT 화면을 열고 영어로 프레젠테이션을 시작했다. 이번 사업의 최대 명운이 걸린 행사를 준비하느라 수척해진 강 대표의 얼굴에 소금 영상이 어른거렸다. 강 대표의 서신을 받은 유엔사무총장은 이 사안의 검토를 지시했고, 서기관이 남북한 주재 국제기구 대표에게 우호적 협력을 부탁하는 서신을 발송한 결과였다.

요오드 소금의 지원 필요성과 국제기구의 인도주의적 협조에 대한 호소는 20분간 진행됐다. 프레젠테이션의 핵심은 '물자 전달과 성과 보고' 두 가지에 방점이 찍혔다. 조도를 낮춘 회의장에 묵묵히 앉아 있는 단체장들의 표정은 어둡고 견고했다. 유엔의 요청을 받아 일단 모이기는 했으나 탐탁지 않은 기색이 역력했다. 대개 북한 주재 사무소를 두고 배급망을 다수 확보한 기구들이기 때문에 이들의 도움은 절대적이었다.

"결론만 요약하면, 여러분이 확보한 배급망으로 구호품을 전달해주시고, 전달 후 성과 보고만 해주시면 됩니다. 그 외에 바라는 것은 없습니다. 거듭 말씀드리지만 컨테이너에 갇힌 소금을 필요한 이들에게 풀어주시기를 간곡히 부탁드립니다."

말을 맺는 강 대표의 음성에는 그간의 피로와 우려가 응집된 울음에 뒤섞여 있었다. 회의장에 불이 들어오고 질의문답 차례였으나 단체장들은 묵묵부답이었다. 그저 수첩에 뭔가를 메모하거나 고개를 들지 않은 채 자료를 뒤적거릴 뿐이었다. 계속되는 침묵이 버거운 나머지 강 대표는 '당신의 천사들' 단체장, 언더우드를 향해 의견을 물었다. '당신의 천사들'은 한때 '세상에서 가장 무모한 인도주의적 NGO'라는 꼬리표가 붙을 만큼 저돌적인 행보를 보인 곳이어서 논의의 실마리를 유연하게 풀어가기에 효과적일 듯했다. 언더우드는 마이크 온 버튼을 누른 뒤 대답했다.

"강 대표님이 언급하신 대로 우리 단체의 목적은 인도주의가 맞습니다. 그러나 인도주의가 반드시 아이들에게 소금을 먹이는 것만이 목적은 아니라고 봅니다. 우리가 왜 현시점에서 여러 어려움을 무릅쓰고 이 일을 진행해야 하는지 아직 확실한 판단을 내리지 못하겠습니다."

마이크 오프 버튼을 누른 뒤 언더우드는 의자 등받이에 몸을 기댔다. 더는 할 말이 없다는 제스처였다. 당황한 강 대표는 그 말이 간접적 거부 의사 표시임을 직감했지만, 조금 더 숙고하여 긍정적인 판단을 내리시길 바란다는 말로 마무리했다. 매에는 장사가 없다더니 그동안 분쟁국가정부 간의 뭇매와 압박 속에서도 인간적 고통 해결을 우위에 두던 '당신의 천사들'도 점차 영악해진다는 인상을 지울 수가 없었다.

그리고 침묵이 이어졌다. 회의가 흐지부지 끝나고 대답을 듣는 시간이 지체될수록 강 대표의 입장은 불리했다. 강 대표는 작년에 '국제영양지원본부' 평양사무소장으로 부임한 니힘 반다에게 의사를 물었다. 캄보디아 출신인 그는 분쟁과 기아의 참상을 누구보다 잘 알고, 이번 사업과 직접적인 관련을 가진 단체장이었다.

"브리핑을 듣고 안타까운 마음을 금할 수가 없습니다. 그런데 언급하신 지역에서 정말 요오드 결핍으로 두뇌 발달이 이루어지지 않았다는 점을 어떻게 증명할 수 있으시죠? 강 대표님이 북한에 직접 가본 것도 아니지 않습니까? 요오드가 그런 문제와 불균형을 해소할 수 있다는 것을 무엇으로 증명할 수 있는지 의문입니다."

그 말을 듣자 강 대표는 숨이 콱 막혔다. 대답을 할 수 없어서가 아니었다. '국제영양지원본부'는 요오드 소금으로 이미 10년 전에 기금조성사업을 벌였고 평양에 요오드 소금 공장까지 지은 활동 경력이 있었다. 그러나 전력난과 물자 부족으로 소량 생산하던 소금 공장은 수년 전부터 가동이 중단된 상태였다. 자신들과 동일 사업인 탓에 비협조적인 자세를 보이는 것일지도 몰랐다. 강 대표는 숨을 고르며 대답했다.

"한때 캄보디아도 극심한 아동 영양결핍 문제를 겪었고 국제기구의 최대 수혜국 중의 하나로 알고 있습니다. 소장님께서 캄보디아 출신이고 북한 영양 지원사업에 남다른 열정을 지니셔서 희망적인 답변을 기대했습니다. 증명은 충분합니다. 그리고 지금은 통계적 증명보다는 인도적 지원이 우선입니다."

"캄보디아와 현재 남북한의 엄중한 긴장 상황은 아무래도 성격이 다르잖습니까."

니힘 반다는 말을 마치고 마이크 오프 버튼을 눌렀다. 다시 이어진 침묵 속에서 강 대표는 북한 지원사업에 가장 풍부한 경험과 성과를 올린 '그린 크로스' 남문우 대표에게 시선을 돌렸다. 남 대표는 이 자리에서 입장 표명을 분명히 하는 것이 좋다고 판단했는지 건조하고 사무적인 어투로 말했다.

"우리는 작년부터 대북 직접 지원에서 새터민 정착 등의 간접 지원으로 노선을 정비했고 새로운 사업을 추진 중이어서 상당히 분주한 상황입니다. 실질적으로 인력도 모자라고 여력도 없습니다. 단체 간부 회의에 보고하여 차기 사업으로 타당성을 검토해서 그 결과를 알려드리도록 하겠습니다."

'질의문답'은 이 사안에 대해 단체장이 궁금한 점들을 질의하고 강 대표가 답변하는 순서였으나 이상하게도 강 대표가 의사를 묻고 단체장은 거부 의사를 밝히는 시간으로 바뀌고 말았다. 강 대표는 그 자리에서 얼굴을 두 손에 묻은 채 울고 싶었다. 마치 경매장에서 도무지 낙찰되지 않는 9톤의 골동품을 높이 쳐들고 벌을 받는 기분이었다. 침묵을 깨고 미국에 본부를 둔 '키다리 아저씨'의 한국 지부장 벤 잭슨이 질문을 했다.

"저는 이 사업이 물품을 전달하는 로지스틱스에도 상당한 난관이 따르지만 효과 및 성과 측정 보고가 거의 불가능하다고 봅니다. 가령 내륙 지역의 민가에 소금이 안전하게 배달됐다고 가정했을 때, 장마당에 소금을 내다 팔기라도 하면 아무런 효과나 성과를 측정할 수가 없지 않습니까?"

벤 잭슨의 질문에 강 대표는 대답했다.

"그러한 추측은 자연스럽고 일어날 가능성이 전혀 없다고 단언할 수 없습니다. 그래도 저는 효과가 있다고 봅니다. 그 소금을 판 돈으로 어쨌든 먹을 것을 사서 가족과 나눠 먹지 않겠습니까?"

벤 잭슨은 고개를 가로저었다.

"소금과 바꿔 먹은 옥수수로 어떻게 성과 측정을 합니까. 현실적으로 성과 측정은 엄청난 시간과 인내와 노동력이 투입되는 작업입니다. 요오드 소금을 지속적으로 몇 년간 지원한 후에 그 지역 아이들을 전부 불러서 IQ 테스트라도 해야 한다는 것인데, 그곳 실정상 상당히 어려운 일이죠. 일단 보고하고 본부의 결정을 기다리겠습니다."

시선은 이제껏 회의를 가만히 지켜보던 '국제응급의료및배급지원단' 한국 지부장 마르셀에게 집중됐다. 최근에 남북한 사무소를 설치해서 의욕적인 활동을 개시한 단체였다. '당신의 천사들' 단체장 언더우드가 마르셀에게 물었다.

"'국제응급의료및배급지원단'은 분쟁 지역이 주요 활동 무대로 알고 있는데, 한국에는 무슨 일로 오신 거죠?"

마르셀은 마이크를 켜고 프랑스어 억양이 섞인 영어로 차분하게 대답했다.

"분쟁은 아프가니스탄에서 일어나는 가시적 전쟁만을 뜻하는 것은 아니고 비가시적 전쟁도 포함되지요. 단적인 예로 한국의 휴전도 분쟁 상황이니까요."

강 대표가 조용히 물었다.

"그렇다면 이 일에 도움을 주실 의향이 있습니까?"

"우리는 이 사업에 관심이 매우 많습니다."

거의 절망적이던 강 대표의 얼굴에 희망의 빛이 떠올랐다. 강 대표는 거의 울먹일 듯이 물었다.

"마르셀 씨, 그럼 포장 단위를 어떻게 하면 좋을까요?"

"포장이요?"

"네, 포장이요. 5킬로그램 포대를 750그램 봉투에 나눈다든지, 750그램이 너무 적으면 1.5킬로그램 포대에 다시 넣는다든지……."

마르셀은 무슨 소리를 하는지 이해할 수 없다는 듯 고개를 갸우뚱했다.

"저는 많은 분쟁 지역에서 구호활동을 했어요. 그런 건 아무 상관이 없습니다."

"그 말은 그런 것과 전혀 상관없이 도와준다는 뜻인가요?"

"네, 그런 건 상관없이 도울 의향이 분명히 있습니다."

"성과 측정도 가능한 거지요?"

"분쟁 종료 시점까지 지속적인 구호활동을 계획하고 사무실을 개설했기 때문에 성과 측정도 가능합니다. 소금이 다른 곳에 쓰이지 않았다는 것을 증명하기 위해서라도 성과 측정은 필요하지요."

회의 참석자들의 시선이 모두 그에게로 쏠렸다. 마르셀은 다시 차분하게 말을 이었다.

"그런데, 우리는 일을 시작한 지 얼마 되지 않았습니다. 북한에 대한, 특히 산간 내륙 지방에 대한 아무런 정보가 없어요. 로지스틱스가 갖춰지면 연락해서 돕도록 하겠습니다."

강 대표가 물었다.

"마르셀 씨, 그게 언제쯤 갖춰질까요?"

"지금 구축 사업이 진행 중이니 오늘 본부와 북측 사무소에 연락해서 결정 사항을 알려드리겠습니다."

"2개월 안에는 해결이 되겠죠?"

강 대표는 물류창고 비용의 최대 한계점을 떠올리며 물었다.

"지금 우리는 내륙까지 들어갈 수송로와 차량, 이동권, 인력 운용, 비용 조달 등을 진행하고 현지 거점 지역을 파악하고 있어요. 준전시 체제인 북한은 정확한 지도 한 장 구하기도 쉽지 않습니다. 2개월 안에 그런 로지스틱스와 네트워크를 형성하기엔 현실적으로 무리가 따릅니다. 6개월 안에는 충분히 갖출 수 있을 것으로 예상됩니다."

강 대표는 그 자리에서 허물어지지 않기 위해 안간힘을 썼다. 국제기구는 해당 정부의 정책과 의지를 거스르지 않는 것을 원칙으로 한다는 점을 모르는 바는 아니었다. 자칫하다간 한국 정부와 북한 정부 양쪽에서 따귀를 맞고 사무소가 쫓겨날 위험도 상당했다. 그러나 다섯 개 단체장으로부터 같은 대답을 들을지는 예상치 못한 일이었다. 위태위태하게 서 있는 강 대표를 향해 마르셀이 물었다.

"그런데 그 소금은 지금 어디 있습니까?"

2011년 10월 말

국제기구 단체장들과의 10월 회의를 마치고 강 대표는 자신도 모르는 습관이 생겼다. 가족과 친구, 단체 관련자들은 그가 넋을 놓고 앉아 있는 모습을 자주 발견했다. 강 대표는 혹시나 해서 이제까지 접촉하지 않은 종교단체까지 교섭했지만 같은 대답만 확인했을 뿐이었다. 회의에 참석한 남북한사무소 단체장들에게 여러 차례 답신을 요청했으나 묵묵부답이었다. 단체장들의 여러 가지 의사 표현은 사실 '정치적인 이유 때문'이라는 그 한마디를 할 수 없어서 둘러댄 말들이었다.

그 와중에 11월 초 최석근 회장은 항소심에서 징역 3년으로 감형되고 집행유예를 선고받아 풀려났다. 강 대표는 '요오드 소금 일지'를 최 회장 쪽에 보내고 상황이 이러하니 기업이 발 벗고 나서서 소금 전달을 도와줄 수 있는지를 물었다. 전달을 돕기 힘들다면, 밀린 창고 비용의 지불과 일단 소금을 수거해서 적절한 기회가 올 때까지 맡아줄 수 있는지도 문의했다.

11월 중순이 되었을 때, 강 대표는 최 회장의 비서실장으로부터 전화를 받았다. 강 대표는 인사말과 감사의 말을 전하고 한 번 더 도움을 청했다. 비서실장은 강 대표의 말을 가만히 듣다가 조용하고 친절한 어투로 하지만 분명하게 최 회장의 뜻을 전했다.

"이제 그만하시죠."

강 대표는 그 말을 알아들었다. 소금 전달의 유일한 지지자이자 자금 지원 주체의 의지가 꺾이자 강 대표는 그야말로 비빌 언덕을 잃은 기분이었다. 이제 소금은 창고에 가만히 두어도 비용이 지불됐고, 자리를 옮겨도 비용이 발생했다. 북한의 내륙 산간에 진즉에 지원됐다면 가치 있게 소모될 물건이 어느덧 애물단

지가 되고 말았다. 그동안 운송과 보관에 들인 비용의 총합은 제조 비용의 열 배에 육박했다.

10월과 11월 중순까지의 창고 비용은 지불이 유예된 상태였다. 강 대표는 비용을 도저히 충당할 수가 없어서 일단 창고와 세관 측에 화물 포기 각서를 썼다. 소금 컨테이너 아홉 대는 야드의 제일 후미진 구석으로 밀려나 방치되었다. 직접 찾아와서 폐기하라는 통보를 받고는 폐기 비용을 조사하니 그것도 만만치 않았다. 포기한 화물을 세관 측이 공매 혹은 소각하도록 하는 폐기 동의서에 사인을 하는 것이 그나마 저렴한 방법이었다.

그 무렵 강 대표는 자주 같은 꿈을 꾸었다. 그것은 자신이 슈퍼맨처럼 하늘을 날아다니거나 고래가 되어 바다를 마음껏 헤엄치는 식의 공상적이고 황당한 꿈이 아니었다. 그저 우리가 흔히 보는 트럭에 소금을 가득 싣고 시골길을 달려서 자신이 그것을 가가호호 한 됫박씩 나눠주는 꿈이었다. 학교 혹은 유치원, 급식소에 원하는 만큼 퍼주는 일이었다. 그것 이상도 이하도 아니었다. 그렇게 싱겁기 짝이 없는 소금 장수가 되는 것이 지난 1년간 그가 고대하던 꿈이었다.

2011년 12월 말, 세관은 공매 항목에 '요오드 다량 함유 소금 9톤'의 구매자가 나오지 않자 탈북청소년보호단체 '손에손잡고'에 폐기 처리 방법을 통지한 후, 폐기 업체를 지정하여 그해 누적 폐기물과 함께 이를 일괄 소각했다. 폐기물 목록에는 보세창고에 묶여 유통기한이 지난 북한 영유아들을 위한 조제유 원료와 설사약들도 포함되었다.

김 강사와 P교수

P교수

　문리대 3층 복도에 서서 김만필은 창밖을 바라보았다. 쏟아지는 눈발에 은행나무가 하얗게 지워지고 있었다. 나무가 본연의 형체를 잃는 것인지 아니면 설경 속으로 조화롭게 편입되는 것인지 잠깐 혼란스러웠다. 운동장을 둘러싸고 몇 걸음 간격으로 늘어선 가로수 중에서 유독 키가 큰 한 그루를 만필은 눈앞으로 가까이 끌어당겼다. 그리고 장갑 낀 손을 들어 가지에 쌓인 눈송이를 털어내고 지난가을을 떠올리며 그 끝마다 노란 은행잎을 풍성히 매달아주었다. 그러자 나무는 곧 흑백의 풍경 속에서 노랗게 타오르는 촛불로 변했다.

　휴대전화 액정에 'P교수'라는 발신자명이 뜨면 만필은 매번 화들짝 놀랐다. P는 만필의 대학원 지도교수였다. 박사논문 제출을 목전에 둔 서른아홉 살의 강사치고는 소심한 스스로가 안

쓰러웠지만 도무지 극복할 방법이 없었다. 강의 시간에 학생들에게는 소통의 효과를 높이기 위해 눈을 맞추라고 누누이 강조했으나 만필은 P교수의 턱선 위로는 시선을 두기가 두려웠다.

P교수는 몸집이 집채만 하고 얼굴이 붉었다. 무엇보다 만필은 P교수의 언어를 잘 해석하지 못했다. P교수의 메시지는 늘 짧고 모호했으며 목소리는 외계음 같았다. 그래서 만필은 P교수에게 지시 사항을 듣고 자리를 벗어나면, P교수의 언어를 아는 소수의 선배에게 해석을 부탁하느라 분주했다. 그러면 선배들은 여러 종류의 번역과 각주를 달았다. 그 번역과 각주의 수가 다양하고 기표와 기의 사이의 층위가 복잡할수록 만필은 신속 정확하게 그 지시를 완수할 수 없었다. P교수는 설명을 부탁할 수 없는 거인이었으므로 설명이 제거된 지시를 이행하는 만필은 결과적으로 늘 열등한 학생이었다.

시계를 보니 'Fri. 2 : 55 p.m.'이라는 디지털 글자가 보였다. 약속 시간은 3시였다. 만필은 5분 먼저 들어가서 P교수를 5분 일찍 보고 싶지는 않았다. P교수의 지시에는 속수무책 절대복종이어서 오래 함께할수록 많은 지시를 받을 확률이 늘어났다. 만필은 가능한 한 P교수와 대면하지 않고 되도록 말을 섞고 싶지 않았다. 어쩔 수 없이 동석하는 자리에서도 만필은 구석에서 가만히 술을 마시며 조용히 웃다가 슬며시 빠져나오곤 했다.

남은 5분 동안 만필은 노랗게 타오르는 촛불을 바라보며 시간을 보내다가 이윽고 연구실 문을 열었다. 가장 먼저 P교수의 우람한 어깨가 눈에 들어왔다. 견고한 보호 장비를 갖춘 미식축구 선수처럼 거대한 양쪽 어깨에는 액세서리처럼 여러 개의 팔이 매달려 있었다. 몸을 움직일 때마다 그 팔들은 힘없이 흐느적거렸다. 만필이 고개를 숙이자 P교수는 턱짓으로 응대했다.

만필이 자리에 앉자 P교수는 거두절미하고 호출한 이유를 극히 짧게 말했다. 며칠 전에도 P교수는 비슷한 내용을 선배를 통해서 전달한 적이 있었다. P교수는 두 번이나 같은 말을 해야 한다는 사실에 대해 피로를 느끼는 듯했다. P교수의 단순한 말은 바로 결론에 닿았다. 목소리는 음성변조 장치를 통해 나오는 것처럼 둔탁하고 거칠었다.

"자네가 내 오른팔이 돼야겠어!"

만필은 싫다고 단호하게 대답하고 싶었다. 그러나 면전에서 바로 싫다고 하면 P교수의 분노를 사게 되고 불벼락이 떨어질 게 뻔했다. 무엇보다 P교수와의 대면이 길어진다는 사실이 싫었다. 아무 말 없이 듣고만 있던 만필은 조용히 대답했다.

"생각할 시간을 주십시오."

P교수의 기계음에 잡음이 들끓었다.

"이제껏 뭐 했나?"

"조금 더 시간이 필요합니다."

"그럼 30분 뒤에 오게."

30분 만에 결론을 내릴 일이 아니었다. 만필은 떨리는 가슴을 간신히 진정시키고 안간힘을 쓰며 목구멍을 열어 한마디를 했다. 그에게는 엄청난 용기였다.

"월요일 오후 3시에 답을 드리겠습니다."

만필은 시선을 겨우 들어 올려 P교수의 입을 바라보았다. 오늘은 금요일이었다. 30분 뒤에 답을 달라는 P교수 앞에서 무려 3일간의 시간을 요구한 셈이었다. P교수는 마음에 안 든다는 듯 한쪽 입꼬리를 비틀었다. 기계음 톤이 한층 무겁게 가라앉았다.

"자넨 생각이 많아. 그래서 팔다리가 느린 거야."

연구실 문을 닫고 복도로 나오자 만필은 다리가 휘청거렸다. 그러자 눈앞의 은행나무 기둥이 휘청거리며 은행잎들이 우수수 떨어졌다. 노랗게 타오르던 촛불이 파르르 흔들리며 시들시들 사위어갔다. 하기야 모든 것이 눈에 다 덮여가는데 저 혼자만 저렇게 타오르는 것이 올곧은 것인지 조화롭지 못한 것인지 잠깐 헷갈렸다. 고속 화면처럼 은행나무의 잎사귀가 다 떨어지자 나무는 원래의 자리로 돌아가 눈에 덮인 평범한 모습으로 변했다. 복도 유리창에는 밀랍 같은 만필의 얼굴만이 남았다.

어머니

학교를 나와 만필은 어머니가 계신 본가로 갔다. 버스를 타고 가는 동안 만필의 머릿속에는 온통 P교수의 말뿐이었다. 학교는 최근 덩치를 키우느라 인적·물적 인프라 확충에 열중이었다. 교직원과 동창회를 통해 기부금을 모으고, 기업을 통해 발전 기금을 끌어들이고, 교수 충원 공고를 내고, 각종 연구소와 부설 센터 개설에 박차를 가했다. 특히 국제평가지수 향상에 초점을 맞취 원어민 교수를 대거 임용하고 영어 강의 시행에 주력했다.

P교수는 새로운 세계문화교류센터를 구상 중이었고, 세계문화교류에 별다른 관심과 능력이 없는 만필을 일선에 배치할 예정이었다. 그 자리에 배치되면 만필은 센터의 기반을 닦고 안정을 꾀하는 작업에 혼신을 기울여야 할 게 분명했다. 직원은 만필 혼자였다. 대학 건물의 방치된 구석방에 한 뼘 크기의 플라스틱 간판을 붙이고 책상 하나와 전화기 한 대, 컴퓨터 한 대를 비치한 채 '21세기 글로벌 비전을 제시하는 문화교류사업'을 계획해야 할 것이다. 그리고 혼자서 업무 시스템을 구축하고 혼자서 센터의 강령 및 규율을 제정하고 혼자서 업무 분장과 위임 전결 구조를 만들고 혼자서 한 해 사업 계획을 세우고 혼자서 예산 신청과 위원회 구성 등을 하느라 동분서주할 게 뻔했다.

만필은 가까운 선배가 새로운 센터를 맡아서 그렇게 시들어 가다가 쫓겨나는 것을 직접 본 적이 있었다. 만필은 그렇게 살고 싶지 않았다. 그저 현재의 상태를 유지하며 박사학위를 마치고 자신이 꿈꾸는 예술의 길을 묵묵히 걷고 싶었다. 그것이 서른아홉 살이 될 때까지 자신이 정한 계획이자 욕망이었다. 그 계획과 욕망이 P교수에 의해 틀어지고 어긋나게 되어 무산될지도 모른다는 예감이 속을 끓게 만들었다. P교수는 직접적으로 만필의 꿈을 방해하지는 않을 것이지만 센터의 행정 업무로 꿈을 이룰 만필의 시간을 간접적으로 앗아갈 게 분명했다. 결론적으로 만필에게 P교수는 '꿈을 이루지 못하게 막는 사람이 아니라 꿈을 이룰 시간을 빼앗는 사람'으로 간주됐다. 그리고 그 속 끓음을 표현할 길이 없다는 상황이 절망적이었다.

만필은 버스의 차가운 유리창에 이마를 대고 왜 자신이 P교수의 제안을 강하게 거부하지 못하는지를 짚어봤다. 우선, 박사논문 통과에 큰 악영향을 미칠 것이라는 점이 발목을 붙잡았다. 그동안 등록금을 마련하느라 전전긍긍한 일이며 학기를 마칠 때까지 전력투구한 시간이며 논문을 완성하기까지 노심초사한 과정이 송두리째 날아갈 수 있었다. 또한 약간의 월급 또한 소매를 붙들었다. 비록 계약직 직원이나 4대보험과 정기적인 수입은 아내와 자식까지 딸린 만필에게는 쉽게 거부할 수 없는 것이었다.

*

만필의 어머니는 방이 두 개인 아파트에서 혼자 생활했다. 아파트 내부는 난방이 잘 되지 않아 썰렁했다. 어디선가 불쾌한 냄새가 났고, 무엇보다 어두웠다. 밝고 어두운 것은 어머니에게 큰 문제가 되지 않았다. 만필은 거의 세 달 만에 어머니를 보았다.

어머니는 양쪽 어깨가 없었다. 어깨뿐만 아니라 팔에서 손목까지도 형체가 없었다. 겨우 손끝만 남아서 약간의 음식을 조리할 수 있을 뿐이었다. 오른쪽 어깨는 만필이 대학과 대학원을 다니는 동안 자연스럽게 사라졌다. 왼쪽 어깨는 만필이 결혼을 하고 전셋집을 얻는 동안 흔적 없이 지워졌다. 만필은 어머니의 어깨를 주물러드리고 싶었으나 이젠 불가능한 일이었다.

어머니는 만필 앞에 뚝배기에 담긴 삼계탕을 내놓았다. 삼계

탕은 소리를 내며 펄펄 끓어올랐다. 만필이 어릴 적부터 좋아하는 음식이어서 어머니는 본능적으로 요리를 했을 것이다. 어머니는 쇠젓가락으로 영계의 갈비뼈를 깊게 찔러 접시 위에 꺼냈다. 닭은 양다리를 벌린 채 온몸에서 열기를 뿜어냈다. 어머니는 4인용 식탁의 한쪽에 앉으며 말했다.

"식기 전에 얼른 먹으렴. 맛이 좋을 거야."

"네, 맛있게 먹고 있어요."

만필은 국물을 한두 숟갈 떠먹으며 대답했다. 아들의 시원찮은 먹성이 답답했는지 어머니는 손가락 끝으로 아직 뜨거운 닭의 몸통을 더듬거렸다. 그리고 한 손으로 닭의 가슴을 꾹 누르더니 다른 한 손으로 다리 한쪽을 잡고 야무지게 비틀어 뽑아냈다. 잘 익은 다리는 몸통에서 쉽게 찢겨 나왔다. 만필은 새삼 눈살을 찌푸렸다. 어머니는 그것을 허공으로 쳐들어 만필의 얼굴 앞에 놓았다. 닭다리는 횃불처럼 김이 모락모락 피어올랐다.

"오늘따라 눈이 잘 안 보이는구나. 만필아 어딨니?"

어머니는 시력이 없었다. 만필이 어떤 옷을 입었는지, 어떤 표정을 짓고 있는지 볼 수가 없었다. 만필이 현재 어떤 생각을 하는지는 더욱 짐작할 수 없었다. 어머니는 오로지 하나뿐인 아들이 오늘이나 내일이나 교수가 될 것이라 믿고 있었다. 그것만이 아버지 없이도 자식을 훌륭하게 기른 자신의 성공이라 여겼다.

"앞에 있어요."

"거기 있긴 있는 거니?"

"네, 여기 있긴 있어요."

"이젠 네 얼굴도 볼 수가 없구나. 자, 받으렴."

어머니는 겨우 형체만 남은 손끝으로 닭다리를 건네며 채근했다. 뽀얀 닭국물이 주름진 어머니의 손을 타고 식탁 위로 뚝뚝 떨어졌다. 만필은 그것을 받아 들었다.

"우리 손녀는 잘 있지?"

"잘 있어요. 요즘엔 아무거나 입으로 다 빨아요."

어머니의 얼굴에 희미한 웃음이 떠올랐다.

"그 아이는 입이 곧 눈이란다. 혀로 모든 것을 보는 거야."

닭다리를 씹으며 만필은 문득 자신의 논문에 인용한 중국 시 한 수를 떠올렸다. 청나라 성군 순치 황제의 칠언절구였다.

籠鷄有食湯禍近   새장에 갇힌 닭은 모이는 있으나
                               끓는 물의 재앙에 가깝고

野鶴無糧天地寬   들에 노니는 학은 양식은 없으나
                               천지가 저의 것이로구나.

백 년 세상의 일은 한밤중의 꿈 같고(百年世事三更夢) 만리 강산은 한판의 바둑 놀음 같으니(萬里江山一局碁) 젊은이는 다른 것에 의존하거나 귀속되려는 심리를 버리고 자주와 자활과 자강의 뜻을 발휘하라는 내용이었다.

만필은 겨우 굶어 죽지 않을 만큼의 모이를 받아먹다가 제거되는 닭의 처지가 되기보다 거친 들에서 양식을 구하고 자유롭게 날아다니는 학의 고고함을 닮길 원했다. 만필은 학교 센터에

붙잡혀 공문 하나를 작성하여 과장과 센터장과 기획조정실과 교무처와 총무과와 부총장과 총장의 순서로 올라갔다가 다시 똑같은 순서로 내려오는 업무와는 씨름하고 싶지 않았다. 간신히 입에 풀칠할 비용을 받으며 1년씩 계약을 연장해야 하는 계약직 직원이 되고 싶지 않았다. 만필은 구속 없는 영혼의 예술가가 되고 싶었다.

"자주 오지 그랬니? 네가 안 오면 누가 오니?"

어머니는 만필을 자주 보기를 원했다. 만필과 며느리와 손녀와 언제라도 함께하기를 원했다. 어머니는 분명 자식을 기다려 주지 않을 것이므로 만필은 어머니를 위해 아들로서의 애정과 시간을 지불해야 했다. 할 수만 있다면 편안한 노년을 위해 용돈까지 드려야 했다. 센터 직원이 되어 월급을 받으면 용돈을 드릴 수 있을까, 만필은 의문이 들었다. 만필은 젓가락 끝으로 닭국물을 찍어 식탁 위에 썼다.

　　이런 농담 같은 급여
　　이런 국물 없는 내일

닭국물로 쓴 글자가 마르자 식탁 유리 위에는 만필의 어두운 얼굴이 어른거렸다. 그렇게 금요일 밤이 지나가고 있었다.

동기

토요일 저녁, 만필은 오랜만에 만난 대학 동기와 3차까지 술자리를 했다. 젊은 시절 창작에 목숨을 걸겠다고 몸부림치던 두 친구 중 한 명은 아버지의 사업을 이어받아 주유소 사장이 됐고, 한 명은 9급 공무원이 됐다. 그 둘과의 술자리는 낡은 절차를 밟았다. 1차로 고깃집에서 소주를 마시고, 2차로 호프집에서 생맥주를 마시다가 두 녀석은 단합하여 '무희가 있는 곳'을 3차로 주장했다. 의외로 밤문화에 밝은 공무원 정태가 단골이라는 유흥주점이었다.

룸을 배정받자 정태는 잠깐 밖으로 나갔다. 주유소 사장 대기가 노래 책을 뒤적거리는 동안 웨이터가 들어와 과일 안주와 양주, 맥주 등을 테이블 위에 세팅했다. 만필은 몇 번이나 도망가려 했지만 정태와 대기의 힘에 밀려 끝내 끌려오고 말았다. 그것이 의리인지 동기애인지 우정인지 공범 의식인지 모르겠으나 술값을 낼 형편이 못 되는 만필은 동조하는 행위로나마 그들에게 보상을 해야 했다.

대기가 고래고래 노래를 부르는 중에 여자 세 명이 들어왔다. 한 명은 이십대 초반으로 보였고 다른 두 명은 약간 더 나이가 들어 보였지만 충분히 예쁘고 몸매도 날씬했다. 여자들은 자리에 앉지 않고 차려 자세로 나란히 섰다. 대기는 갑자기 노래방 기기의 정지 버튼을 누르더니 마이크를 소파 위에 내던지고는 룸 밖으로 나갔다. 정적 속에서 차려 자세의 여자 세 명과 마주 앉은 만필은 이 어색함을 어찌할지 몰라서 시선을 피하느라 난감했다. 잠시 후 웨이터가 들어와 손짓을 하자 세 여자는 줄줄이 밖으로 나갔다.

대기와 정태는 무슨 일인지 담배를 물고 들어왔다 나갔다 분주했다. 만필은 대기에게 물었다.

"왜 이렇게 정신없이 들락날락거려?"

"내가 삔찌 먹였어. 정태야, 진작 그랬어야 해. 장난하는 것도 아니고 말이야."

대기가 퉁명스레 말하자 정태는 엄지를 치켜들어 보였다. 정태는 물주인 대기의 눈 밖에 나기 싫은지 이래도 흥 저래도 흥이었다.

"그래, 역시 네가 한 수 위다."

곧이어 진한 화장을 하고 짧은 원피스에 망사스타킹을 신은 여자 세 명이 다시 들어왔다. 아무리 많이 봐줘도 스물두 살이 안 넘는 나이였다. 파트너를 선택하라는 대기의 말에 만필은 머뭇거렸다. 선택은커녕 강의실에서 가르치던 여학생들이 떠올라서 눈도 마주치기 힘들었다. 그러자 대기는 마이크를 잡고 룸이 울리도록 크게 소리쳤다.

"뭐 하나, 김 교수! 어서 하나 골라!"

파트너가 정해지자 대기는 이정현의 〈바꿔〉라는 노래를 골랐다. 테크노풍의 전주곡이 흘러나오자 덩치가 산만 한 녀석은 실성한 놈처럼 몸을 흔들어댔다. 여자들이 자지러질 듯 박수를 치며 웃음을 터뜨렸다. 이십대 여자의 음색에 어울릴 법한 노래를 대기는 삼십대 후반의 거칠고 탁한 목소리로 잘도 불러댔다. 후렴구가 나오자 대기는 둔중한 허리를 격렬하게 튕겨대며 아랫도리로 탬버린을 쳤다. 정태는 파트너의 어깨에 팔을 두르고 옷속으로 손을 넣어 가슴을 주무르다가 대기에게 소리쳤다.

"그러다가 허리 삐겠다, 새꺄!"

간주가 나오고 2절로 들어가자 대기는 탬버린을 버리고 자기 파트너를 뒤에서 끌어안았다. 노래가 후렴구로 치달을수록 그녀는 안절부절못하며 소리를 꽥꽥 질러댔다. 정태는 웃겨죽겠다는 듯 파트너의 허벅지를 베고 누워서는 손을 치마 밑으로 넣었다.

"오빠, 내가 맘에 안 들어?"

이제껏 아무 말이 없던 만필의 파트너가 반말로 물었다. 만필의 짐작에는 왠지 고등학교를 졸업한 지 얼마 안 됐을 것 같았다.

"아니, 노래 가사가 좀 무서워서."

그랬다. 흘려듣기만 했던 노래였는데 막상 자막으로 가사를 보니 내용이 놀라웠다. 믿을 사람도 없고, 너도 나도 속물이니 세상을 바꾸자는 메시지였다. 만필의 파트너는 담배 연기를 길게 내뿜고는 피식 웃음을 터뜨렸다.

"오빠도 참, 바꾸는 게 뭐가 무섭다고? 러브도 바꾸고 라이프도 바꾸고 다 그런 거지. 아직 몰라?"

어린 파트너의 엉뚱한 반문에 만필도 피식 웃고는 건배를 했다. 토요일 밤이 이렇게 지나가고 있었다. 아무것도 결정된 것은 없었다.

노래를 마치고 땀을 식히며 맥주를 들이켜던 대기가 만필의 어깨를 힘 있게 툭 쳤다.

"그 일 할까 말까 아직도 망설이냐? 이런 좀팽이 자식, 그걸 왜 걱정해! 그냥 P교수가 시키는 일만 잘하면 돼!"

옆에서 듣던 공무원 정태가 맞장구를 쳤다.

"맞아, 시키는 일만 잘하기에도 벅차!"

대기가 이어서 물었다.

"도대체 월급은 얼마나 주냐?"

만필은 하마터면 대답할 뻔했으나 꾹 참았다. 아무리 친구들 이라도 그건 입 밖에 꺼내고 싶지 않았다. 특히 이런 술집의 낯 모르는 어린 여자들 앞에서는 꺼낼 말이 아니었다. 답답한 듯 정 태가 끼어들었다.

"못해도 이백은 넘겠지?"

"야 인마, 이백은 우리 주유소에서 일하는 고졸 애들도 번다. 박사 수료자를 뭐로 보고?"

대기는 정태를 향해 핀잔을 주더니 잔을 들며 말했다.

"P교수 그 양반이 다 알아서 해줄 거야. 오늘은 걱정 말고 놀 아."

"그럼, 윗분들은 생각이 다르지. 멀리 보잖아. 그러니까 지금 은 신나게 놀자!"

정태가 말을 거들며 잔을 들었다. 두 친구가 잔을 들었으므로 만필은 무엇을 위하는지도 모르고 건배를 했다. 대기는 분위기 를 바꾸려는지 자기 파트너의 엉덩이를 탁 치고는 블루스를 추자며 앞으로 끌고 나갔다. 말이 블루스지 대기는 음악에 맞춰 파트너의 옷을 천천히 벗겨냈다. 정태는 소파에서 여자를 막무가내로 끌어안고 주물렀다.

열아홉 살에 만난 두 친구는 만필과 허물없는 사이였다. 동기들과 만나서 술을 마시고 속을 털어놓으면 도움을 구할 수도 있다고 여긴 건 만필의 헛된 기대였다. 두 녀석은 가슴이 증발하고 없었다. 만필의 눈에 그들은 오직 성기밖에 없었다. 불 꺼진 밀실에서 야광 콘돔을 씌워놓은 것처럼 녀석들은 오로지 그곳에만 촉수를 모아 빛을 발했다.

만필은 더는 앉아 있고 싶지 않았다. 이 정도면 충분히 관계 유지의 대가를 치렀다고 판단했다. 만필의 파트너는 재미가 없는지 술만 많이 마셔 깜빡깜빡 고개를 떨어뜨렸다. 팬티 바람에 양말과 구두만 신은 대기가 만필에게 다가와 속삭였다.

"너, 제수씨 애 낳는 동안 오래 굶었지? 애 데리고 나가. 내가 오랜만에 똘똘이 목욕시켜줄게."

만필은 괜찮다며 손을 휘휘 내저었다. 그리고 갑자기 변의를 느껴 룸을 빠져나와 화장실로 향했다. 화장실에서 용변을 보며 담배를 태우던 만필은 눈앞의 스테인리스 휴지걸이에 반사된 자신을 보았다. 만필은 그곳에서 엉덩이를 까고 앉아 있었다. 쪼그리고 주저앉은 모습이 언뜻 한 마리 새 같았다. 한숨을 쉬듯 담배 연기를 내뿜자 만필의 얼굴은 희미한 얼룩으로 사라졌다.

후배

화장실에서 나온 만필은 동기들에게 말도 없이 택시를 탔다. 그리고 혜라의 원룸으로 갔다. 혜라는 세부 전공과 지도교수가 같은 직계 후배였다. 그녀가 대학원 재학 중일 때 만필은 과제물 지도와 논문 작성법을 알려줬고, 그녀가 수료를 한 뒤에는 자신이 맡았던 강의를 물려주거나 여력이 없어서 감당 못 할 건수들을 나눠줬다.

혜라는 유독 귀가 예민했다. 만필이 지나가듯 중얼거리는 혼잣말까지 모조리 알아들었다. 어떤 때는 만필의 표정만 보고도 머릿속으로 무엇을 원하는지 정확히 맞히는 일도 많았다. 대화 중에 포인트를 짚지 못하고 쓸데없이 끼어드는 부류들과 달리 혜라는 영악할 정도로 핵심을 잘 잡아냈다. 만필은 혜라에게 곧잘 이렇게 말했다.

"네 앞에서 내 머리통은 어항에 불과해. 너는 내 생각을 훤히 들여다봐."

그래서인지 만필은 학교 사회를 모르는 아내에게 하지 못할 말을 혜라 앞에서는 곧잘 떠드는 편이었다. 만필은 '오른팔이 되어달라'는 P교수의 요구에 대해, 어머니 댁을 방문한 일에 대해, 대학 동기들과의 해프닝에 대해 모조리 혜라에게 이야기했다. 그녀는 다른 얘기들은 뒤로 미루고 오로지 P교수의 요구에 귀를 쫑긋 세웠다.

"선배, P교수가 그렇게까지 나왔으면 당연히 해야지."

"왜 해야 해? 하란다고 다 해야 해?"

"요즘 같은 불경기에 그런 자리가 쉬운 줄 알아? 4대보험에 월 120만 원이면 생활비로는 괜찮잖아."

3인 가족이 사는 데 120만 원이면 괜찮은 건지 만필은 궁금했다. 계약직이니 상여금은 기대할 게 못 됐다. 교통비와 식대를 감안하면 50만 원은 훌쩍 떨어져 나갈 거였다.

"누가 이 나이에, 그 월급 받니? 그런 일 하려고 내가 지금껏 공부한 줄 알아?"

"내 생각에는 이 대학 저 대학 보따리 장사하는 것보다 훨씬 나은 것 같은데."

"보따리 장사하면서 내 작업 하는 게 훨씬 좋아. 훨씬 행복해!"

"치, 그러다가 박사논문에까지 불똥이 튀면 어쩔래?"

그 말을 듣자 만필은 옆구리의 갈빗대 사이로 차가운 칼날이 불쑥 비집고 들어오는 통증을 느꼈다. 만필은 술이 확 깨는 기분에 혜라를 노려보았다. 그를 들끓게 하는 불안을 그녀는 정확히 찔렀다. 혜라는 눈도 깜짝 안 하고 만필을 꾸중하듯 말했다.

"막말로 다 된 논문에 P가 작심하고 코라도 풀면 어쩔 거냐고?"

만필의 목소리가 끓어올랐다.

"그까짓 학위 안 받으면 되잖아. 그거 안 받아도 잘 살 수 있어."

"훗날 P가 다 생각이 있으니까 이러는 거잖아!"

'훗날 다 생각이 있어서 이러는 것'이라고 하는 경우는 악독한 지주가 힘 좋은 머슴에게 줘야 할 새경을 주지 않고 일을 부릴 때나 쓰는 말이었다. 지금 시키는 일만 잘하면 나중에 성혼할 때

166

집칸과 밭뙈기를 떼어줄 거라 달랜 뒤 지불을 유예하는 일과 마찬가지였다. 더욱이 P교수는 단 한 번도 만필에게 그렇게 말한 적조차 없었다.

"너까지 왜 이래! 너도 닮아가니?"

"선배를 믿으니까, 그래도 선배를 아끼니까 그런 자리를 만드는 거잖아?"

"응, 제발이지 그런 식으로 믿거나 아끼지 말라고 해. 그게 바로 나를 믿고 아끼는 거야."

혜라는 몇 걸음 떨어진 의자에 앉아 있었다. 실내가 훈훈한 탓인지 짧은 치마 차림이었다. 한쪽 다리는 의자 위에 접고 다른 쪽 다리는 바닥을 향해 뻗고 있었다. 혜라는 눈을 살짝 흘기며 투덜거렸다.

"참 복에 겨운 소리 하네!"

"뭐라고?"

"복 터진 소리 하신다고요, 아저씨!"

침대에 걸터앉은 만필은 혜라에게 아쭈, 요것 봐라, 하는 표정으로 이리 좀 오라는 손짓을 했다. 그녀가 발뒤꿈치를 들고 가벼운 걸음으로 다가왔다. 짧은 치마가 나풀거렸다.

만필은 혜라의 어깨를 잡고 그대로 침대에 눕혔다. 그리고 다짐을 받듯 말했다.

"너 내가 한 말 어디 가서 말하면 안 돼."

혜라는 삐친 듯 만필을 밀쳐내며 침대에서 일어나 앉았다. 그리고 빠르게 쏘아붙였다.

"다 말하고 다닐 거다. 학교 홈피에도 올리고 인터넷에도 띄우고 카톡, 페북, 트위터에도 도배할 거야. 선배가 어떻게 내 입을 막을래?"

센터에 직원으로 채용되면 주당 최소 40시간의 근로시간을 지켜야 하므로 만필이 지금 맡은 강의 전부가 그녀에게 넘어갈 가능성이 컸다. 강의 시수가 적어 매 학기 전전긍긍하던 그녀에게는 그야말로 누이 좋고 매부 좋은 일이었다.

"이렇게 막지."

만필은 혜라의 길고 풍성한 머리를 뒤로 잡아당겼다. 혜라의 고개가 뒤로 젖혀지자 만필은 자신의 입술로 혜라의 입술을 덮었다. 촉촉하고 보드라운 혜라의 입술이 몸에 닿으면 만필은 모든 걱정으로부터 해방되었다. 기다렸다는 듯 혜라의 뜨겁고 긴 혀가 튀어나와 만필의 혀를 휘감았다.

만필이 침대 헤드에 등을 기대고 앉자 혜라의 입술과 혀가 가슴을 지나고 아랫배에 닿았다. 길고 풍성한 혜라의 머릿결이 만필의 살갗을 간질였다. 만필은 몸이 천천히 달아오르는 것을 느끼며 혜라의 머릿결을 쓰다듬었다.

이윽고 혜라는 만필의 배 위에 올라탔다. 그리고 허리를 그네처럼 앞뒤로 움직였다. 때로는 천천히 때로는 빨리 때로는 깊이 때로는 얕게 그녀는 자신이 원하는 대로 자극을 받았다. 혜라의 몸짓에는 어떤 리듬이 있었다. 원 투 쓰리 슬로우, 원 투 쓰리 멜로우. 그것은 반복되다가 변주되었다. 장단이 빨라지자 만필은 팔과 다리가 부들부들 떨리기 시작했다.

혜라가 엉덩이를 내리찍을수록 만필은 자신이 바스러진다는 생각이 들었다. 참으로 이상한 일이었다. 평소에는 혜라를 자신의 영혼을 위로할 상대로는 너무 천박하다고 여겼다. 그러나 이렇게 교감하는 순간에는 자신의 육체뿐만 아니라 영혼이 사라지는 기분이 들었다.

만필은 고개를 쳐들고 벽과 천장을 보았다. 침대의 조명 탓인지 가슴을 내밀고 허리를 활처럼 휜 혜라의 까만 그림자가 거대하게 일렁거렸다. 그 기괴한 그림자는 수컷 사마귀와 교접하며 수컷의 머리를 으깨어 씹어 먹는 암컷 사마귀 같았다. 만필은 무저항으로 짓이겨지며 갈려지고 있었다. 포도주병의 코르크를 비틀어 뽑아내듯 혜라는 힘을 주어 엉덩이를 치켜들었다. 만필은 쾌락인지 고통인지 모를 신음을 허공을 향해 내질렀다.

아내

일요일 점심때쯤 만필은 자신의 아파트로 돌아갔다. 열쇠로 문을 열고 안방에 들어가자 아내는 가슴을 드러낸 채 아기에게 젖을 물려 겨우 재우는 중이었다. 힘든 육아로 아내는 늘 피곤한 모습이었다. 7개월 된 딸애는 엎드려 기다가 일어나 앉기 시작하면서 한순간도 눈을 뗄 수가 없었다. 손에 잡히는 건 뭐든지 입으로 가져갔고, 앉아 있다가 뒤로 넘어가 머리를 사방에 찧곤했다. 머리를 찧으면 아이는 숨이 넘어가도록 울었다.

딸애는 다른 아기들에 비해 성격이 유독 예민하고 까다로웠다. 그 시기에는 잘 먹고 잘 자는 일이 중요한데 어떤 날은 잘 먹지도 않고 자지도 않고 종일 칭얼거렸다. 더욱이 한밤중에는 비명을 지르며 자주 깨곤 했다. 신기한 건 장난감에 녹음된 동요 〈곰 세 마리〉를 틀어주면 곧잘 울음을 멈추었다. 만필은 낮이건 밤이건 시도 때도 없이 그 발랄한 노래를 들어야만 했다. 문득, 만필은 젖을 물려 아기를 토닥거리며 동요를 흥얼대는 아내를 보고는 눈을 뗄 수가 없었다. 그녀의 젖가슴 한쪽이 벌써 희미하게 지워지고 있었다.

아내는 만필이 공부를 하고 꿈을 좇는 동안 생계와 가사를 동시에 돌보느라 고생이 심했다. 일이 고단할수록 얼굴에서 모든 표정이 사라져서 매사에 심드렁해 보였다. 놀랄 일도 없고 화날 일도 없다는 식이었다. 그런 그녀의 얼굴을 대할 때마다 만필은 아내의 표정이 무심한 것인지 무뚝뚝한 것인지 매번 갈피를 잡지 못했다.

"넌 소원이 뭐니?"

만필이 박사과정을 수료한 뒤 시간강의를 나가고 학교의 잡일을 도맡아 하며 푼돈을 벌기 시작했을 때, 아내에게 물은 적이 있었다.

"내 소원은 하나밖에 없어요."

"말해봐."

"말하면 들어줄 수 있어요? 들어줄 거면 말하고."

만필은 긴장이 되었다. 남편의 상황을 아는 아내가 이제껏 어떤 부탁이나 희망사항을 말한 적이 없기 때문이었다. 만필은 아내가 말하지도 않은 소원을 먼저 물은 죄로 대답을 하지 않을 수가 없었다.

"들어줄 수 있어. 설마 남북통일은 아니겠지?"

실제로 아내의 소원을 들어줄 수 있는지 알 수는 없으나 그야말로 당장은 귀로 들어줄 수는 있었다.

"하나밖에 없어요. 가정주부."

평범한 가정주부가 되는 게 그녀의 유일한 소원이었다. 아예 허황되면 웃어넘기거나 시간을 유예할 수도 있지만 이런 종류의 소원은 듣는 상대방을 비루하고 왜소하게 만들었다. 아이를 출산한 후부터 아내는 소원대로 가정주부가 되었다. 아내가 일을 그만두자 수입은 절반으로 줄어들고 태어난 아기 때문에 지출은 맞벌이 때보다 증가했다. 만필은 대필과 윤문 따위의 잡다한 일감을 감당하느라 주말에도 자신의 능력과 시간을 소진했다.

아기가 잠들자 만필은 옷을 갈아입고 아무 말 없이 자신의 방으로 들어갔다. '오른팔이 되어달라'는 P교수의 요구에 대해, 어머니 댁을 방문한 일에 대해, 대학 동기들과의 해프닝에 대해, 그리고 지난밤의 외박에 대해 만필은 아내에게 아무 말도 하지 않았다. 아무 말을 하지 않아도 아내는 아무런 질문이 없었다. 그녀는 무심한 얼굴로 아이를 눕혀 재우고 빨래를 개어 서랍장에 넣고 방 안을 정리했다.

아내는 출산으로 청력이 약해진 지 오래였다. 한동안 만필은 그 사실을 몰랐다. 그 사실을 몰랐기에 만필은 밖에서 벌어진 일들을 아내에게 열심히 얘기했다. 그럴 때마다 아내는 만필의 말을 잠자코 들어주었다. 그러나 전에 말했던 일을 다시 언급할 때마다 아내는 하나도 기억하지 못했다. 듣지 못했기 때문에 기억하지 못하고 기억하지 못하기 때문에 그녀는 아무런 의견이 없었다. 결국 그녀는 만필이 하는 이야기를 하나도 이해하지 못했다. 심지어 '자고 싶다'는 만필의 몸짓까지도 못 알아들었다.

만필이 자신의 방에 들어가 책상 앞에 앉아 있자 아내가 문을 열고 들어왔다. 만필이 쳐다보자 그녀는 담담하게 말했다.

"긴 머리카락이 나왔어요."

긴 머리카락이 나왔다는 그 말을 만필은 처음엔 알아들을 수가 없었다. 긴 머리카락이라니, 그것이 어디서 나왔단 말인가? 왜 느닷없이 아이를 재워놓고 저런 말을 한단 말인가? 만필은 아무런 대꾸도 하지 않고 저런, 긴 머리카락이 나왔군, 쯧쯧쯧, 하는 식으로 그저 고개를 끄덕였다.

어쩌면 그것은 혜라의 것일지도 몰랐다. 혜라와 지낼 때는 주로 발가벗고 지내기 때문에 그것이 혜라의 것인지 확신할 수는 없었다. 머리카락의 길이가 혜라의 머리카락 길이만 한 것인지도 알 수 없었다. 음식점이나 술집에서 외투를 옆자리에 잠깐 벗어놓을 때 붙어온 것일 수도 있고 전철이나 버스 안에서 옆 승객으로부터 붙어온 것일 수도 있었다.

만필의 끄덕임에도 아내는 별다른 감정의 동요가 없었다. 아내는 만필이 그 어떤 말을 해도 크게 기뻐하거나 크게 슬퍼하지 않으므로 만필이 아무런 말을 안 해도 크게 기뻐하거나 크게 슬퍼하지 않았다. 그녀는 항상 같은 상태였다. 그것을 무관심이라 해야 할지 평정심이라 해야 할지 매번 헷갈렸다. 그런 마음과 얼굴을 유지하며 가정주부의 위치를 지키는 것이 그녀의 유일한 목표인 듯했다. 아내는 출근하는 만필을 향해 늘 이렇게 말했다.

"부디 돈 많이 벌어오세요."

만필은 그 말을 그녀가 할 수 있는 최대의 농담으로 여겼다. 시간당 2.7만 원에 자살방지수당 1만 원을 더해 받는 강의를 주당 열 시간 하는 만필이 도대체 어떻게 돈을 많이 벌어온단 말인가? 그럼에도 그녀는 아침마다 현관에서 아기를 안고 그렇게 말했다. 아침마다 만필은 그 농담에 손을 흔들며 바이바이를 했다.

안방에서 사이렌처럼 아이의 울음이 터졌다. 갑자기 불에 덴 듯한 비명도 이어졌다. 만필의 방문 앞에 서 있던 아내는 황급히 안방으로 뛰어갔다. 곧이어 동요 〈곰 세 마리〉가 흘러나왔다.

컴퓨터 모니터 앞에 앉은 만필은 파워 스위치를 누르지 않았다. 컴퓨터 안에는 염오스러운 문서파일이 들끓고 있었다. 기약 없이 수정에 수정을 반복할 논문, 이치에 닿지도 않고 문맥도 없는 대필 원고, 대학을 졸업한 사람이 쓴 것인지 의심되는 윤문 요청 문서, P교수의 지시에 의해 부리나케 작성된 기획서, 표절과 짜깁기로 점철된 학생들의 리포트……. 만필의 컴퓨터는 쓰레기장이었다. 단지 알파벳순으로 정렬되었다는 점이 다른 쓰레기장과 다를 뿐이었다. 모니터는 바로 그런 쓰레기를 향해 열린 창이었다.

만필은 전원이 꺼진 모니터 안에 있는 자신의 시커먼 얼굴을 보았다. 갑자기 어릴 적 TV에서 보았던 어느 코미디언의 유행어가 떠올랐다. 그리고 그 바보 말투를 혼잣말로 흉내 냈다.

"만필이 없다!"

허리를 옆으로 살짝 구부리자 검은 화면 속에서 그의 모습이 사라졌다.

"만필이 있다!"

제대로 앉자 만필의 시커먼 얼굴이 나타났다. 안타깝게도 '만 필이 있다'가 증명되는 순간은 바로 그 쓰레기를 향한 창에 자신 의 얼굴이 비칠 때였다.

선배

백 선배는 일식집으로 만필을 데리고 가서 참치회를 주문했 다. 그리고 칸막이로 된 룸에 앉자마자 글라스에 맥주를 따르고 소주부터 섞었다. 선배의 목소리는 우렁차고 시원시원했다.

"요즘은 이 술이 대세야. 비워!"

안주가 나오기도 전이었다.

"오랜만에 만필이 만났으니 세 잔은 비우고 시작해야지. 자, 마셔!"

선배는 별다른 배경도 없이 보수언론사에서 오로지 능력으로 인정받아 중역 자리를 꿰찬 입지전적인 인물이었다. 만필은 대 학 신입생 시절부터 선배를 존경했다. 형이 없는 만필은 어려운 일이 생겨서 해법을 찾지 못할 때마다 백 선배를 최후의 멘토로 여겼다.

백 선배는 기개가 당당하고 일에서는 주도면밀하며 원대하게 앞을 내다보는 사람이었다. 무엇보다 그는 만필을 정신적으로 후원했다. 만필보다 여섯 학번이나 높아서 어려울 수도 있는 사이지만 만필에게는 한없이 친절했다. 만필이 결혼을 하고 공부를 하며 살아가는 일이 너무 힘들어서 자신의 꿈을 포기하려고 할 때 재기를 도운 것도 그의 조언이었다.

"눈치 볼 필요 없어. 절실한 순간 오직 네 눈에만 보이는 꿈에 인생을 걸면 돼! 바로 그 꿈에 모든 걸 거는 놈들은 땡큐! 꿈이 없는 놈들은 절실한 게 없는 놈들이니 뻑큐!"

혹여 다른 사람이 들으면 별로 신통할 것 같지 않은 그 조언이 그토록 만필의 가슴에 닿은 이유는 바로 만필의 예술적 능력을 믿는 백 선배가 진심으로 건넨 말이기 때문이었다.

어느덧 일요일이었다. 만필은 내일이면 P교수에게 자신의 입장을 어떻게든 밝혀야 했다. P교수의 제안과 자신의 심경에 대해 만필은 선배에게 차근차근 설명했다. 백 선배는 차분히 듣고는 입을 열었다.

"우리 만필이도 대리전(代理戰)을 뛸 때가 왔구나. 보통 삼십대 초중반에 오는데, 너는 좀 늦었다."

"대리전이라뇨?"

"사회생활을 하다 보면 자신의 이익과 장래를 떠나서 누군가를 위해 대리전을 치를 때가 오지. 우리나라 관객들이 왜 유독 조폭영화를 좋아하는 줄 알아? 그 영화를 보면 보스와 행동대장의 고민이 극명하게 나오거든. 보스를 위해 대리전을 치르는 행동대장의 운명은 딱 하나야. 상대방의 목을 따서 인정받거나 혹은 목을 따이거나."

선배는 손날을 세워 자신의 목을 따는 제스처를 취했다. 만필은 어떤 이익이 오더라도 누군가를 위해 대리전을 치르고 싶지는 않았다. 그 시간과 힘으로 자신의 꿈을 좇고 싶었다. 이런 상황에서도 꿈을 좇는 자신에 대해 선배가 격려해주기를 바랐다. 그러나 빠른 속도로 술이 몇 순배 더 돈 후에 선배가 내린 결론은 의외였다.

"어쨌든 P교수가 시키는 대로 해라. 그게 살길이다."

"P교수는 잔인해요."

"훌륭한 선생은 자애로운 사람이 아니라 잔인한 사람이야. 너 인마, 선생이라고 잔인해지고 싶은 줄 알아? 아랫놈이 답답할수록 어쩔 수 없이 잔인해지는 거야. 어떻게 해서든 살려보려고 그러는 거라고."

선배의 조언이 기대했던 것과는 달라 실망한 만필은 폭탄주를 쭉 들이켰다. 잔을 내려놓고 고개를 드니 백 선배는 어디로 갔는지 형체가 없었다. 선배가 앉아 있던 테이블 맞은편에는 오직 목줄기만 둥실 떠서 남아 있었다. 만필은 그 목줄기를 향해 따지듯 말했다.

"형이 그랬잖아요. 절실한 순간에 오직 자신의 눈에만 보이는 꿈에 모든 걸 걸어야 한다고!"

"내가 그런 말장난도 다 했냐?"

"저는 기억해요. 모두 기억한다고요. 형이 해준 말들은 모두 여기 있어요!"

만필은 자신의 가슴을 팡팡 두들겼다. 그리고 그것을 증명하기 위해 백 선배가 해준 말들을 상기시켰다.

"자유로운 인간은 필연적으로 고독하고, 사고하는 인간은 필연적으로 불확실하다."

백 선배는 만필을 향해 할 일 되게 없는 놈이라는 듯한 말투로 받아쳤다.

"하긴, 자위하는 인간은 필연적으로 고독하고, 사고 치는 인간은 필연적으로 불확실하더라."

"꿈을 밀고 나가는 힘은 이성이 아니라 희망이며 두뇌가 아니라 심장이다."

"듣고 보니 죄다 어디서 훔쳐온 말이네. 인마, 그런 건 스무 살 때나 안주 삼아 떠들고 졸업했어야지. 서른아홉 살이나 처먹고 처자식까지 딸린 놈이 그딴 말 외우고 다니냐?"

오랜만에 만난 백 선배는 기억력이 없었다. 오직 목청만 있었다. 만필이 또 무슨 말을 꺼내려 하자 선배는 그만하라는 듯 크게 기침을 했다. 선배는 심기가 몹시 불편한 듯 목의 주름을 잔뜩 찌푸렸다. 그리고 마지못해 가여운 듯 한마디를 했다.

"네 꿈 타령 더는 듣기도 지겹고 이젠 생업에나 종사해라."

알 수 없는 배신감에 솟구치는 화를 참지 못하고 만필은 테이블을 뒤엎을 듯이 주먹을 내리쳤다. 그리고 있는 힘을 다해 악을 썼다.

"젊은 나이에 죄다 썩었어! 가슴도 없는 좆만 한 새끼들! 그딴 자리 뭐 하러 기어들어가냐고, 크게 버려야지 크게 얻는 법이라고 말해주는 놈이 하나도 없어! 어쩌면 이렇게 쥐새끼들처럼 영악해질 수 있냐고!"

"알았어, 알았어. 그럼 내가 해줄게."

선배는 동요 없이 차분하게 대답했다. 그리고 글라스에 담긴 폭탄주 한 잔을 전부 들이켰다. 술이 꿀꺽꿀꺽 넘어가는 동안 울대뼈가 위에서 아래로 오르락내리락했다. 만필은 선배의 목울대를 노려보았다.

"잘 들어. 네 꿈을 크게 버려. 네 꿈을 크게 버리면 일생의 편안을 크게 얻을 거야."

백 선배의 목줄기는 공중에서 천천히 움직이더니 룸 밖으로 나갔다. 아니, 룸을 빠져나가기 전 뒤를 돌아보며 덧붙였다.

"그리고 이제 더는 이룰 수 없는 것을 이루려 하지 마! 됐냐, 이 씨발놈아!"

만필은 글라스를 들어 단숨에 술잔을 비웠다. 그리고 눈을 질끈 감고 숨을 천천히 들이쉬었다가 내쉬었다. 호흡이 안정되고 눈을 뜨자 글라스의 표면에는 길게 늘어난 자신의 얼굴이 보였다. '무한 리필'이 된다는 참치회는 손도 안 댄 채 접시에 그대로 남아 있었다.

이젠 어떻게 해야 할지 몰라 술잔을 만지작대던 만필의 눈에 테이블 플라워 한 송이가 들어왔다. 작은 화병에서 그 꽃을 꺼내

들자 줄기 끝에서 물방울이 테이블 위로 똑똑 떨어졌다. 꽃잎이 중심부를 향해 껴안듯이 핀 포옹형 생화였다. 향기는 그리 짙지 않았고 꽃잎을 세어보니 일곱 장이었다. 문득, 만필은 생각나는 대로 꽃잎에 이름을 하나씩 붙였다. P교수, 어머니, 동기, 후배, 아내, 백 선배, 아기. 그렇게 일곱 개의 이름을 붙이고 나니 막상 자신은 어디 둘 데가 없었다.

도대체 만필은 자신은 무엇인지 궁금했다. 만필은 P교수가 지도교수이며, 홀어머니가 계시며, 대기와 정태가 동기이며, 후배가 애인이며, 아내를 가졌으며, 백 선배가 있으며, 아이를 낳은 사람이었다. 간명했다. 그러나 만필은 그 정의가 왠지 불편했다. 그것보다는 차라리 이편이 훨씬 맞는 듯했다.

만필은 P교수의 제자이고, 홀어머니의 외아들이고, 대기와 정태의 친구이고, 후배의 애인이고, 아내의 남편이고, 백 선배의 후배이고, 아이의 아빠였다. 저들이 만필에게 속한다기보다는 만필이 저들에게 속했다. 때문에 만필은 저들을 위해 소용되는 것을 거부할 권리가 영영 오지 않을지도 모른다는 예감이 들었다.

꽃자루를 잡고 만필은 꽃을 빙그르르 돌려봤다. P교수, 어머니, 동기, 후배, 아내, 선배, 아기가 빙그르르 돌아갔다. 그러자 만필은 이 꽃에서 자신의 이름을 붙일 만한 곳을 간신히 찾아냈다. 자신은 이렇게 방사형으로 펼쳐진 일곱 장의 꽃잎이 흩어지지 않도록 저 아래에서 끄트머리를 힘겹게 붙들고 있는 어떤 지점이었다. 형태도 아니고 양분도 아닌, 형태를 유지하고 양분을 공급하는 그 어떤 지점이 겨우 자신이었다.

아기

　월요일 오후 만필은 눈이 녹아 얼어붙은 캠퍼스를 걸어갔다. 월요일은 다른 요일보다 늘 더 추웠다. 문리대 3층 복도에서 창밖의 은행나무를 바라보는 일은 하지 않았다. 약속 시간까지 몇 분이 남았는지 확인하며 서성거리지도 않았다. P교수의 거대한 몸집과 붉은 얼굴과 모호한 외계 음성을 떠올리며 겁을 집어먹지도 않았다. 만필은 자신이 이전과 약간은 달라졌다는 것을 알고 있었다. 더 정확히 말하면 이전과 달라져야 할 것을 알고 있었다.

　연구실 문을 열고 들어가니 후배 혜라가 P교수의 책상 앞에 서 있었다. 혜라와 P교수는 서로 마주 보며 웃다가 만필이 나타나자 동시에 동작을 멈추고 움직이지 않았다. 혜라는 라인이 드러나는 타이트한 셔츠와 미니스커트를 입고 붉은 튤립 한 다발을 들고 서 있었다. 마침 혜라는 P교수의 책상에 놓인 커다란 화병에 튤립을 꽂으려는 참이었다. 혜라가 왜 이곳에 있는지 만필은 잠깐 의아했다. 그러나 아주 잠깐이었다. 혜라가 이곳에 없어야 할 이유도 없었다.

　책상에 앉은 P교수를 향해 만필은 몇 발짝 걸어갔다. 주둥이가 넓고 속이 깊은 화병에는 물이 찰랑찰랑했다. 만필은 자신의 왼손으로 오른쪽 팔꿈치를 움켜쥐었다. 얼마나 억세게 움켜쥐었는지 만필의 얼굴은 혈압이 잔뜩 올라 붉어졌고 이마와 목에 굵은 핏줄이 튀어나왔다. 만필은 터져 나오는 신음을 참으려 이를 앙다물었다. 그리고 왼손으로 자신의 오른팔을 있는 힘껏 비

틀어 뽑아서 화병에 그것을 꽂았다. 붉게 물든 피가 화병에서 흘
러넘쳐 책상을 적시고 아래로 느적는적 흘러내렸다.

*

월요일 밤에도 아기는 30분 이상 잠을 이루지 못하고 자주 괴
롭게 울었다. 목청 또한 매우 커서 마치 꺼지지 않는 집요한 알
람 같았다. 그때마다 아내는 자리에서 일어나 아기를 안아 달래
서 재웠다. 새벽 4시가 넘어가자 아기가 깨어나 우는데도 고단
함에 지친 아내는 선뜻 몸을 움직이지 못했다. 아내는 거의 무념
무상의 상태였다.

만필은 자리에서 일어나 아기를 안았다. 명치 아래로 팔을 둘
러 엉덩이를 받쳐 안자 아기의 얼굴이 어깨에 닿았다. 아기는 만
필의 귓가에서 온 힘을 다해 울었다. 아기는 따뜻하지 않았다.
오히려 차가웠다. 만필은 한쪽 팔이 없어서 혹시 아기를 떨어뜨
릴까 봐 걱정했지만 아기는 집요하게 몸을 만필의 가슴에 밀착
시키고 팔을 둘러 만필의 목줄기를 휘감았다. 그 느낌은 일면 안
정적이면서 일면 결박된 기분이었다. 안방 문을 열고 깜깜한 거
실로 천천히 걸어 나오며 만필은 낮은 목소리로 느리게 자장가
를 불렀다.

곰 세 마리가 한집에 있어
아빠 곰 엄마 곰 애기 곰

아빠 곰은 우울해

엄마 곰은 무심해

애기 곰은 너무 까칠해

불쑥불쑥 잘 깬다.

어느덧 아기는 울음을 멈췄다. 잠깐 안도하는 동안 만필은 팔이 뽑혀 나간 어깨 쪽에 야릇한 통증을 느꼈다. 그것은 마치 말랑말랑한 애벌레가 미세한 꿈틀거림으로 생살을 파고드는 기분이었다. 걸음은 어느덧 현관문 앞의 벽거울에 닿았다. 그러자 현관 센서등이 켜지며 불이 희미하게 들어왔다.

거울 안에서 아기는 팔이 뽑혀 나간 어깨의 단면을 혀로 핥고 있었다. 작고 검붉은 꽃잎 같은 혀는 불에 달군 듯이 점점 뜨거워졌다. 팔이 떨어져 나간 그곳을 아기는 천천히 핥다가 점점 맹렬히 빨아대기 시작했다. 아기는 살아야만 한다는 본능으로 꿈틀거리는 작은 짐승이었다. 잠시 후 센서등이 꺼지자 주위는 삽시간에 어두워졌다. 빨아대는 소리가 커질수록 아이의 작은 눈은 야광처럼 빛을 발했다.

만필은 아기의 엉덩이를 받친 한쪽 팔을 움직일 수가 없어 안절부절못하며 커다란 못처럼 그 자리에 멈춰 섰다. 내일을 위해 저장된 만필의 피가 다 빨려나가는 공포가 엄습했다. 급작스레 치밀어 오르는 통증 같기도 하고 정신을 잃을 것 같은 쾌감 같기도 한 그 혼몽한 느낌을 견딜 수 없는 나머지 만필은 어둠 속에서 목청이 찢어져라 괴성을 질렀다.

낙산

밤바다의 파도 소리가 귀를 적신다. 흰 갈기를 세우며 몸을 일으킨 검푸른 파도는 백사장을 덮치고 더는 나아갈 수 없는 곳에서 모래를 부둥켜안은 채 뒹군다. 밤이 들이쉬고 내뱉는 숨결처럼 끝없이 몰려왔다 밀려가는 파도. 눈앞에 뜬 보름달이 유독 크고 환하다. 달빛을 받은 바다의 잔물결은 은빛으로 출렁인다.

　세희가 건너편 베란다에 서서 바람에 흩날리는 머릿결을 손으로 매만진다. 양쪽 입꼬리를 부드럽게 말아 올리고 가지런한 이를 드러내며 웃는 스물일곱 살의 세희. 그녀의 눈동자가 건너편 베란다에 선 나를 향해 속삭인다. 무중력 상태처럼 공중으로 떠오른 나는 그녀 앞에 가볍게 착지하여 그 눈과 마주한다.

　서로의 코끝이 닿고 가슴이 겹쳐지며 이윽고 입술이 포개진다. 한 몸이 된 우리는 달빛에 젖어 둥실 떠오른다. 등대와 방파제와 해송과 바위와 노란 창문의 작은 마을과 오징어잡이배들을 아래에 두고 그렇게 어둠 속을 출렁이며 떠다니는…….

아내가 맥주 페트병을 쇼핑카트에 담는 소리에 정신이 돌아왔다. 토요일 오후 대형마트 안은 혼잡하고 후덥지근했다. 천장에 달린 모니터에서 로맨틱한 커피 광고를 보다가 나는 깜빡 단꿈에 젖고 말았다. 스낵 사은품이 병목에 달린 페트병을 네 개째 옮길 때, 나는 손을 뻗어 아내를 만류했다. 맥주는 들고 가기 무거우니까 집 앞 가게에서 사자고 했다.

"거긴 비싸. 병당 500원 넘게 차이 나."

쇼핑카트 안에는 샐러드 재료와 과일, 견과류 외에도 여섯 살짜리 큰딸이 쪼그려 앉아 과자를 먹고 있었다. 나는 플라스틱 통에 보관된 맥주를 친구들에게 대접할 수 없다며 병으로 사자고 했다. 아내의 말투에 짜증이 섞여들었다.

"그냥 이걸로 사지. 싸고 양도 많고. 병은 훨씬 무거운데."

다른 때는 아내가 하자는 대로 했지만 오늘은 아니었다. 맥주 맛은 병을 따는 맛이고 내가 직접 배낭에 담아가니 무게는 문제없다며 나는 페트병을 제자리에 돌려놓았다. 그리고 병맥주 열병을 카트에 담았다. 고집불통인 큰딸은 자리가 좁아졌다며 큰소리로 항의했다.

나는 카트를 몰고 수산물 코너로 갔다. 아내가 유모차를 끌고 따라왔다. 각종 회가 포장돼 있는 진열대에서 나는 주저 없이 가장 큰 모듬회 두 접시를 골랐다. 가격이 상당했다. 아내는 차분히 둘러보더니 같은 접시 크기의 광어회를 집어 들었다.

"이쪽이 가격도 싸고 양도 훨씬 더 많은 거 같은데."

나는 고개를 저었다. 광어회가 비교적 가격도 싸고 양도 많지만, 다양한 맛의 모듬회를 먹고 싶다고 했다.

"그러면 하나는 모듬, 하나는 광어로 살까?"

나는 다시 고개를 저었다. 한쪽 테이블만이 아니라 양쪽 테이블 손님에게 공평하게 모듬회를 맛보여야 한다고 했다. 아내는 할 수 없다는 듯 광어회를 진열대에 내려놓았다. 막 잠에서 깬 세 살배기 작은딸이 유모차 안에서 사이렌 소리를 내며 울었다.

마트 밖으로 나오자 한낮의 열기에 숨이 턱 막혔다. 6인분의 저녁거리는 만만치 않았다. 열 병이 넘는 술과 주스, 생수 등을 넣은 배낭이 양어깨를 무겁게 짓눌렀다. 아내가 미는 유모차 양옆에는 불룩한 장바구니가 매달렸다. 큰딸은 시끄럽게 뛰어다니며 눈에 띄는 것들마다 사달라고 조르고 유모차 안에서는 작은딸이 쉬지 않고 울었다.

어서 집에 가자고 재촉하자 아내는 한 군데 더 들러서 부대찌개를 포장해야 한다고 했다. 나는 걸음을 멈추며 왜 부대찌개를 포장하느냐고 물었다. 6월치고는 햇볕이 뜨거웠다.

"분명히 얼큰한 게 먹고 싶을 거야. 자기 왜 그래? 부대찌개 잘 먹었잖아?"

나는 아내에게 기억력이 좀 이상한 여자라고 핀잔을 주었다. 그리고 누가 생일날 부대찌개를 먹느냐며 퉁명스레 대꾸했다. 아내는 햇살에 눈살을 찌푸리며 이마의 땀을 훔쳐냈다.

"생일날엔 무슨 찌개든 먹을 수 있어. 동기들도 좋아하고. 저기 유명한 곳이래."

나는 다른 찌개는 괜찮지만, 그래도 부대찌개는 어색하다고,

이 더위에 누가 부대찌개를 먹겠느냐며 아내를 다그쳤다. 마침 유모차에서 나온 작은딸이 도로 쪽으로 뛰어갔다. 나는 소리를 꽥 지르며 쫓아가 아이를 데려왔다. 배낭에서 액체가 온통 출렁 거렸다. 아내는 상가 한복판에서 팔짱을 끼고 서늘한 눈빛으로 나를 노려봤다. 말이 없어진 아내는 조용히 걸음을 옮겼다.

시내에서 아파트까지는 어른 걸음으로 10여 분이 걸렸지만 아이들과 함께 가면 대책 없이 시간이 늘어났다. 포장된 부대찌 개 4인분은 무게가 상당했다. 그것을 한 손에 들고 다른 손에 큰 딸의 손을 잡고 걷는 중에 아내의 휴대전화에 메시지가 들어왔 다. 아내는 멈춰 서더니 길게 한숨을 쉬었다. 정아에게서 온 것 이었는데, 세희가 떡볶이를 먹고 싶어 한다는 내용이었다. 아내 가 아무래도 떡볶이 재료를 사야 할 것 같다고 해서 나는 고개를 끄덕였다.

"자기는 먼저 들어가서 화장실 청소하고 있을래?"

그렇게 하겠다고 하자 아내는 장바구니가 덜렁대는 유모차 를 몰고 오던 길을 되돌아갔다. 나는 큰딸의 손을 잡고 집으로 향했다.

며칠 전 세희가 온다는 말을 전해 들었을 때, 나는 차가운 것 을 급작스레 들이켤 때처럼 관자놀이가 얼얼했다. 정신이 아찔 한 나머지 아내 앞에서 어떤 표정을 지었는지도 몰랐다. 캐나다 로 건너간 지 15년 된 세희가 서울에 일이 생겨서 잠깐 귀국을 했고 단짝 친구였던 정아와 연락이 닿아서 이번 모임을 알게 된 거였다.

국문과 신입생 입학식 날 세희는 미니스커트 차림으로 나타나서 주위 이목을 끌었다. 초식동물로 치면 톰슨가젤이나 임팔라에 가까워서 금방이라도 땅에서 튀어오를 듯 탄력이 넘쳤다. 표정에 전혀 구김이 없어서 간혹 얼굴이 마주치면 눈이 시원했다. 좋은 집안에서 양육받은 영리한 여자가 그러하듯 발음이 깨끗하고 의사표현이 분명했다.

2학년 1학기 고전시가론 강의에서 세희와 나는 함께 발표를 했다. 정년을 앞둔 노교수는 첫 시간에 휴강을 하고 둘째 시간에 출석부순으로 두 사람씩 묶어 작품 한 편씩을 배정했다. 한둘은 자퇴를 하고 몇은 군대를 가자 공교롭게도 우리는 한 팀이 되었다. 노교수는 흥미로운 부가 과제를 냈는데, 짝과 공부하는 사진 두 장을 제출하면 추가 점수를 준다고 했다. 발표를 위해 최소 2회 이상 모여 고민한 흔적을 남기는 일이었다.

우리가 짝지어지던 순간 나를 돌아보며 웃던 그녀의 얼굴은 봄꽃처럼 환했다. 세희는 몇 주 후에 나를 예술의전당으로 불렀다. 나는 전날을 꼬박 고려속요 발표 준비로 보내고 우리가 맡을 영역을 분배했다. 세희는 유명한 일본식 돈까스 집으로 나를 데려갔는데, 시골에서 올라와 기숙사 식단에 물린 나는 외식이 즐거워서 자꾸 헛웃음이 나왔다. 웨이터가 사진을 찍어줄 때 우리는 나이프와 포크를 과장되게 공중으로 치켜들었다.

저녁을 먹고 나자 세희는 걸음을 서둘렀다. 영문을 모르는 나는 그녀를 쫓아서 예술의전당까지 따라갔다. 음악당 로비는 세계적인 하모니카 거장 리 오스카의 공연을 보러 온 관객들로 붐

녔다. 세희가 티켓팅을 하는 동안 의자에 앉아 기다리던 나는 곧 이상한 기분에 휩싸였다. 관람객들은 대개 키가 훤칠하고 복장이 세련되고 표정이 여유로워서 나는 이제껏 알지 못하던 다른 세계에 들어온 듯했다.

그곳에는 많은 세희들이 지나다니고 옆에는 어울리는 남자들이 동행했다. 중장년층도 적잖았는데, 남성들은 정장 차림이었고 여성들은 보기 드문 모자나 머플러를 착용하고 있었다. 잘못된 곳에 불시착한 듯해서 나는 고개를 숙였다. 광택이 도는 구두와 부드러운 가죽 신발 사이에서 코가 벗겨지고 얼룩덜룩한 내 단화를 감출 길이 없었다. 부끄러움을 이기려고 나는 『악장가사』에 수록된 「정석가(鄭石歌)」 6연을 주문처럼 외웠다.

지정된 자리를 찾아서 앉자 세희는 브레이킹 타임에 필요할 거라며 내게 티켓을 주었다. 좌석번호 아래에 적힌 가격이 7만 원이었다. 그 티켓을 가슴 주머니에 넣을지 바지 주머니에 넣을지 손이 몇 번 허둥거렸다. 공연은 넋이 나갈 만큼 매혹적이었다. 중간중간 리 오스카는 영어로 곡을 소개하며 멘트를 했는데, 그의 농담에 관객들은 웃으며 환호를 하고 손으로 휘슬을 불었다.

커튼콜이 이어지자 앞줄의 오십대 중반으로 보이는 부부가 자리에서 일어나 재즈곡에 맞춰 춤을 췄다. 좌우의 관객들도 서서 유연하게 몸을 흔들며 리듬을 탔다. 세희가 팔을 잡아당겨서 나도 어쩔 수 없이 일어났지만 몸짓은 어색하기 짝이 없었다. 바닥에는 쓰레기 한 점 떨어져 있지 않았다.

로비로 내려오자 세희는 리 오스카의 신작 앨범인 〈From Soul

To Seoul〉콤팩트디스크를 두 장 사서 한 장을 내게 주었다. 저녁을 얻어먹고 공연까지 본 뒤 CD까지 선물받자 나도 모르게 얼굴이 경직되며 손이 떨렸다. 버스를 타고 오는 길에 귀에서는 하모니카 소리가 쟁쟁했다. 세희는 더 이상 얼굴만 예쁜 골빈 강남 여대생이 아니었다. 고향 군수님이 주신 장학금을 받고 상경한 나와는 다른 행성의 사람이었다. 재즈풍의 그 선율은 간밤에 외운 3음보의 고려속요와 어지럽게 뒤섞였다.

고전시가론 발표에서 우리는 노교수에게 최고의 칭찬을 들었다. 「정석가」의 기존 해석을 먼저 소개하고 새로 제기된 다양한 해석을 설명한 뒤, 우리 나름의 입장과 향후 연구 방향을 제시한 점이 탁월하다는 평가를 받았다. 10페이지 분량의 발표문을 작성할 때, 나는 교재와 참고문헌 외에 최근 발표된 세 편의 논문을 참조했다.

발표가 끝나고 우리는 학교 앞 식당에서 1차로 소주를 마시고 2차로 맥주를 마셨다. 자주 큰 소리로 웃으며 엄지를 치켜올리거나 건배를 했다. 세희가 3차를 가자고 해서 따라간 곳은 강남역 인근의 록카페였다. 댄스곡이 나오자 세희는 테이블 맞은편 자리에서 일어나 한 손에 카프리 맥주병을 들고 춤을 췄다. 쭉 뻗은 다리로 스텝을 밟고 잘록한 허리를 흔드는 그녀를 보자 내 안의 무언가가 들끓기 시작했다. 몸속에 연결된 모든 내장기관들이 일제히 뒤흔들리는 기분이었다.

세희가 흥에 겨워 어깨를 흐느적거릴 때, 나는 코로나 맥주병을 쥐고 테이블에 앉아 눈물을 찔끔거렸다. 죄지은 사람처럼 고개를 숙일 필요는 없었는데, 찌질한 모습을 보이지 않으려고 머리가 수그러들었다. 술을 많이 마신 게 주요 이유겠지만, 그 순간 눈물이 고인 까닭은 열심히 준비한 발표를 끝낸 허탈함 탓이기도 하고 이제는 세희를 따로 만날 구실이 사라진 아쉬움 때문이기도 했다. 그리고 리듬을 타는 그녀의 몸짓과 분위기를 문장으로 절대 쓸 수 없을 거라는 절망 탓이기도 하고, 무엇보다 세희가 내 것이 될 수 없으리라는 좌절 때문이기도 했다.

내가 눈물을 훔치고 고개를 든 것은 건장한 남자 셋이 세희에게 말을 걸 때였다. 그들은 혼자 춤을 추는 세희에게 함께 추자고 다가와서는 나를 발견하고 잠깐 멈칫했다. 하나같이 그을린 얼굴에 머리가 짧고 어깨가 다부져서 직감적으로 외박이나 휴가를 나온 장교들 같았다.

"고맙지만 됐어요."

세희는 웃으면서 사양했다. 그런데도 그들은 물러나지 않고 주위에 둘러서서 계속 요구를 했다.

"미안합니다. 친구와 함께 와서 그건 좀 어렵겠어요."

세희가 딱 부러지게 거절해도 녀석들은 집요했다. 셋 중에 체격이 가장 다부진 사내가 자리에 앉아 있는 내게 큰 손을 내밀었다.

"애인 사이는 아닌 듯한데. 그럼, 이 친구까지 함께 놀아도 됩니다."

나는 자리에서 일어났다. 그리고 아무 말 없이 비틀비틀 술집 밖으로 나왔다. 내 이름을 부르는 세희의 목소리가 테크노 뮤직

음향 사이로 희미하게 들렸다. 기숙사를 향해 걸으며 어느덧 나의 좌절은 무르익을 대로 무르익어 '세희를 영원히 내 것으로 만들면 나는 행복할까?' 하는 질문으로 이어졌다. 자문자답 끝에 한남대교를 건널 쯤에는 '한 사람을 영원히 내 것으로 만들 수는 없으며, 한 사람을 영원히 내 것으로 만드는 일은 이별밖에 없다'라는 체념적 결론을 내리고 말았다. 이제 선녀와의 시간이 끝난 나무꾼의 신세로 돌아와야 했다. 세희가 곁에 있어도 견딜 수 없고 세희 곁을 떠나도 견딜 수 없었다. 그 학기가 끝나자마자 나는 바로 머리를 깎고 군에 입대했다.

아파트 안은 문을 활짝 열어도 바람이 없어서 무더웠다. 아내는 답답하고 신경질이 나는지 샐러드를 만들며 눈물을 찔끔찔끔 짰다. 크고 둥근 프라이팬 앞에서 땀을 흘리며 매운 떡볶이를 만드는 내내 코를 훌쩍거렸다. 나는 아내의 눈치를 보다가 쪼그려 앉아 화장실 청소를 하고 집 안 구석구석 진공청소기를 돌렸다.

아내는 자신의 마흔한 번째 생일과 집들이를 겸해서 대학동기 몇 명을 초대하자고 했다. 우리는 결혼 12년 만에 17평 아파트를 벗어나 26평 전세 아파트로 이사한 터였다. 두 딸의 돌잔치를 하지 않고 남의 잔치에도 가지 않아서 대학 친구들과 소원한 지가 오래였다. 나와 아내는 같은 학과 동기여서 친구들에 대해 이야기할 기회가 많았다. 당시 도무지 이해할 수 없던 해프닝이나 인간관계도 마흔이 넘어가자 고개가 끄덕여졌다. 마침 대학 입학 20년이 되는 해여서 여러 가지로 상황이 맞았다.

모임 시간인 6시가 다가올수록 아내의 손놀림이 분주해졌다.

압력밥솥에서 증기가 솟고, 접시와 식기가 나오고, 거실에 접이식 교자상 두 개가 펼쳐졌다. 아내는 아이들이 부엌의 불 옆으로 오지 못하도록 잘 봐달라고 내게 여러 번 부탁했다. 그러나 내 정신은 다른 데에 팔려 있었다.

"음식 하는 동안 애들 좀 봐달라니까. 뭐 해?"

나는 틈만 나면 베란다로 나가서 상자 속을 뒤졌다. 이사를 온 지 얼마 되지 않아서 짐의 상당 부분이 아직 상자에 담겨 있었다. 손에 먼지를 잔뜩 묻히고 상자를 들었다 내렸다 하느라 셔츠의 등이 흥건하게 젖을 정도였다. 파카글라스는 좀처럼 보이지 않았다.

잘 돌보는 중이라고 대답은 했지만 실제로 큰애는 교자상을 밟고 올라서서 바닥으로 뛰어내리고, 작은애는 크레용을 자꾸 입으로 가져갔다. 아무리 주의를 줘도 소용이 없었다. 볼륨을 높인 TV에서는 만화영화가 시끄럽게 돌아갔다. 분명히 거기에 있을 법한데, 금방 나올 듯한 물건은 나오지 않았다.

작은애가 빨간 크레용으로 큰애의 동화책을 난장판으로 만들자 한바탕 소동이 벌어졌다. 화가 난 큰애가 울다가 작은애의 머리통을 한 대 갈겼다. 아내의 낯빛이 변했다.

"아니, 도대체 뭐 하는 거야? 준비하는 동안 애들 좀 봐달라니까!"

나는 파카글라스를 찾는다고 했다. 아내는 옆구리에 손을 척 올리고 숨을 거칠게 몰아쉬며 더 이상 못 참겠다는 듯 소리를 질렀다. 얼굴은 땀이 번들번들해서 화장이 얼룩덜룩 뭉쳐 있었다.

194

"파카글라스는 왜!"

그 깨끗한 유리잔에 맥주를 따라주고 싶다고 말했다. 두 딸은 마주 보며 누구 목소리가 더 큰지 내기를 하듯 울어댔다. 작은애는 빨간 크레용을 입에 넣고 씹었는지 혀와 입가에 붉은 가루가 가득했다. 난장판이 된 베란다를 보며 아내는 두통이 오는 듯 머리를 싸쥐었다.

"그건 거기가 아니라 저기 아래에 있어!"

나는 다용도실에서 파카글라스를 찾아낸 뒤 깜빡한 게 생각나서 내 방으로 들어왔다. 서둘러 내가 출간한 책에 서명을 하고 봉투에 넣었다. 세희 것만 할 수 없어서 몇몇 동기의 이름도 적고 서명을 했다. 방문이 벌컥 열리며 나타난 아내의 얼굴은 폭발 직전이었다.

"정말 나 미치는 꼴 보고 싶어!"

세희는 캐나다로 떠나기 전 나를 찾아왔다. 대학을 졸업하고 경기도 소읍의 오두막에 머물 때였다. 과수원을 하다가 망한 작은아버지가 미처 정리를 못 한 거처였는데, 하루에 마을버스가 세 번만 들어올 정도로 외진 곳이었다. 스스로에게 작가가 될 수 있는지 2년의 시간을 주고 그래도 안 되면 깨끗이 포기하자는 게 당시 각오였다. 경제 환란 여파와 높은 실업률 탓에 또래들은 밥줄을 찾느라 혈안이 되던 때였다.

그 무렵 내 의식을 지배한 것은 '조갑천장(爪甲穿掌)'이라든지 '안광투지(眼光透紙)' '위편삼절(韋編三絶)' 등이었다. 다시는 이렇게 독서와 창작에 매진할 여유가 없으리라는 강박에 사로잡혀 작은 방에 스스로를 가두었다. 그러나 한 달이 지나자 결기가 걷히면서 시골 생활이 막막해지기 시작했다. 대외적으론 '인문학적 내공을 다지기 위한 칩거'였지만, 실제로는 외로움과 불안에 떨며 하루하루를 간신히 견뎌냈다.

나는 누구에겐가 위로받기를 원했다. 그것이 아무리 값싼 것일지라도 '너는 지금 잘하고 있고, 곧 모든 일이 잘될 거라고' 하는 따위의 다독임이 절실했다. 그래서 거의 매일 지인들에게 근황을 완곡히 과장해서 편지를 쓰곤 했다. 낮에는 책을 펴놓고 꾸벅꾸벅 졸다가 밤이 되면 편지를 들고 오두막의 대문을 나서는 게 일과였다.

우체통까지는 한 시간가량을 걸어야 했다. 우체통의 위치를 묻는 내게 주민 대부분은 고개를 갸웃하더니 마을 초입의 점방에 가보라고 했다. 기와집을 개조한 점방 후미진 뒷벽에 부착된 우체통을 발견했을 때 투입구엔 거미줄이 처져 있었다.

가장 많은 이름을 적었으나 가장 많이 부치지 못한 편지는 세희를 향한 것이었다. 서너 통에 두 통은 차마 투입구에 넣을 수 없었다. 어느 보름달이 뜨던 밤, 배나무 아래 이르러서는 쪼그리고 앉아 눈물을 찔끔거렸다. 그 탐스럽고 향기로운 배꽃이 불러일으키는 그리움은 감당할 수 없을 정도로 지독했다. 방으로 돌아오면 나는 부치지 못한 편지를 책상 서랍 깊숙이 넣어두었다.

달력이 7월로 막 넘어갔을 때, 뜻밖에도 세희가 차를 몰고 오두막에 나타났다. 그동안 답장 한 통 없더니 직접 온 것이다. 졸

196

업 전에 대기업 식품회사 홍보부에 입사한 그녀는 트렁크에 챙겨온 자기 회사 라면 두 박스를 내려놓았다. 옹색한 오두막의 세간을 둘러보던 세희가 10분쯤 앉아 있다가 일어섰다.

"바람 쐬러 가자. 너도 여기에서만 지내니까 답답하다며."

그건 사실이지만, 너무 갑작스러웠다. 세희는 운전석에 올라타더니 팔을 뻗어 조수석 문을 열어줬다.

"야 타!"

우물쭈물하던 나는 결국 차에 올라탔다. 세희는 고속도로에 진입하여 동해 쪽으로 차를 몰았다. 어디를 가느냐고 물으면 일단 가보면 안다고 할 뿐이었다. 기름을 넣을 때나 고속도로 톨게이트를 지날 때 나는 안절부절못했다. 준비 없이 나선 터라 지갑이 얇았다. 해가 뉘엿할 무렵 도착한 곳은 양양의 낙산해수욕장이었다.

해변에 주차를 하고 우리는 근처 횟집으로 들어갔다. 세희는 배가 고프다며 모듬회를 주문하자고 했다. 나도 모듬회가 먹고 싶었으나 가격표를 보고는 가장 저렴한 매운탕으로 메뉴를 바꿨다. 익히지 않은 생선을 먹으면 두드러기가 난다는 거짓말까지 지어냈다. 매운탕거리로 세희는 우럭과 삼식이 중에서 삼식이를 골랐다.

주방 아저씨는 굳이 그럴 필요까지 없는데, 우리 테이블에 와서 플라스틱 양동이에 담긴 삼식이를 보여줬다. 양동이 안을 보자마자 우리는 동시에 오호, 하는 탄성을 질렀다. 첫눈에 삼식이는 못생기기로 아주 작정한 물고기 같았다. 흉측할 정도로 눈과

입이 크고 몸에는 얼룩덜룩한 무늬가 있었다. 아귀 혹은 메기를 연상시켰는데 길이가 팔뚝만 해서 생각보다 컸다.

"우주에서 날아온 물고기 같네."

세희는 웃으며 그렇게 말했다.

"이게 이래 봬도 맛 하나는 기가 막혀. 특히 미녀들 다이어트, 남자들 밤일엔 와따!"

아저씨는 내게는 양동이만 보이고 세희 쪽으로 몸을 돌려 한쪽 엄지를 척 들어보였다. 삼식이는 화가 잔뜩 난 듯 가만히 있지를 못하고 그 좁은 곳에서 몸을 뒤틀며 둔탁하게 퍼덕거렸다.

생선 손질과 조리 시간이 좀 걸린다고 해서 우리는 맥주 한 병을 시켰다. 아줌마는 술과 글라스 두 개를 내려놓고 황급히 부엌으로 들어갔다. 병따개가 보이지 않아서 나는 나무젓가락으로 맥주병을 땄다. 퐁, 소리를 내며 뚜껑이 날아가자 세희는 탄성을 지르며 웃었다.

"역시 맥주는 병을 따는 맛이야."

그녀의 말에 나는 고개를 끄덕였다. 잔에 술이 담기자 신기하게도 잔걱정이 사라지고 자리와 사람에게 몰입하는 집중력이 생겼다. 벽에는 낙산사의 해수관음상 사진이 액자에 담겨 있었다.

맥주 한 병을 비울 무렵 매운탕이 올라왔다. 나는 국자로 가장 맛있는 부위를 떠서 그릇에 담았다. 그리고 국물과 야채를 보기 좋게 그 위에 올려서 세희 앞에 놓아주었다. 세희는 맛을 보더니 깜짝 놀라는 표정을 지었다.

"정말 맛있네. 스페셜 게살 스프 같아."

숟가락으로 한입 떠서 맛을 보니 칼칼하고 맑은 국물이 일품이었다. 생긴 것과 달리 끓이고 나니 진국이었다. 생선살이 입 안에서 부드럽고 촘촘하게 갈라졌다.

"난 부대찌개가 제일 싫어. 그 시작이 미군부대에서 나온 찌꺼기로 만든 거잖아. 그게 뭐가 맛있다고. 난 존슨탕이란 말만 들어도 속이 이상해. 넌 안 그러니?"

나는 고개를 끄덕였다. 우리는 강원도 소주를 나누어 마셨다. 넓은 창으로 저무는 하늘과 바다와 해변이 고스란히 들어왔다. 잔을 비우며 세희는 말했다.

"오늘은 바다와 하늘이 안주네."

소주 두 병을 비웠을 때, 세희가 건배를 하자며 잔을 들었다.

"나 다음 주에 떠나. 캐나다로."

세희는 그곳에서 자신이 이수할 대학원 과정과 귀국해서 개척하고 싶은 분야에 대해 차분히 얘기했다. 얘기를 듣는 중에 해변에서 폭죽이 연발로 터지는 소리가 들렸다. 밤하늘에 형형색색의 불꽃이 잠깐 피었다가 연기와 함께 사라졌다. 우리는 한동안 고개를 돌려 그 불꽃놀이를 바라봤다. 잔을 부딪치고 술을 들이켜자 코끝이 매캐했다.

세 병째 소주가 왔으나 양은 전처럼 줄어들지 않았다. 나는 숨을 길게 내쉬고는 캐나다에서 건강하게 잘 지내기를 기원했다. 가능하면 그곳에서 멋진 백인을 만나서 아이를 많이 낳고 행복하게 살라고 당부했다. 나는 남은 소주병을 들고 일어나서 음식값을 계산했다.

밖으로 나가자 누가 먼저랄 것도 없이 우리는 해변을 걸었다. 파도가 몰고 온 바람이 시원했다. 옆에서 걷던 세희가 슬쩍 내게 팔짱을 꼈다. 모래에 걸음이 기우뚱할 때마다 따뜻한 체온이 팔을 타고 전해졌다. 수평선에는 점점이 오징어잡이배 불빛이 걸려 있었다.

몇 걸음 앞질러 나간 세희가 엄지와 검지로 프레임을 만들어 사진 찍는 시늉을 하자 나는 해수관음상 흉내를 냈다. 차려 자세로 서서 소주병을 왼손으로 받쳐 가슴 앞에 두고 오른손 검지를 술병에 넣었다. 약지와 새끼손가락을 세워 살짝 구부리는 것도 잊지 않았다. 입을 약간 벌리고 눈을 게슴츠레 뜨자 세희는 허리를 꺾어가며 웃었다.

"너 삼식이를 먹어서 그런지 삼식이 같아."

나는 그 말이 맞는 것 같다고 했다. 한참을 걸으니 그네가 보였다. 한 쌍의 은목걸이처럼 걸린 그네에는 붉은색과 파란색 안장이 달려 있었다. 그네에 앉자 두 사람의 그림자가 모래톱에 돋아났다. 유독 세희의 것은 길쭉하고 새카맣고 그윽한 향기가 풍겼다. 두 그림자는 공중으로 치솟을 때마다 모래바닥에서 서로 겹쳐졌다 나눠지고 포개졌다 떨어졌다.

그네가 뒤로 빠지면 허리가 밑으로 쑥 잠기는 짜릿한 기분이 들었다. 그때마다 나는 힘주어 '세희야!' 하고 속삭였다. 그리고 그네가 치솟으면 바닷바람을 가슴으로 품으며 '사랑해!' 하고 소리 없이 외쳤다. 밤과 바다와 갈매기와 물고기와 오징어잡이 배들과 실금 같은 수평선에게 나는 그렇게 선포하고 싶었다.

세희가 그넷줄을 잡고 몸을 눕혀 밤하늘을 보자 머리카락이 뒤로 쏟아졌다. 세희는 긴 다리를 앞으로 쭉 펴고 거의 일자로 누운 채로 환호성을 질렀다. 갑자기 내장 전부가 뜨거운 전류에 감전된 듯 뭉클하면서 뇌가 진동했다.

나도 다리를 쭉 뻗은 채 몸을 뒤로 눕혔다. 가벼운 현기증이 몰려들며 보름달과 가로등이 길게 찢어졌다. 그리고 고개를 돌려 세희를 보았다. 우리는 그렇게 누워서 위아래로 흔들리며 서로 시선을 마주했다. 움직일수록 별과 세희와 모래와 어둠과 파도가 범벅이 되었다. 나는 미친 듯이 아주 길게 소리를 질렀다.

숙소에서 세희는 503호로 들어가고 나는 504호로 들어왔다. 세희가 얻어준 방은 바다를 면하고 있었다. 샤워를 마치고 베란다로 나서자 세희는 이미 그곳에 나와서 머리를 말리고 있었다. 베란다의 거리는 눈대중으로 2미터가 안 됐다. 훅 건너뛰면 닿을 듯하지만 보기와는 다를지도 모를 가까운 듯 먼 거리였다.

파도 소리가 잔잔하게 귀를 적셨다. 짙푸른 파도가 긴 백사장을 향해 일제히 밀려왔다가 더는 나아갈 수 없는 지점에서 모래를 부둥켜안은 채 뒹굴었다. 손을 뻗으면 잡힐 듯 보름달은 유난히 크고 환했다. 바다의 잔물결이 달빛을 받아 은빛으로 출렁였다.

말갛게 씻은 세희의 얼굴은 뽀얀 윤기가 흘렀다. 젖은 머릿결에서 나는 향기가 바람에 실려 코끝을 간질였다. 기분이 좋은 듯 그녀는 양쪽 입꼬리를 부드럽게 말아 올리고 가지런한 이를 드러내며 웃었다.

"저거 오늘따라 참 예쁘다. 달빛 받은 물결."

"윤슬이야."

"윤슬이라 부르는구나, 저걸. 역시 똑똑해."

"반짝이다 사라져. 반드시 사라져야 해. 안 사라지는 건 안 예쁘거든."

"내 생각에 넌 작가가 될 거야. 작가가 되면 이 순간을 써줘."

세희와 나는 오래 눈을 마주쳤다. 나는 세희에게 말했다.

"너 머리카락 길다."

세희는 머릿결을 매만지더니 웃으면서 말했다.

"그래? 그럼 내 머리카락 잡고 건너와."

그 농담에 나는 적절히 반응할 수 없었다. 취기 탓인지 정말 그 머리카락을 움켜쥐고 어디든 건너가고 싶었다. 이 밤을 건너고, 바다를 건너고, 국경을 건너고, 시간을 건너고…… 그렇게 건너면 너와 나는 행복할까, 생각은 가지를 치며 뻗어갔다. 기대와 달리 우리의 대화는 내일 일출을 보려면 그만 자자는 인사로 마무리되었다.

그 밤 나는 옆방 벽을 바라보며 자주 한숨을 내쉬었다. 세희와 마지막일지 모른다는 아쉬움에 잠이 오지 않았다. 왜 나를 바다에 데려왔는지 따져볼수록 당장 뛰쳐나가 세희의 방문을 두드리고 싶었다. 자리를 맴돌며 오랜 시간 서성이다가 결국 들고 온 미지근한 소주를 벌컥벌컥 들이켰다.

억지로 침대에 누웠으나 몸은 가만히 있지를 못하고 이리 엎

치락 저리 뒤치락거렸다. 오래전에 공부한 「정석가」의 6연을 전부 외우고 나머지 고려속요 열네 곡과 내친김에 한시 20수를 중얼거렸다. 기억나지 않을 줄 알았는데 토씨 하나까지 생생히 기억났다. 심지어는 '전전반측' 앞의 두 자가 같은 글자일까, 아닐까를 고민하다가 까무룩 잠이 들었다.

　다섯 명의 동기들은 시간 차를 두고 모여들었다. 복학 후에 스친 친구가 있긴 하지만 대개 15년 저쪽의 얼굴들이었다. 남자들은 가슴보다 배가 더 나와서 하나같이 벨트 부위가 불룩했다. 여자들은 턱선이 둥글어지고 팔뚝에 두둑한 물살이 붙어 있었다. 주식을 하다가 망한 친구, 직장에서 쫓겨난 친구, 학원 강사로 연명하는 친구, 여전히 계약직인 친구들의 이야기가 오갔다.
　내 안부도 물어서 허허실실 시간강의를 하고 듬성듬성 글을 쓰고 대강대강 가장 노릇을 한다고 대답했다. 나처럼 대학부설 고전문학연구소에 계약직 연구원으로 간당간당 붙어 있는 사람은 대개 몸만 지금 여기에 있을 뿐 의식은 어제 거기에 있었다. 인생역전은 꿈도 꾸지 않고 오늘과 내일이 크게 다를 바 없었다.
　다섯 중 한 친구만 결혼을 했는데 아이는 없었다. 대화는 중구난방이었으나 연애와 성공에 대한 전의를 상실했다는 게 주요 내용이었다. 이십대에 자기는 절대 그런 인간이 아니라고 부정하던 동기들은 마흔이 넘자 그런 인간임을 인정하기 시작했다. 자신의 장점보다는 단점을 수긍하는 나이가 된 셈이다.
　백화점 영업부장을 하다가 잘린 용건이 주식으로 깡통을 찬

찬호에게 전에 비해 성격이 많이 죽은 것 같다고 했다.

"나 성불했다."

찬호는 한쪽 입꼬리를 비틀며 씨익 웃었다. '성불'하니 마음이 너무 편하다고 덧붙였다. 용건이는 자신도 마찬가지라며 이제 성적 욕망에 시달리는 일이 줄었다고 말을 받았다. 최근에는 호르몬의 변화가 와서 자주 분노가 치밀고 자주 눈물이 난다고 했다. 여자들은 자기들끼리 수다를 떨며 떡볶이와 맥주와 과일을 먹었다.

열린 현관문을 노크하는 소리가 들려서 돌아보니 명우가 서 있었다. 여자들이 먼저 하이 톤으로 인사를 했다. 아내가 반가워하며 명우를 내 옆자리에 앉히자 찬호가 퉁명스럽게 물었다. 그러고는 굳은 얼굴로 맥주잔을 한 번에 비웠다.

"네가 여긴 웬일이냐?"

20년 전 찬호가 짝사랑하던 여자를 명우가 가로채서 둘은 술집에서 주먹다짐을 벌인 사이였다. 찬호는 '네가 그녀를 가로챘다'며 주먹을 날렸고, 명우는 '그녀가 나를 선택했다'며 발길질로 술상을 뒤엎었다. 명우가 입을 열었다.

"안 오려다가…… 왔어."

이상한 대답이 아닐 수가 없었다. 안 오려다가 뭐 하러 왔느냐고 누군가 물을 법도 한데, 이어진 말에 아무도 그 말을 하지 않았다.

"나도 나이가 드나 봐."

아내는 명우 앞에 파카글라스와 수저 한 벌을 가져다주었다.

명우가 고맙다고, 아내를 올려다보며 웃었다. 아내는 와줘서 고맙다고 모처럼 활짝 웃었다. 나는 동기들뿐만 아니라 선후배와도 두루두루 안 친했다. 그들이 몰려다닐 때, 도서관에 혼자 있는 경우가 많았다. 동기들과는 모르는 것도 아니고 잘 아는 것도 아닌 관계였다.

명우에게서는 향수 냄새가 났다. 무더운 날에도 8부로 접어서 입은 푸른 파스텔톤 재킷이 근사해 보였다. 손목에 찬 시계는 명품이었고 한쪽 귀에는 작은 압정 같은 귀걸이를 하고 있었다. 명우는 재수생으로 입학식 날부터 외모와 말투, 스타일이 남달랐다. 게다가 당시 인기 절정의 남자 배우를 닮아서 어디서든 환대를 받았다.

"야, 그 셔츠하고 재킷 중에 어떤 게 더 비싸?"

용건이 난데없는 걸 묻자 좌중의 웃음이 터졌다. 명우는 재킷이라고 대답했다.

"그 재킷하고 바지 중에는?"

"이 바지 가격이 좀……."

"그럼, 그 바지보다는 구두가 비싸고 구두보다는 차가 더 비싸지? 근데, 너 인마 네 돈 주고 산 건 하나도 없지?"

명우는 그만하라는 듯 웃으며 시선을 돌렸다. 여자애들이 썰렁하다며 용건이를 나무랐다. 찬호는 용건이를 향해 가시 돋친 말을 날렸다.

"넌 쓸데없는 용건이 너무 많아. 그러니까 백화점에서 잘린 거야, 인마!"

내가 웃다가 실수로 땅콩을 명우의 바지에 떨어뜨리자 녀석은 화들짝 놀라며 바지를 털어내고는 입바람을 후후 불어댔다. 땅콩은 소파 밑으로 또르르 굴러 들어갔다. 너무 신경질적인 제스처여서 동기들이 웃었다.

"이건 뭐, 신종 결벽 개그냐?"

찬호가 이죽거렸다. 학생식당에서 말끔하게 차려입은 명우가 재킷에서 숟가락과 젓가락을 꺼낼 때마다 여자애들은 포복절도했다. 그 흔한 수저 한 벌로 여자애들을 웃길 수 있는 건 명우뿐이었다. 늘 손수건과 치약, 칫솔을 챙겨 다녔고 수업 전후 항상 손을 비누로 씻었다.

"근데 너는 세희하고 아무 일 없었어?"

아무런 맥락 없이 용건이 묻자 명우는 아무 말도 하지 않았다.

다음 날 우리는 해돋이를 보지 못했다. 세희는 서울에서 양양까지 운전을 하느라 몹시 고단한 듯했다. 나도 새벽녘에 곯아떨어져서 눈을 떴을 때는 밖이 환했다. 이른 점심을 먹고 우리는 낙산사로 향했다. 날씨가 화창해서 모든 것들의 윤곽과 경계가 선명했다. 세희의 흰 얼굴은 더욱 희게 보이고 검은 머릿결은 더욱 검게 보였다.

해수관음상에 이르러서는 고개를 위로 꺾고 주위를 몇 바퀴돌았다. 관음상의 눈길은 지난밤 내가 묵은 숙소의 방향이었다. 이분만은 나의 번뇌를 알리라 여겼다. 범종 소리를 들으며 바라본 관음상의 눈빛은 상당히 서글퍼 보였다. 복전함 아래 숨은 세 발 두꺼비 상, 삼족섬(三足蟾)을 만지면 여행복과 재물복이 있다는 안내문을 보고 세희에게 권했더니 그녀는 고개를 저었다.

솔숲 샛길은 홍련암으로 이어졌다. 바다를 향해 굽이진 황톳길은 해송의 검은 가지와 푸른 바늘잎이 서로 뒤엉켜 만든 그림자로 기묘하게 어룽거렸다. 걸음을 옮길 때마다 세희의 얼굴과 몸에도 빛과 그림자가 섞인 수만 가지의 문양이 지나갔다. 내 얼굴도 마찬가지였는지 우리는 신기한 눈빛으로 서로를 마주 보며 걸었다. 절벽에 부딪치는 파도 소리가 시원하고 눈을 멀리 두면 낙락장송의 허리 사이로 수평선의 한 자락이 언뜻언뜻 보였다.

해당화가 핀 길을 따라 걷다가 홍련암 앞에서 나는 쌀 한 봉지를 샀다. 그리고 암자에 들어가 쌀을 제단에 올리고 향을 피운 뒤 바닥에 엎드려 절을 했다. 어느새 세희도 옆에 와서 절을 올리고 기도를 드렸다. 마루 밑으로 파도가 밀려와 머리를 부딪치고 하얗게 부서지며 쓸려 내려가는 게 보였다.

신발을 신고 암자를 나서자 배의 이물에 선 듯 왼쪽부터 오른쪽까지 부채꼴 모양의 수평선이 보였다. 우리가 커다란 원의 중심에 서 있는 것처럼 눈이 탁 트였다. 내가 감탄하자 세희가 말했다.

"『택리지』 알지? 그 책에 이런 구절이 있대. 여기를 왔다 간 사람은 10년이 지나도 얼굴에 이곳의 풍경이 남는다고."

나는 동의한다는 듯 크게 고개를 끄덕였다. 10년이 아니라 20년이 지나도 어떤 풍경은 얼굴뿐만 아니라 가슴 밑바닥에 남을 거라는 걸 나는 예감했다.

서울로 가는 길에 세희는 나를 오두막까지 차로 데려다줬다. 헤어지기 전 그녀는 깜빡할 뻔했다는 듯 운전석 창밖으로 손을 내밀어 편지 한 통을 건넸다. 그녀가 차를 몰고 떠난 후, 봉투를 열어보니 편지지에는 단 두 줄이 적혀 있었다. 편지보다는 메모에 가까웠다.

'너는 지금 아주 잘하고 있다'는 내용이 한 줄이었고, '지금 너를 가장 비참하게 만드는 것이 나중 너를 가장 기쁘게 할 것인데, 그것이 바로 네가 가장 사랑하는 일'이라는 문장이 그다음 줄이었다.

어디서 베꼈는지 알 수 없지만 나는 턱없이 그 글에 감동하고 말았다. 그 아래에는 'urlover'라는 아이디의 이메일 계정이 보였다. 나는 차가 사라진 쪽을 향해 몇 발자국 걷다가 그 편지지에 얼굴을 파묻었다.

홍련암에서 내가 무릎 꿇고 이마를 마루에 대며 드린 기도는 빨리 취직이 되거나 성공하게 해달라는 게 아니었다. 내 기도는 앞으로 그녀를 잊지 못하게 되더라도 용서해달라는 것이었다. 옹이 진 이 감정이 시간에 쉽게 사라지지 않을 거라는 미련과 평생 불쑥불쑥 그녀를 그리는 병을 앓게 되리라는 것을 인정하지 않을 수 없었다.

그날 이후 검은 바다의 물결에 어린 달빛의 영상은 내 안 깊이 들어왔다. 마흔 직전 기침이 멈추지 않아서 병원에서 엑스레

이를 찍었는데 자잘한 흰점들이 덩어리를 이룬 게 보였다. 나는 엉뚱하게도 그날 내 늑골에 스며든 윤슬이 빛의 화석이 된 게 아닐까 하는 상상을 했다. 의사의 진단은 폐렴으로 나와서 두 달간 처방약을 먹으며 고생을 했다.

"오, 아무래도 무슨 일 있었나 본데, 세희랑?"

용건이 다시 물었다. 자세히 보니 용건의 입술은 여러 군데가 깨져서 아문 자국이 있었다.

"……없었어."

명우는 낮게 대답하며 아몬드 한 조각을 먹었다. 수저를 쓰지 않을 정도로 명우는 거의 아무 음식에도 손을 대지 않았다. 나는 멀리 있는 떡볶이 접시를 명우 앞으로 가져다 놓았다.

"나 떡볶이 안 먹어. 지저분해. 질색이야."

명우는 즉각적으로 말했다. 대신 녀석은 몇 점 남지 않은 회를 간장에 살짝 찍어 먹더니 맛있다고 했다. 나는 모듬회를 두 접시 샀지만 실은 한 접시를 풀지 않은 상태였다. 아내는 부엌으로 가더니 냉장고에서 모듬회를 통째로 꺼냈다. 나는 자리에서 벌떡 일어나 그것을 넘겨받은 뒤, 접시 하나에 모듬회 1인분을 옮겨 담아서 명우에게 줬다. 그리고 남은 회가 마르지 않도록 랩으로 잘 싸서 냉장고에 넣었다.

"오, 얼큰한 부대찌개 좋아!"

김이 모락모락 나는 부대찌개를 아내가 국그릇에 떠서 동기들에게 나눠주자 명우는 감탄사를 내뱉었다. 아내는 국자로 찌개를 몇 번이나 크게 떠서 명우 앞에 놓았다. 호호 불어가며 맛있게 떡을 건져 먹는 명우에게 용건이 물었다.

"넌 성불했니?"

"난 한참 멀었어."

명우가 대답하자, 찬호가 시비를 걸 듯 거칠게 물었다.

"너 여전히 그 버릇 못 고쳤냐? 아직도 그러고 살아?"

입학 한 학기를 마치기도 전에 명우에게는 '7할'이라는 희한한 별명이 붙었다. 수업을 듣든지, 동아리를 들든지, 알바를 하든지 그가 속한 그룹의 여성 중 열에 일곱과는 썸씽이 일어난다는 뜻이었다. 녀석과 함께 술을 마신 여자들은 일단 의심부터 샀다. 유독 찬호는 명우를 '지랄'이라 불렀고 명우의 그런 이성 관계를 '지랄지교'라 칭했다.

명우가 묵묵부답으로 부대찌개를 먹자 용건이 맥주를 비우며 또 말을 걸었다.

"사귄 애들 중에서 넌 누가 제일 좋았어? 우리가 아는 사람 중에서."

마침 아내가 샐러드의 방울토마토를 젓가락으로 집어오다가 떨어뜨렸는데, 그게 굴러서 명우의 바지로 떨어졌다. 녀석의 얼굴이 본능적으로 확 찌푸려졌다가 빠르게 다시 펴졌다. 명우는 젓가락으로는 잘 안 집힌다며 집게로 샐러드를 떠서 아내의 접시에 올려주었다. 그리고 손수건을 꺼내 바지를 닦으며 가볍게 대꾸했다.

"그런 건 묻지도 말고 따지지도 마. 우린 다른 건 몰라도 영업

비밀은 철저히 지켜."

신기하게도 녀석은 여자를 쉽게 사귀고 쉽게 다른 남자에게 넘겼다.

"허, 지랄지교에도 영업비밀이 있다니?"

찬호가 피식거리자, 용건이 덩달아 깐족거렸다.

"너 세희랑 술 먹는 거 여러 번 봤다."

명우는 무슨 말을 꺼낼 듯하다가 고개를 가로저었다. 찬호가 이어서 세게 몰아붙였다.

"야, 강산이 변하기 전의 일인데, 지랄지교 한 꼭지만 풀어봐라. 용건이 그 용건 때문에 숨 넘어가잖냐. 술을 그렇게 같이 마셨으면 아무 일도 없지는 않았을 거 아냐?"

찬호의 강수에 명우는 초강수로 대응했다.

"니들은 나를 무슨 뭐, 뭐쯤으로 아는데, 나보다 더한 애가 있던 거 알아?"

동기들의 눈이 휘둥그레지며 녀석에게 쏠렸다. 명우는 부대찌개의 햄을 숟가락으로 떠올리며 말했다.

"멤버가 다 오면 알게 되겠지. 오늘 그걸 확인하러 왔어."

떡볶이는 점점 말라갔다. 나는 젓가락으로 길쭉한 떡에 남은 고추장 양념을 가득 묻혔다. 나도 확인하고 싶은 게 있었다. 그날 홍련암에서 세희는 무엇을 위해 기도했을까, 하는 것이었다. 세희를 떠올릴 때마다 록카페에서 춤을 추는 모습보다 법당에서 기도하는 모습이 더 오래 남았다.

마침 정아가 활짝 열어놓은 현관문으로 씩씩거리며 들어왔다. 동기들은 양반은 못 된다며 웃다가 이구동성으로 물었다.

"세희는?"

"세희 못 온대. 나도 기다리다 바람맞았어."

순간 떡볶이가 명우의 바지에 툭 떨어졌다. 명우는 비명을 지르며 펄쩍 뛰듯 자리에서 일어났다. 녀석은 거의 공포에 질린 듯한 표정으로 내게 고래고래 욕을 하며 엉거주춤 그곳을 손으로 가리고 화장실로 뛰어갔다.

"에이, 이상한 새끼! 하여튼 저 새낀 옛날부터 이상했어!"

종이배

야근을 마친 병일은 연립주택의 침침한 계단을 오르다가 쌍욕을 내뱉었다. 꼭대기 층까지는 아직 한참이었다. 땀에 젖은 속옷이 배에 차갑게 들러붙고 작업복 바지가 다리에 질척하게 감겼다. 왼손에 든 비닐봉지에서 소주병과 맥주병이 요란하게 부딪쳤다. 얼른 샤워를 하고 술을 마신 뒤 그대로 쓰러져 자고 싶었다.

가스오븐레인지 생산 라인은 선풍기 몇 대가 돌아갔지만 7월의 폭염에는 찜통과 다름없었다. 오늘 야근 업무는 대형 오븐의 방열 소재를 두르고 외관을 끼워 맞추는 마지막 공정이었다. 수당이 짭짤하게 붙었으나 수명이 덜컥덜컥 깎이는 기분이어서 병일은 평소에도 이 일을 꺼렸다.

"저녁에 거시기 해야지?"

러닝셔츠 바람의 작업반장이 다가와 병일을 찍어서 물었다. 점심을 먹고 삼삼오오 모여서 동남아 근로자들과 잡담을 주고받을 때였다. 병일은 재떨이를 옆에 두고도 괜히 담배를 신발로 짓이겨 끄며 바닥에 침을 뱉었다. 숙련 인원 대개가 휴가로 빠졌고 병일도 내일 월차를 써야 해서 발을 뺄 구실이 마땅치 않았다.

3센티미터 두께에 군용 담요 두 장 크기의 유리솜을 들어 올릴 때마다 유리솜 가루가 공중으로 치솟았다. 그것은 선풍기 바람을 타고 작업장 안을 날아다니면서 형광등 불빛을 받아 반짝거렸다. 안전복과 마스크를 착용해야 하지만 무더위 탓인지 하나같이 러닝셔츠 차림이었다. 네 명이 달라붙는 일에 셋은 동남아 근로자들이었다. 야근 초반부터 대형 오븐을 벨트에 내려놓는 사인이 서로 맞지 않아서 병일은 오른손 검지를 심하게 찧었다.

"멈춰! 이거 안 돼, 안 돼!"

전동드릴을 들고 오븐에 달라붙은 방글라데시 조립조가 꽥꽥 소리를 질렀다. 병일이 맡은 오른 측면의 유리솜이 불룩 삐져나와서 외관이 딱 들어맞지 않았다. 작업반장은 스위치를 눌러 컨베이어벨트를 정지시켰다. 군대 부사관 선배인 그는 병일을 한심하다는 듯 쳐다봤다.

"뜯고 다시 해!"

실수가 반복되자 어지간하면 참는 같은 조 동남아인들조차 짜증을 냈다. 작업반장의 미간에 굵고 파란 핏줄이 돋았다. 흘러가던 벨트가 자주 멈춰 섰다. 참다 못한 반장의 손이 당장 병일의 뺨을 한 대 올려붙일 기세였다.

"이 새끼, 손모가지를 그냥 확! 짬밥을 똥구멍으로 처먹었나!"

반장은 크악, 하고 목구멍에 낀 유리 솜가루를 끌어 모아 내뱉

216

었다. 병일은 통증을 참고 손끝을 세워 사이드 프레임 사이로 방열제를 끼웠다. 내일 월차를 쓰려면 손이 좀 아파도 작업을 끝까지 견딜 수밖에 없었다. 야근을 마치고 장갑을 벗으니 검지 손톱은 형편없이 깨져 있었다.

연립의 꼭대기 층에는 여전히 한낮의 열기가 고여 있었다. 병일은 손가락에 붕대를 감은 탓에 현관문을 열다가 열쇠를 몇 번이나 바닥에 떨어뜨렸다. 앞뒤 없는 헛웃음이 나왔다. 문이 열리자 17평짜리 실내에서 더운 공기가 밀려 나왔다. 부엌 테이블에 술병이 담긴 봉지를 놓고 방으로 들어온 병일은 바닥에 철퍼덕 주저앉았다. 그 방 하나가 침실이자 거실이었다.

"월차 냈지?"

서랍장 앞에 서서 지연이 물었다. 땀으로 끈적한 피부에 유리솜 가루가 잔뜩 붙어서 얼른 씻어야 했지만 그대로 누워서 곯아떨어지고 싶을 만큼 피곤이 몰려들었다. 병일은 대답할 기운도 없이 고개를 끄덕이며 양말을 겨우 벗었다. 그리고 늘어지게 하품을 했다.

"이걸로 종이배 접어줘."

지연은 난데없이 노란색 도화지를 그의 눈앞에 내밀었다. 병일은 어리둥절해서 지연을 쳐다봤다. 머리는 부스스하고 표정이 흐리멍덩해서 장난삼아 손으로 툭 밀면 그대로 폭삭 쓰러질 듯했다. 지난 몇 주 사이에 몸의 생기와 물기가 한꺼번에 빠져나가서 그녀는 마치 허수아비처럼 보였다.

지연은 서랍장에서 배냇저고리 두 벌을 양손으로 꺼내 들었다. 너무 희고 작은 그것은 병일의 눈에 좀 기이하고 이질적인 모양으로 보였다. 앙증맞고 귀엽다고 하기엔 섬뜩한 느낌마저 들었다. 지연은 여러 장의 색도화지를 병일 앞에 내려놓았다.

"배 접고 나면 비행기도 접어줘."

"비행기?"

허청거리며 바닥에 주저앉은 지연은 배냇저고리 두 벌을 곱게 접었다. 그러고는 정신 나간 여자처럼 중얼거렸다.

"아, 당신 내의하고 내 내의도 가져오랬지."

그러고는 자리에서 일어나더니 가장 낡은 병일의 팬티와 러닝셔츠, 자신의 팬티와 러닝셔츠를 바닥에 내려놓았다. 앞이 누렇게 뜬 내의를 남에게 보인다고 생각하자 병일은 창피해서 도대체 이게 뭔 짓인가 싶었다. 묻지도 않았는데, 지연은 중얼거렸다.

"오래된 속옷이어야 한댔어. 오래된 거."

병일은 노란색 파란색 빨간색 도화지 앞에서 대체 이 무슨 미친 짓이냐며 벌떡 일어나려다가 멈칫했다. 배냇저고리를 개키다 말고 지연이 흐느끼기 시작했다. 코끝이 빨개지도록 훌쩍이다가 이제야 병일의 물음이 귀에 들린 듯 울음을 섞어 대답했다.

"응, 그 애들이 유독 종이배와 비행기를 좋아한대. 예쁘게 접어줘."

병일의 속에서 치밀던 불길이 그녀의 눈물 몇 방울에 사그라졌다. 그는 거칠고 마디 굵은 손으로 노란색 도화지를 반으로 접었다. 검지 끝으로 찌릿한 통증이 몰려오자 콧잔등이 살짝 찌푸려졌다.

보름 전, 지연은 병원에서 임신 3개월 된 아이를 지우고 돌아왔다. 병일이 공장에서 귀가하자 지연은 이불 위에서 공벌레처럼 몸을 둥글게 말고는 식은땀을 흘리고 있었다. 기저귀 같은 것을 덧댔는지 엉덩이가 펑퍼짐했는데, 거기에는 핏자국이 배어 있었다. 병일이 무릎을 꿇고 몸을 수그려 손으로 지연의 이마를 짚자 미열이 잡혔다. 그녀의 입과 몸에서는 소독약 냄새가 났다.

어찌할 줄을 모르던 병일은 부엌 찬장에서 인스턴트 미역국을 꺼내 끓였다. 냄비에 물을 받을 때 손이 부들부들 떨렸다. 이 순간에 할 일이 있어서 그나마 다행이었다. 그렇지 않았다면 지연을 저렇게 만들었다는 죄책감을 못 이겨서 악을 쓰며 뛰쳐나갈지도 몰랐다. 생각 외로 미역국은 빨리 끓었다. 부글부글 거품을 일으키며 끓어오르는 미역국을 그는 넋을 놓고 바라보았다.

상을 차려서 방으로 들어가 지연을 흔들어 깨웠다. 일어날 수 있겠느냐고, 힘들어도 몇 술 뜨는 게 나을 것 같다고 말해도 지연은 감은 눈을 뜨지 않았다. 병일이 그만 포기하고 바닥에 주저앉자 지연은 조그맣게 입술을 달싹거렸다.

"그거 불어줘. 하모니카."

왜 느닷없이 그게 듣고 싶지, 하는 의문을 가질 새도 없이 병일은 서랍을 뒤져 오래전에 처박아둔 하모니카를 찾아냈다. 지연이 말문을 열었다는 게 다행이었다. 병일의 코 밑에서 쓸쓸하면서도 따뜻한 소리가 퍼졌다.

지연은 속으로 가만히 노래를 불렀다. 어떤 동요는 이상하게 노랫말의 첫 구절만 기억나고 나머지는 흐릿하거나 다른 동요가사와 뒤섞였다. 전과는 달리 인스턴트 미역국에서 풍기는 조미료 냄새가 역했다. 아래를 헤집어놓은 듯한 이 불쾌하고 아프고 서글픈 통증을 저 국 한 그릇이 가라앉혀줄 것 같지 않았다. 하모니카 소리를 들으며 지연은 병일의 꿈 얘기를 떠올렸다.

"우리 엄마가 장에 갔는데, 제사상에 올릴 물건을 사고 주위를 구경했대. 그런데 한 할머니가 엄마 손목을 덥석 잡더니 색시가 참 곱다며 팔찌를 끼워주더래. 색깔이 울긋불긋한 싸구려 플라스틱 팔찌였대. 돈 주고 사기엔 왠지 아까워서 사양하며 그 팔찌를 벗었대. 돌아와서 집 대문 앞에 서니까, 글쎄 종일 다니며 샀던 제수는 온데간데없고 벗어놨던 팔찌만 손목에 남았더래. 그리고 내가 들어섰대."

"태몽치고는 좀 촌스럽네. 팔찌면 왠지 딸 같은데, 하필 이런 촌스러운 아드님을 낳으셨네."

"신기한 건 말이야, 지난밤에 우리 엄마가 그 꿈을 꾸는 것을 내가 꾸었어."

병일은 꿈속에서 엄마의 꿈을 꾸었다고 신기해했다. 그러한 형식이 흥미로운 나머지 왜 그런 꿈을 꾸게 되었는지에 대해서는 관심이 없었다. 그러면서 덧붙였다.

"그러니까 이 꿈은 액자구조야. 따블프레임!"

불쑥 꿈이 액자구조라는 말도 낯설었지만 그 촌스러운 발음에 지연은 그만 피식, 웃음을 터뜨리고 말았다.

"어, 비웃는 거야? 왜 이래, 나 방글라데시 네이티브와 매일 토킹한다고. 내가 소방공무원 시험 공부도 얼마나 열심히 했는데."

병일은 전문대를 나온 지연의 자신보다 높은 학력을 의식한 탓인지 자주 유식한 척을 했다. 고교 시절부터 군장학금을 받고 졸업과 동시에 부사관으로 입대하여 중사로 제대한 병일은 '고졸 군바리'라는 말에 이를 갈았다. 사내 체육대회에서 자신을 안아 들고 미련하게 40분을 버틴 일이 없었더라면 지연은 병일과 사귀지 않았을 것이다. 지연은 화이트칼라 사무실의 회계 담당자였고 병일은 블루칼라 작업장의 조립공이었다.

"내가 가방끈은 짧지만 대졸들한테 안 밀릴 자신 있어. 이래 봬도 상식 수준은 학사와 석사의 중간이라고."

"학사와 석사 중간에 뭐가 있는데?"

"중사."

"아이고, 최 중사님. 딱 그 수준 개그네요."

체육대회 이후 지연과 병일은 급속도로 가까워졌다. 스물여덟 살 동갑내기로 둘은 뜨겁게 연애를 하다가 덜컥 들어선 아이를 처음으로 지웠다. 지연이 눈물을 흘리며 그렇게 하겠다고 말했고 병일은 침통하게 고개를 끄덕였다. 두 사람 모두 당장 결혼에 대한 확신을 할 수 없었던 시기였다.

서로의 미래를 위해 다른 짝을 만나야 한다고 여겼지만, 다음 해 둘은 살림을 합쳤다. 그리고 서른 살에 혼인신고를 하고 3년을 함께 살았다. 군대 하급 간부 출신인 병일은 저임금 계약직 노동자 신분을 벗어나려고 소방공무원 시험 준비에 열을 올렸으나 번번이 미끄러지고 말았다.

예지몽의 일종인 태몽을 이 우둔하고 덩치 큰 남자가 꾸었다는 건 놀라운 일이었다. 그 얘기를 듣고 지연은 임신테스터를 구입하여 검사를 했다. 임신을 확인하고서도 지연은 한동안 병일에게 그 사실을 숨겼다. 그런 속을 아는지 모르는지 병일은 술에 만취해서 들어오면 간혹 이렇게 지껄였다.

"인생 한 번이야. 좋은 남자 생기면 떠나도 돼. 뒤도 돌아보지 말고."

"도망가라는 거야, 지금?"

"전철을 탔는데 이쪽 칸이 열악해서 저쪽 칸으로 옮긴 게 도망이야? 선택이지!"

"아직 그런 선택할 생각 없거든요."

"내일 일은 알 수가 없지. 누가 그걸 아나? 괜히 인생 망치고 원망하지 마. 나 옹졸한 남자 아니야. 열린 사나이라고."

"저기요, 아저씨, 뚜껑 열릴 것 같으니까 어서 주무세요."

습관처럼 한 귀로 흘려들으며 지연은 병일을 재웠다. 심지어 출근길에 공장 앞에서 헤어질 때 병일은 해맑게 웃으며 이렇게 손을 흔들었다.

"안녕, 그동안 즐거웠어! 그럼, 굿바이!"

농담인 줄은 알지만 지연은 웃고 나서도 힘이 빠졌다. 그런 농담은 은연중 언젠가 그가 자신을 떠날지도 모른다는 불안에 시달리게 만들었다. 지연은 무엇보다 병일의 사랑이 변했을까 봐 두려웠다.

결혼 후에도 아이를 낳지 않기로 한 것은 공식적으로 합의된 생각이 아니라 각자의 생각이 암묵적으로 합의된 형태였다. 결혼 3년이 다 되도록 둘은 그 형태를 지켰다. 간혹 대형마트나 식당에서 어린애들이 떼를 쓰며 우는 모습을 지연과 병일은 오래 바라보았다. 애가 없다면 애들 학교 때문에 이사 가고, 학원비 때문에 허리가 휘는 일은 없을 거라고.

결국 지연은 병일과 상의 없이 아이를 지웠다. 크게 달라질 것 없는 경제 상황에서 병일이 아이를 원하지 않을 거라고 짐작하면서. 아니, 병일은 오래전부터 자신과 헤어지기를 은근히 바란다고 믿으면서. 아니, 병일은 이제 더는 자신을 사랑하지 않는다고 단정하면서…… 마치 암묵적 약속을 어긴 자가 스스로의 과오를 바로잡듯이.

병일은 〈클레멘타인〉이 끝나자 〈과수원 길〉을 이어서 연주했다. 지연은 연애 시절 병일이 짧은 동요 한 곡을 들려주고는 아주 길게 했던 하모니카 이야기를 기억했다. 하모니카는 폐와 심장의 감정 상태를 고스란히 드러내는 악기라고. 들고 나는 호흡, 온전한 생명의 숨결이 들어가야만 소리가 난다고…… 분명 어디서 읽은 것을 자신의 것인 양 말한다는 생각이 들면서도 지연은 그가 멋있었다. 오직 자기만을 위해 연주하고, 자기에게 잘 보이고 싶은 순수한 마음이 읽혔기 때문이었다. 지금 〈섬집 아기〉를 부르는 병일은 숨이 가쁜지 소리가 들쑥날쑥해서 듣기가 거북했다.

강화도로 들어가는 버스는 자주 반원을 그렸다. 한 굽이를 돌면 비 내리는 암회색 바다가 보이고 한 굽이를 돌면 돌로 높이

쌓은 포루가 보였다. 지연의 무릎 위에 놓인 쇼핑백의 입이 벌어지자 도화지로 접은 노란 종이배와 파란 비행기가 보였다.

지연의 중절수술 이후 병일은 자주 폭음을 했다. 지연 생각에 병일은 매사에 악착같지 못하고 자포자기적인 데다가 적당히 상스럽고 신파적이어서 될 대로 되라는 식이 많았다. 그것이 심장마비로 일찍 여읜 아버지 탓인지, 가난에 쪼들리다 못해 도망친 어머니 탓인지, 혹은 그것과 전혀 무관한 개인적 기질인지는 알 수 없었다.

푹 젖은 술걸레가 되어 연립의 꼭대기까지 간신히 기어온 그에게 왜 그렇게 술을 마시느냐고 물으니 "인생에 엿 같고 비릿한 필터가 끼어서!"라고 혀 꼬부라진 대답이 돌아왔다. '엿 같고 비릿한 필터'가 대체 뭐냐고 묻자 "허무까진 아니고 졸라 비슷한 거!"라고 외쳤다. 주정도 날로 늘어서 취하면 했던 말을 또 했다.

"내가 널 그렇게 만들었어. 다른 괜찮은 놈이라면 그렇게 만들지 않았을 거야."

"병일 씨, 그건 내가 결정한 거야. 우리의 행복을 위해서!"

"널 그렇게 결정하게 만들었어, 내가! 괜히 발목 잡히지 마. 우리 엄마는 6학년인 나를 놓고 도망갔어. 가려면 애 낳고 가지 말고 지금 어서 가!"

여기가 끝이라고, 지연은 마음을 닫았다. 이제 한계에 도달했고 여전히 자신은 그에게 별로 중요한 사람이 아니라는 사실을 확인한 셈이었다. 지연은 자신이 늘 그를 위해 양보하고 희생했다고 여겼다. 이제는 서로에게 흠 없는 흔적이 되는 절차만 남았을 뿐이었다.

헤어질 시기를 결정하지 못했을 따름이지 지연의 마음은 이미 병일을 떠났다. 병일과의 인연을 끝내야만 하는 것은 맞지만 함부로 끊기는 조심스러워서 지연은 누군가에게 묻고 싶었다. 가까운 친척 언니에게 고민을 털어놓자 그녀는 알고 지내는 강화도의 보살에게 지연을 데려갔다. 보살은 지연에게 대답했다.

"헤어지고 싶으면 헤어지세요. 서로를 보지 않고 너무 자기만 보는 사람 둘이 만났어요. 앞으로도 힘들지 몰라요."

대답을 듣고 말을 잃은 지연의 얼굴을 무연히 바라보던 보살이 물었다.

"근데 잃어버린 아이가 보이네요. 그것도 둘이나."

순간 너무 놀라서 지연은 누군가 자신의 심장을 꽉 움켜쥔 듯한 통증을 느꼈다. 아이를 지웠다는 얘기는 누구에게도 한 적이 없었다. 그것도 정확한 횟수를 알고 있었다. 지연이 고개를 끄덕이자 옆에 앉은 친척 언니가 더욱 놀란 눈으로 그녀를 쳐다봤다.

"그 아이들이 지금 구천을 헤매고 있어요. 잘 보내지 않으면 주변을 계속 맴돌아요. 두 분의 인연이 끊기더라도 두 분의 고리였던 애들의 영혼이 계속 나쁜 영향을 끼칠 거예요."

덮어놓고 싶은 치부를 보살이 들춰내자 지연의 가슴에 깊게 고인 눈물이 터지고 말았다. 자리에서 일어나기 전 보살은 덧붙였다.

"두 분이 함께 그 애들을 보내야 더 좋아요."

강화도를 다녀온 밤, 술에 취해서 들어온 병일은 휴대전화로 노래를 크게 틀어놓고 맥주와 소주를 섞어 마시고 있었다. 병일은 얼굴이 불콰해져서 좋아하는 후렴구를 목청껏 따라 불렀다.

"유 앤 미 에인트 무비스타스. 홧 위 아 이즈 홧 위 아. 위 셰어 어 베드, 섬 러빙 앤 티브이 예!"

지연은 다가가 그런 병일 앞에 앉았다. 음악 소리를 이기려고 병일이 크게 외쳤다.

"또 죽상이구나. 내 옆에서 그렇게 살 필요 없어. 나는 잃을 것도 없고 내일도 없어."

"너 완전 구제불능이구나."

"어떡해, 그럼. 이렇게 생겨먹은걸."

병일은 자리에서 일어나 두 팔을 공중에 마구 휘저으며 노래를 불렀다. 노래라기보다는 가슴을 쥐어짜듯 악을 썼다.

"댓츠 이너프 포 러 워킹맨! 홧 아이 엠 이즈 홧 아이 엠! 앤 아이 텔 유 베이비, 댓츠 이너프 포 미!"

지연은 휴대전화에서 나오는 노래를 정지시켰다. 그리고 보살과 주고받은 얘기를 꺼냈다. 차분하게 자신이 느꼈던 슬픔을 공감시키면서 얘기하려 했지만 막상 입 밖으로 나온 말은 대강의 줄거리 요약만도 못해서 성기고 투박했다. 이제는 어떻게 끝내야 할지 그 끝이 보였다. 다만 이혼도장을 찍기 전에 애들의 영혼만은 저곳으로 보내주자는 심정이었다.

"아이 아빠가 와서 함께 보내주면 좋대."

지연은 말을 마치고 병일의 얼굴을 봤다. 보살을 만난 이후 지연은 병일의 반응이 걱정되었다. 그가 화를 내며 공격적으로 거

226

부할 것 같았다. 그러나 병일의 눈빛이 여리게 흔들렸다. 그는 결심한 듯 신음처럼 내뱉었다.

"그래, 같이 보내자. 그리고 끝내자."

비가 오고 날이 흐린 탓인지 법당은 어둡고 서늘하며 향 냄새가 묵직했다. 병일이 보기에 보살의 인상은 단아하고 깨끗해서 서른 초반으로 짐작되었다. 머리를 정갈하게 빗어 넘겨 쪽을 지고 잿빛 승복을 입고 있었다. 몸에 살이 하나도 없었지만 반듯한 이마와 선연한 눈동자는 상대를 수그리게 만들었다. 이 길로 들어서기 전에 항공사의 스튜어디스였다는 말이 떠올랐다.

보살은 제단 한가운데의 큰 부처상 아래 작은 동자상을 가리켰다. 부처상을 만들 때 복장품을 넣기 위해 속을 파내는데, 그 파낸 부위를 깎아서 만든 것이라고 했다.

"처음엔 시름시름 앓더니 이렇게 건강하게 회복되었어요."

보살의 말씨는 간결해서 이해하기 쉬웠다. 특이한 것은 몸에 힘을 하나도 들이지 않고 편하게 말하는데도 듣는 이를 조용히 집중시켰다.

법당 한쪽의 나무 테이블에 보살이 앉자 병일과 지연도 마주 앉았다.

"옛날에는 참 흔했는데, 요즘에는 이런 조롱박 구하기가 어려워요."

보살의 손에는 두 개의 조롱박이 들려 있었다. 하나는 크고 다른 하나는 작았다. 속을 파내고 적당히 말려서 맺힌 데가 없고 형태가 고르며 색이 고왔다. 보살은 지연이 가져온 배냇저고리 두 벌을 조롱박에게 정성스레 입혔다.

"큰애가 아빠를 똑 닮았네요."

보살은 병일의 얼굴을 따뜻한 눈길로 바라보았다.

"큰애는 씩씩한 사내애예요. 친구들을 잘 몰고 다니는 장군감이고 큰 인물이에요."

'장군'이라는 단어가 유독 귀에 꽂혀서 병일의 입술 끝에 쓸쓸한 웃음이 맺혔다.

"둘째는 어여쁜 딸이네요. 그런데 심장이 약간 아파요."

저고리를 입힌 작은 조롱박을 들어 보이며 보살은 약간 눈썹을 찡그렸다. 그녀의 말은 전혀 엉뚱하거나 이상하게 들리지 않았다. 심장이 아팠다는 말에 병일은 고개를 약간 수그렸고 지연은 손수건으로 눈가를 찍어냈다.

보살은 자리에서 일어나 제사상 앞에 저고리를 입힌 조롱박 인형들을 놓았다. 제사상은 두 상에 차렸는데, 제수는 한눈에 봐도 성대하고 정성이 가득했다. 과일은 탐스럽고 종류가 다양했으며, 전과 적과 나물과 떡의 모양새가 좋고 양도 많았다. 제사상을 받으러 큰아이가 오면 둘째 애가 따라오고 같이 구천을 떠도는 아이들을 위한 음식도 필요하다고 했다.

병일은 지연과 나란히 서서 절을 하고 술 대신 우유를 올렸다. 고개를 수그리고 있자 크고 둔중하게 징이 울렸다. 밖에서는 비가 내리고 있었다. 보살은 조용히 엎드려 절을 올리고 정성스럽게 의식을 치렀다. 잘은 모르지만 보살이 모시는 할아버지를 불러들이는 것이라고 짐작했다.

무릎을 꿇은 병일은 자꾸만 고개가 바닥으로 떨어졌다. 장군 감인 아들과 심장이 아픈 딸을 생각하자 가엾기 그지없었다. 세상의 빛을 보지 못하고 산부인과에서 차가운 수술 도구에 제거되어 어딘가를 떠돌고 있다는 사실에 자기도 모르게 이 못난 아비를 용서하라는 기도를 올렸다. 지난밤 다친 오른손 검지에는 붕대가 감겨 있었다.

"안개가 자욱한 것을 보니 가장의 마음에 수심이 가득하구나."

굵고 낮은 할아버지 목소리에 병일은 슬며시 고개를 들었다. 보살은 어느덧 자리에서 일어나 뒷짐을 지고 창밖을 지그시 바라보고 있었다. 그 얼굴은 분명히 조금 전 보살의 것이 아니었다. 겨우 한두 발짝을 옮겼는데, 그것은 지체 높은 할아버지의 걸음이었다.

"어린 나이에 아버지를 잃고 한창때에 허망하게 어머니를 떠나보내고…… 흐음…… 고생이 이만저만이 아니었구나."

중간에 내뱉은 깊은 한숨을 듣자 병일의 눈에서 예기치 않게 왈칵, 눈물이 새어 나왔다. 인자하고 자애로운 할아버지의 목소리가 이어졌다.

"고생길은 몇 년 더 이어지겠구나. 그래도 옆의 귀인이 도우니 걱정이 없구나."

그나마 몇십 년이 아니어서 다행이고 감사하다는 생각이 우선 들었다. 그런 생각 중에 이상하게 깜빡깜빡 의식이 나갔다. 병일이 정신을 차린 것은 어느 순간 보살이 사내애의 목소리로 돌변했을 때였다.

"오, 엄마! 불쌍한 우리 엄마!"

우렁찬 목소리에 이제껏 조용히 흐느끼던 지연이 큰 소리를
내어 울었다. 무릎을 꿇고 있던 지연은 다리가 풀려서 주저앉으
며 한 팔로 마루를 짚었다. 사내애가 이번에는 병일을 향해 울먹
이며 외쳤다.

"아빠, 아빠! 너무 가엾고 불쌍한 우리 아빠!"

아이의 초롱초롱한 눈에는 눈물이 가득했다. 그리고 무릎을
꿇고 앉은 병일을 향해 거의 한걸음에 뛰어와 안겼다. 달려드는
아이를 병일은 가슴을 열어 끌어안았다. 아이가 엄마를 부르자
지연이 다가와서 셋은 부둥켜안고 서로 뒤엉켰다. 서러움과 원
망이 많은지 아이는 발버둥을 치며 울다가 엄마 아빠 품에서 투
정을 부리듯 말했다.

"엄마 아빠, 목이 말라요."

병일이 제사상에서 우유 잔을 가져다가 정성스레 먹여주자
지연의 품에 안긴 아이는 몸을 부들부들 떨며 그것을 마셨다. 우
유를 다 마신 아이는 문득 병일의 다친 손을 살며시 잡더니 자신
의 뺨에 가져갔다

"아, 우리 아빠의 훌륭한 손."

아이는 마디 굵고 거무튀튀한 병일의 손에 가만히 입을 맞추
었다. 병일의 손등 위로 아이의 맑은 눈물이 뚝뚝 떨어졌다. 아
이는 손을 뻗어 병일의 가슴에 가볍게 댔다.

"손보다 더 훌륭한 이 마음."

230

병일의 눈물은 눈보다 코로 먼저 나와서 입술을 가로질러 턱 끝에 고였다가 떨어졌다. 병일이 뜨거운 입김을 토하며 입을 열었다.

"미안해. 너를 아무렇지도 않게 보낸 게 아니야. 그렇게 하면 엄마가 더 행복할 줄 알았어. 지켜주지 못해서 미안해!"

지연은 아이를 붙잡고 울면서 속내를 고백하는 병일을 아프게 바라봤다. 지연도 아이를 토닥이며 말했다.

"네 아빠가 불행해질까 봐 그랬어. 떠나려는 네 아빠의 짐이 될까 봐. 미안해."

병일과 지연이 눈물을 훔치고 아이를 다독이며 미안하다고 말하는 사이에, 아이는 우유를 한 번 더 달라고 했다. 병일은 자리에서 일어나 제사상의 우유를 가져다가 아이에게 먹였다. 그러자 아이는 갑자기 온몸에 힘을 쭉 빼고 눈을 감더니 평온한 숨을 새근새근 쉬었다.

잠시 후 아이는 표정이 바뀌더니 호흡을 헐떡이기 시작했다. 지연의 품에 안긴 아이는 고통스러운 듯 들숨과 날숨을 크게 몰아쉬었다. 그리고 가녀린 여자애의 목소리가 흘러나왔다.

"오빠에게 하는 말 다 들었어요. 엄마, 아빠."

심장이 아팠다는 둘째 딸은 눈도 제대로 뜨지 못했다.

"앞으로 태어날 내 동생 더 많이 사랑해주세요. 꼭이요!"

병일과 지연은 딸애의 손을 잡고 고개를 크게 끄덕였다. 둘째 아이는 그렇게 믿겠다는 듯 고개를 약간 끄덕이다가 잠이 든 듯 낮게 숨을 쉬었다. 둘이 눈물을 훔치는 동안 보살은 자리에서 일어나 의식을 마무리 지었다. 침묵이 흐르는 동안 병일과 지연은 감정을 추슬렀다. 종소리가 잠깐 울리더니 밖으로 나가자는 말소리가 들렸다.

마당으로 나오니 어느덧 비가 그쳐 있었다. 마당 한쪽에서 중년의 아저씨가 뭔가를 태우는지 연기가 낮게 깔렸다. 병일은 두 아이의 배냇저고리를 입은 조롱박, 자신과 지연의 속옷 그리고 종이비행기가 타는 것이라 짐작했다.

보살은 앞서서 걷더니 근처 개여울에서 멈췄다. 그러고는 병일과 지연에게 종이배를 띄우라고 했다. 비가 와서 물이 불어난 개여울에 노란 종이배를 올려놓자 그것은 아래로 흘러내려갔다. 개여울은 바다로 이어진다고 했다. 개여울을 사이에 두고 지연은 저편에서 병일은 이편에서 배가 떠내려가는 속도에 맞추어 말없이 걸었다.

위태위태하게 흔들리며 떠가던 종이배가 어느 순간 이끼 낀 바위에 걸려 빙글빙글 맴을 돌았다. 병일은 개울가로 조심스레 내려와 팔을 뻗어 그 맴도는 배의 길을 풀어주었다. 순간 둘의 시선이 허공에서 애잔하게 얽히자 지연의 말소리가 건너오는 듯했다.

—나는 네가 아이를 싫어하는 줄 알았어.

—아니야, 네가 낳자고 했으면 낳았을 거야. 나 닮은 아들 말고, 너 닮은 딸로.

—언젠가 네가 나를 떠날 거라고 생각했어. 아이 때문에 상처받기 싫었어. 너에게 사랑받고 싶었어.

—지연아, 네가 더 행복해지는 걸 막고 싶지 않다는 마음뿐이었어. 널 사랑하지 않는 게 아니야. 나는 비겁한 놈일까?

—사랑도 변하는 거겠지?

—어떤 것이든 변하지. 변한다고 사랑이 아닌 건 아닐 거야.

—정말 떠나려 했어. 그런데 병일아, 오늘 너의 눈물을 봤어. 처음이야.

길은 거기서 끊겼다. 둘은 잠시 고개를 들어 시선을 멀리 두었다. 그리고 뒤돌아서 내려왔던 길을 말없이 올라갔다. 병일은 떠내려간 배가 도중에 걸리거나 엎어지거나 찢어지지 않고 바다에 닿았을지 궁금했다.

돌아와서 법당 한쪽에 붙은 작은 방에서 병일과 지연은 저녁 밥상을 받았다. 2시에 도착했는데 어느덧 오후 6시가 되어가고 있었다. 저녁을 먹고 나오자 보살은 텃밭에서 고추를 따는 중이었다. 언제 그런 일이 있었느냐는 듯 천연덕스럽게 보살은 일상 그대로의 모습이었다. 보살은 상추며 깻잎, 고추를 가득 딴 비닐봉지를 지연에게 주었다. 지연이 활짝 웃어서 병일도 덩달아 웃었다.

버스터미널까지 가는 자동차 앞에서 둘은 보살에게 고개 숙여 인사했다. 운전석에는 불을 피우던 중년의 남자가 앉아 있었다. 보살은 차에 올라타는 지연의 손목에 자신이 끼고 있던 염주를 끼워주었다. 그리고는 요즘도 매달 일주일씩 식음을 전폐하고 기도를 드린다며, 자신이 기도를 드릴 때 항상 지니던 염주라고 덧붙였다. 지연은 두 손을 가슴 앞에 모으고 고개를 숙였다.

버스터미널에 내리자 바람이 세게 불어왔다. 비가 내린 후 깨끗해진 바닷바람에서 싱싱한 굴 냄새가 났다. 병일의 셔츠와 바지가 풍선처럼 잔뜩 부풀어 오르자 지연이 웃었다. 병일은 지연이 든 비닐봉투의 끝자락이 요란한 소리를 내자 그걸 보고 웃었다.

지연이 버스 창가에 앉았을 때는 날이 저물고 있었다. 병일은 창가에 앉은 지연 너머 암청색 바다 위로 붉게 깔리는 석양을 보았다. 버스는 구불구불한 길을 돌아 잔잔하게 흔들리며 섬을 벗어났다.

"그런데 그런 걸 기도값이라고 부르나, 시주라고 부르나…….얼마나 줬어?"

푸성귀가 불룩한 비닐봉지를 배 앞에 놓은 지연은 말없이 창밖만 바라보았다. 대답이 없자 병일은 한 번 더 물었다.

"공짜로 해주지는 않았을 거잖아. 제법 유명하니까 찾아갔을 거고?"

지연은 다정하게 병일의 팔짱을 끼며 머리를 기댔다. 그녀의 정수리가 병일의 목덜미를 파고들었다. 버스는 검은 바다를 옆에 끼고 작은 반원을 자주 그리며 달렸다. 모서리를 돌 때마다 둘의 몸은 같은 방향으로 휘었다. 얼굴의 비슷한 부위를 찡그리고 엉덩이의 비슷한 부위에 힘을 줬다. 차창으로 흐릿하게 늘어선 섬을 보다가 병일도 고단한 나머지 눈을 감았다. 지연은 한참 후에 눈을 감은 채 조용히 입술을 달싹거렸다.

"노래 불러줘. 자장가."

병일은 〈나뭇잎 배〉를 낮은 허밍으로 불렀다. 아늑한 듯 쓸쓸한 허밍을 들으며 지연은 병일의 큰 손을 꼭 잡았다. 노래가 끝나자 지연은 병일의 손을 맞잡은 상태에서 자신의 손목에 걸린 염주를 아래로 내리더니 그대로 병일의 손목으로 옮겨 걸었다.

"아이 참, 갑자기 이걸 왜?"

굵은 모감주 알이 탐스럽고 길이 잘 들어 반들반들했으나 병일은 꺼려하는 기색을 비쳤다. 지연은 봉투가 떨어지지 않도록 안으며 다른 손으로 병일의 손가락을 어루만졌다. 검지 손톱이 까맣게 죽어 있었다.

"술 먹고 잃어버리지 마. 이거 500만 원짜리야."

병일은 무슨 말인가를 꺼내려고 숨을 들이마셨다가 잠시 멈추고는 길게 내뱉었다. 지금 이 순간은 목덜미에 닿는 까슬까슬하면서도 따뜻한 그녀의 정수리의 촉감이 좋았다. 노곤한 잠이 밀려들었다. 그 배는 저 바다에 닿았을지 여전히 궁금했다. 하루가 너무 긴 태몽 같았다.

산다는 것의 위대함에 대하여

이경재(문학평론가)

해이수가 돌아왔다!

드디어 해이수가 자신의 탯줄이 묻힌 이 땅으로 돌아왔다. 막연해 보이는 이 말을 이해하기 위해서는 약간의 설명이 필요하다. 해이수처럼 지속적이면서도 다양하게 외국을 배경으로 한 작품을 쓴 작가도 드물다. 그동안 발표한 두 권의 작품집(『캥거루가 있는 사막』, 문학동네, 2006. 『젤리피쉬』, 자음과모음, 2009)에 수록된 작품 중에서 「캥거루가 있는 사막」 「돌베개 위의 나날」 「우리 전통 무용단」 「어느 서늘한 하오의 빈집털이」 「젤리피쉬」 「마른 꽃을 불에 던져 넣었다」는 오스트레일리아를, 「고산병 입문」 「루클라 공항」 「아웃 오브 룸비니」는 히말라야를 배경으로 한 것이다. 특히 첫 번째 장편소설인 『눈의 경전』(자음과모음, 2015)은 이전의 외국 배경을 종합하겠다는 듯이, 오스트레일리아와 히말라야 그리고 서울까지를 동시에 소설의 배경으로 삼았다. 이러한 모습을 보여주었던 해이수의 세 번째 작품집 『엔드 바 텐드(여기 그리고 저기)』는 여덟 편의 작품 중에서 오직 표제작인 「엔드 바 텐드」만 몽골이라는 외국을 소설적 공간의 일부로 삼았을 뿐, 나머지 작품은 모두 지금의 한국 사회를 배경으로 삼고 있다.

물론 해이수의 외국 배경 소설이 몽롱한 이국 취미와는 구별되는 사실주의적인 문제의식을 보여주었다는 점도 잊어서는 안된다. 그렇다 하더라도 외국에서 살아가는 이방인이나 여행자의 삶이 아닌, 자신이 나고 자란 땅에서 살아가는 사람들의 삶을 그릴 때 드러나는 현실의 실감은 다른 것일 수밖에 없다. 해이수는 날카로운 산문 정신을 이제는 자신의 탯줄이 묻힌 이 땅을 무대로 하여 펼쳐나가는 것이다. 그러나 기존의 공식화된 방식이나 태도가 아닌 해이수만의 인장이 새겨진 새로운 방법으로 지금-이곳의 삶과 조우하고 있다. 그것은 환상을 적극적으로 활용하는 기법이나 이전에 다룬 바 없는 새로운 제재를 보여주는 것, 그리고 나름의 잠언적 메시지를 미학적으로 정련하여 제시하는 대목 등에서 확인할 수 있다.

이제는 산에서 내려올 시간

해이수 소설에서 가장 자주 등장하는 인물 유형을 꼽자면, 학계의 비정규직을 전전하는 이들이다. 이번 작품집에서도 「엔드 바 텐드」「김 강사와 P교수」「낙산」의 '나'가 모두 대학의 시간강사들이다. 이러한 인물들은 일차적으로 학계의 여러 문제를 고발하며, 나아가서는 산다는 것의 근원적 허무를 환기시키기도 한다.

해이수 소설의 시간강사들이 경험하는 대학교는 언제나 매우 위계적이고 위선적이며 나아가 위험한 곳이다. 「엔드 바 텐드」에서는 시간강사 주제에 각 대학의 주임교수와 학과장을 기다리게 했다는 이유로 후래자 삼배를 해야 하고, 교수의 사인이 떨어지면 다른 사람들은 마시지 않는 독주를 단숨에 비워내야 한다. 연구소장은 프로젝트 심사가 코앞인데 구성안이 엉망이라며 호통부터 친다. 「김 강사와 P교수」에서 김만필은 자신의 지도교수인 P교수의 이름이 휴대전화 액정에 뜨면 화들짝 놀라고, P교수의 턱선 위로는 시선을 두기도 어려워한다. P교수의 메시지는 늘 짧고 모호했으며 목소리는 외계음 같았다. 하지만 P교수의 지시에는 속수무책 절대복종할 수밖에 없다.

이 작품의 제목인 '엔드 바 텐드'에서 드러나듯이, 몽골과 서울이라는 이분법으로 되어 있다. 몽골 말로 엔드는 '여기', 텐드는 '저기', 바는 접속사 '그리고'에 해당한다. 몽골이 모래언덕과 사랑이 가득한 곳이라면, 서울은 온갖 차별적 기호와 물질로 가득한 곳이다. 몽골에서는 '나'와 그녀가 인간 본연의 자태로 사랑을 나눌 수도 있지만, 서울에서 별다른 기호나 물질도 가지지 못한 '나'는 온갖 기호나 물질로 가득한 그녀를 제대로 쳐다볼 수도 없다.

몽골 국제심포지엄에 참여했을 때, '나'와 그녀는 남부의 중국 국경인 '어믄고비(Omno-Gobi)'에 동행한다. 예전에 바다였던 고비사막의 메마른 협곡은 장관이다. 고대 수생생물의 화석이 대량으로 출토되기도 하는 협곡의 바닥에서 '나'와 그녀는 진한 교감을 나눈다. 고비에서 닷새를 함께 헤맨 결과 둘은 대여섯 걸음 정도 떨어져 함께 지평선을 바라보며 오줌을 누고, 푸르공에서 험난한 여정을 함께하기도 한다. 고비를 나오기 전, 기념품을 늘어놓고 파는 허름한 좌판에서 '나'는 물고기 목걸이를 발견하여 그녀에게 선물한다. 모든 문명의 물질과 기호를 벗어버린 모래언덕에서 그녀와 '나'는 이토록 평등하게 사랑을 나누는 것이다. 그러나 다시 서울로 돌아왔을 때 모든 것이 달라진다.

그녀는 명문 여대의 학부와 대학원을 졸업했고, 고가의 초고층 아파트에 살고 있다. 위성도시의 연립에 사는 '나'는 고비사막을 건너는 일보다 그녀가 사는 강남에 닿는 것이 더욱 어렵다고 느낀다. 그러고 보면, 몽골에서 둘을 더욱 가깝게 만든 계기가 되었던 승마를 배운 과정도 너무나 다르다. 그녀가 대학 시절 복장을 갖춰 승마를 배우는 동안 '나'는 잡역부로 말똥을 치우며 어깨너머로 배웠던 것이다.

몽골 국제심포지엄의 뒤풀이와 그녀의 환송회가 동시에 열리는 자리는 둘의 격차가 분명하게 확인되는 현장이다. 자리가 바뀌는 동안에도 그녀는 모임의 중심에서 벗어나지 않지만, '나'는 어떤 경우에든 맨 끝자리를 벗어나지 못한다. 술자리가 끝나갈 무렵에는 집안도 좋고 국립대에 재직 중인 그녀의 남편 천 교수가 나타난다.

'나'는 그녀에게 선물로 오징어 다리를 하나 찢어주고는, 술자리를 나와 오징어 다리 하나를 입에 물고는 명동 거리를 헤맨다. 작품은 "어디선가 거대한 모래언덕이 허물어져 내리는 굉음이 들렸다. 온몸에 힘이 쭉 빠지며 한쪽 무릎이 꿇리고 발목이 접혔다. 나는 허리를 굽히고 고개를 떨어뜨리며 손바닥으로 땅을 짚었다"(41쪽)는 다소 환상적인 방식으로 끝난다. '나'는 결국 불야성의 서울 거리에서 낙타 혹은 말이 되어버린 것이다. 작열하는 태양 아래 무거운 등짐을 지고 뜨거운 모래산을 건너는 삶. 그것이 바로 서울에서의 '내'가 처한 삶의 실상이었던 것이다.

「김 강사와 P교수」는 제목에서부터 작정하고 강사를 표 나게 내세운 작품이다. 이 작품은, 식민지 시기 창작된 유진오의 「김 강사와 T 교수」(1935)에 대한 일종의 패러디라고 할 수 있다. 「김 강사와 T 교수」는 카프 해산기의 문학사적 공백기를 혼자서 감당했다는 말을 들을 정도의 명작으로서, 강사 김만필이 지식인이자 조선인으로 겪는 갈등을 심도 있게 탐색한 작품이다. 해이수가 굳이 이 작품을 패러디한 것은, 지금 이 땅에 사는 시간강사들의 삶과 고민에 대해서 누구보다 깊이 알고 있다는 자신감이 있었기 때문이다.

「김 강사와 P교수」에서 서른아홉 살의 김만필이 겪는 핵심적인 갈등은 '세계문화교류센터의 계약직 직원이 되는 길'과 '구속 없는 영혼의 예술가가 되는 길' 중에서 어느 것을 선택하느냐는 고민에서 발생한다. 전자의 선택이 생활인이 되어 자신의 꿈을 이룰 시간을 빼앗기는 것이라면, 후자는 "자주와 자활과 자강" (158쪽)의 삶에 다가가는 것을 의미한다. 또한 전자가 지도교수의 명령에 순종하는 길이라면, 후자는 지도교수의 눈 밖에 나는 일이기도 하다. 만필은 후자를 꿈꾸지만, 주위 사람들은 강하게 그를 전자 쪽으로 밀어붙인다.

난방도 되지 않는 아파트에서 혼자 생활하는 어머니는 "오로지 하나뿐인 아들이 오늘이나 내일이나 교수가 될 것"(157쪽)만을 믿으며, 오랜만에 찾아온 아들을 위해 삼계탕을 정성껏 끓여서 대접한다. 이런 어머니를 보며 만필은 센터의 직원이 되어 월급을 받으면 용돈을 드릴 수 있을지도 모른다고 생각한다. 오랜만에 만난 대학 동기들도 "이런 좀팽이 자식, 그걸 왜 걱정해! 그냥 P교수가 시키는 일만 잘하면 돼!"(163쪽)라고 말한다. 만필이 센터 직원으로 채용되면 자신이 그의 강의를 대신 맡을 수도 있다는 것을 고려한, 대학 후배 혜라도 "P교수가 그렇게까지 나왔으면 당연히 해야지"(165쪽)라고 말한다. 늘 정신적으로 만필을 후원해왔던 백 선배도 지금에 와서는 "사회생활을 하다 보면 자신의 이익과 장래를 떠나서 누군가를 위해 대리전을 치를 때가 오지"(176쪽)라고 말하며, 지도교수의 말을 들으라고 충고한다.

「김 강사와 P교수」는 환상적인 요소를 적절히 활용하여 만필이 처한 비극적 상황의 실감을 더욱 배가시킨다. 절대군주와도 같은 권력자로 군림하는 P교수는 "견고한 보호 장비를 갖춘 미식축구 선수처럼 거대한 양쪽 어깨에는 액세서리처럼 여러 개의 팔이 매달려"(152~153쪽) 있다. 이에 비해 눈도 보이지 않는 어머니는 어깨뿐만 아니라 팔에서 손목까지도 형체가 없는 것으로 묘사된다. 오른쪽 어깨는 만필이 대학과 대학원을 다니는 동안 자연스럽게 사라졌고, 왼쪽 어깨는 그가 결혼을 하고 전셋집을 얻는 동안 흔적 없이 지워진 것이다. 여자들이 나오는 술집에서 엉망으로 행동하는 동기들은 오직 성기밖에 없는 것으로 묘사된다.* 청력을 모두 잃은 아내는 젖가슴 한쪽이 희미하게 지워지고 없다.

마지막은 당연히 만필이 그동안 해온 고민의 결과를 보여주는 일이다. 만필은 P교수를 찾아가 자신의 왼손으로 오른팔을 비틀어 뽑아서 그것을 화병에 꽂는다. P교수는 만필이 원하지 않는 세계문화교류센터의 일을 시키며 "자네가 내 오른팔이 돼야겠어!"(153쪽)라고 말했는데, 만필은 오른팔이 되는 대신 자신의 오른팔을 뽑아서 바친 것이다. 이 장면은 달마와 혜가의 구법단비(求法斷臂) 이야기를 참고해야만 그 의미가 보다 분명해진다. 젊은 혜가는 달마에게 불법을 청하며, 자신의 진정성을 보이기 위해 팔 하나를 잘라서 달마에게 바쳤다. 참된 스승을 대타자로 하여 진리를 구하는 자신의 진정성을 보이는 방편으로 혜가는 자신의 팔을 잘랐던 것이다. 그토록 숭고했던 구법단비 이야기는, 21세기 한국소설에서는 아무것도 가진 것 없이 궁지에 몰린 제자의 마조히즘적 저항을 위한 수단으로 변모되어 등장하

---

* 만필은 유흥업소에서 난잡하게 행동하는 동기들을 경멸하며, 그들을 자신과 구별 지으려고 애쓴다. 그는 화장실의 휴지걸이에 비친 자신을 "언뜻 한 마리 새 같았다"(164쪽)라고 여길 정도이다.

고 있는 것이다.

「낙산」은 교수의 요구를 당당하게 거절한 만필의 후일담으로 읽을 수도 있다. 「김 강사와 P교수」에서 만필에게 7개월 된 딸아이가 하나 있었다면, 「낙산」의 주인공에게는 여섯 살짜리 큰딸과 세 살배기 둘째 딸이 있다. 그 몇 년의 시간이 흐르는 동안 그는 어떤 모습으로 변했을까? 대학부설 고전문학연구소서의 계약직 연구원인 주인공은 허허실실 시간강의를 하고 듬성듬성 글을 쓰고 대강대강 가장 노릇을 한다. 무엇보다 안타까운 것은 "인생역전은 꿈도 꾸지 않고 오늘과 내일이 크게 다를 바 없"(203쪽)다고 여기며 살아간다는 점이다.

특히 '나'는 "몸만 지금 여기에 있을 뿐 의식은 어제 거기에 있었다"(203쪽)고 생각한다. 대학 시절 같은 과 동기였던 아내의 마흔한 번째 생일과 집들이를 겸한 행사로 대학 동기들이 모이면서 '어제 거기'에 대한 의식은 더욱 날카로워진다. '어제 거기'의 중심에는 대학 시절 짝사랑했으며, 졸업 이후에도 낙산에서 아름다운 추억을 나누었던 세희가 너무나 뚜렷한 모습으로 서 있다.

입학식 때부터 '나'의 눈에 세희는 탄력이 넘치고, "좋은 집안에서 양육받은 영리한 여자가 대개 그러하듯 발음이 깨끗하고 의사표현이 분명"(189쪽)했다. 강의에서 공동으로 과제를 하면서 둘은 더욱 친해진다. 세희를 좋아하면서도, '세희를 영원히 내 것으로 만들어도 나는 불행하다'라는 체념적 결론을 내리고 '나'는 군에 입대한다. 이후 '내'가 작가가 될 수 있는지를 스스로 시험하며 경기도 소읍의 오두막에서 독서와 창작에 매진할 때, 세희가 '나'를 방문하고 둘은 양양의 낙산해수욕장과 낙산사 등을 여행하며 추억을 만들었던 것이다. 둘이 우연히 발견한 그네를 타는 모습에 대한 묘사는 해이수라는 작가가 인간의 내밀한 정서를 언어로 형상화하는 데 얼마나 뛰어난 능력을 가졌는지 증명하기에 모자람이 없다.

한참을 걸으니 그네가 보였다. 한 쌍의 은목걸이처럼 걸린 그네에는 붉은색과 파란색 안장이 달려 있었다. 그네에 앉자 두 사람의 그림자가 모래톱에 돋아났다. 유독 세희의 것은 길쭉하고 새카맣고 그윽한 향기가 풍겼다. 두 그림자는 공중으로 치솟을 때마다 모래바닥에서 서로 겹쳐졌다 나눠지고 포개졌다가 떨어졌다.

그네가 뒤로 빠지면 허리가 밑으로 쑥 잠기는 짜릿한 기분이 들었다. 그때마다 나는 힘주어 '세희야!' 하고 속삭였다. 그리고 그네가 치솟으면 바닷바람을 가슴으로 품으며 '사랑해!' 하고 소리 없이 외쳤다. 밤과 바다와 파도와 물고기와 오징어잡이배들과 실금 같은 수평선에게 나는 그렇게 선포하고 싶었다.(200쪽)

그러나 이번 집들이 행사에는 캐나다 밴쿠버에서 15년 동안 살다가 잠깐 귀국했다는 세희는 끝내 나타나지 않는다. 대신 나타난 것은 아내가 좋아했던 바람둥이 명우이다. 이제 '나'에게는 현재나 미래는 물론이고, 유일한 삶의 버팀목이었던 '어제 거기'

에도 더 이상 의지하기 어려워진 상황이 암시적으로 드러나고 있는 것이다. 그렇다면, 이 작품의 제목인 낙산은 세희와 함께 놀러 갔던 낙산사(洛山寺)의 낙산(洛山)이 아니라, 산에서 내려옴이라는 의미를 지니는 낙산(落山)의 의미로 새겨볼 수 있을지도 모른다. 이제 헛된 미래에의 꿈이나 과거에의 집착에서 벗어나, 현재의 삶 속으로 내려가야 하는 것이다. 해이수의 이번 작품집이 이전과 가장 구별되는 지점은, '지금-여기'의 삶 속으로 내려온 이후에 펼쳐진 세계라고 할 수 있다. 결론부터 말하자면 그 세계는 무척이나 따뜻하고 그리고 아름답다.

'지금-이곳'의 아름다운 삶

해이수적 인물이라고 부를 만한 주인공이 가장 먼저 찾아간 삶의 현장은 충남 한산의 시장통이다. 「한산 수첩」은 제목처럼 충남 한산의 시장에 사는 장삼이사들의 삶을 취재한 기록이다.

쓰고 있던 장편소설이 예정보다 1년이 늦어지자 아내는 청약 저축과 적금과 보험을 깼다. 아이들의 숟가락질을 멈추게 할 수는 없다는 생각에 '나'는 출판사에서 일하는 선배에게 전화를 한다. 출판사 편집팀장인 선배는 "야, 넌 소설가가 뭐 대단한 건 줄 알아? 사람 사는 이야기 적는 거잖아!"(72쪽)라며, 시골 장터에 가서 현지인들의 육성을 녹취하고 '문예 미학적으로 복원하라'고 주문한다. 이 말에 따라 '나'는 녹음기와 수첩을 들고 한산면을 헤집고 다닌다. "영업을 하는 시골 상인들에게 '현실적 이윤'과 무관한 '막연한 인생담' 요청은 당혹스러울 게 분명"(79쪽)하다고 생각하지만, 이들은 마치 누군가 자신의 이야기를 들어줄 사람을 기다린 것처럼 술술 이야기를 풀어간다. 이것은 이들이 기본적으로 개방적이며 공동체 지향적인 삶의 자세를 가진 결과라고 할 수 있다.

'내'가 처음 만나는 인물은 초원다방의 사십대 후반으로 보이는 여주인이다. 어린 시절 꿈이 학교 음악 선생님이었던 그녀는 스무 살에 중매로 결혼하여 한산에 정착했다. 서른이 못 되어 남편과 떨어져 살게 되었고, 이후에는 두 아이를 키우며 식당일을 주로 했다. 15년 된 다방이 세를 놓는 것을 보고 인수하게 되어 오늘에 이른 것이다. 그녀는 주로 자식 걱정을 하며 시간을 보낸다. 별로 좋지 않은 상황이지만 그녀는 모든 것을 긍정적으로 받아들인다.

다음으로 만나는 것은 시계수리점 '문화시계'의 주인이다. 64세인 박순종 사장은 시계방에서 온갖 고생과 노력을 하며, "시계 심장의 은밀한 비밀을 파악"(88쪽)한 달인이 되었다. 그러는 사이에 세 아들을 모두 대학까지 보내고, 예전처럼 시계 수리일이 많지 않은 요즘에는 디지털시계와 디지털카메라까지 연구하고 수리하며 성실하게 살아가고 있다. 그의 시간에는 무엇보다 "진정성의 맥박"(91쪽)이 뛰고 있다.

마지막으로는 '나'는 멕시칸치킨집의 유리창 너머로 공부하는 아이들의 모습을 관찰한다. 유리창 너머에는 손님용 테이블

대신 두 개의 학생용 책상이 놓여 있다. 그것을 보며, '나'는 "마음속으로 '멕시칸치킨'이라는 간판을 떼어내고 '미시건 독서실'이라는 새 간판을 붙여"(93쪽)준다. 아버지와 어머니는 아이들이 공부하는 뒷모습을 보며 노동의 피로와 쪼들리는 살림살이를 감내하고, 아이들은 아버지와 어머니의 삶의 현장에서 아무런 불평 없이 정신적 지평을 넓히는 데 열중하였던 것이다. 이 가족을 보며 눈물이 핑 돌 정도로 감동한 '나'는 두 아들과 부모님을 위해 기도를 올린다.

작품은 시린 손으로 주머니 속의 레코드를 움켜쥐고서는, "지금은 나보다 이 레코더가 더 소중했다"(94쪽)고 느끼는 것으로 끝난다. 이러한 '나'의 모습은 과도한 자기중심주의에서 벗어나 한결 성숙해진 모습을 압축적으로 드러낸다고 할 수 있다. '지금-여기'에 사는 평범한 이들을 향한 자기 개방과 그로부터 깨달은 삶의 진실에 대한 조용한 경배야말로 해이수가 이번 소설에서 새롭게 개척한 득의의 영역임에 분명하다.

「종이배」의 병일과 지연도 생존을 위해 몸부림치는 이 땅의 보통 사람들이다. 야근을 마치고 연립주택의 계단을 오르는 병일은 얼른 샤워를 하고 술을 마신 뒤 그대로 쓰러져 자고 싶을 정도로 녹초가 된다. 야근에는 짭짤한 수당이 붙지만, 수명이 덜컥덜컥 깎이는 기분을 줄 정도로 피곤하다. 병일은 작업 중에 검지 손톱이 으깨지는 부상까지 당해서 손가락에 붕대를 감았다.

병일은 지연과 서른 살에 혼인신고를 올리고 3년을 함께 살았다. 군대 부사관 출신인 병일은 저임금 계약직 노동자 신분을 벗

벗어나려고 소방공무원 시험 준비에 열을 올렸으나 번번이 미끄러지고 말았다. 늘 병일은 지연의 행복을 위해서 지연에게 '좋은 남자가 생기면 떠나'라는 식으로 말한다. 이러한 위악은 병일의 자격지심에서 비롯된 것이다. 고졸인 병일은 자신보다 높은 지연의 전문대 학력을 의식한 탓인지 자주 유식한 척을 했다. 어린 시절 병일을 두고 도망간 엄마의 기억도 병일의 이러한 심리를 부추긴다. 이런 병일의 절망과 자학에서 비롯된 행위가 지속될수록, 지연의 불안감도 심해진다. 지연은 "언젠가 그가 자기를 떠날지도 모른다는 불안"(222쪽)에 시달리며, 배 속의 아이를 지운다. 병일과 지연은 연애 시절에도 덜컥 들어선 아이를 지운 경험이 있다.

지연의 중절수술 이후 병일은 자포자기한 마음으로 폭음을 한다. 이혼을 앞두고 마지막으로 이 부부는 죽은 아이들의 영혼을 천도하기 위해 강화도로 간다. 지연과 병일은 헤어지기 전에 배 속에서 사라진 두 아이의 영혼을 위로해야 한다는 무속인의 말을 따르려는 것이다. 의식을 치르는 과정에서 두 아이들은 무속인에게 접신하여 나타나고 그들은 진정한 위로를 받는다.

이 아이들은 무속인의 몸을 빌려 "아, 우리 아빠의 훌륭한 손" "손보다 더 훌륭한 이 마음" "앞으로 태어날 내 동생 더 많이 사랑해주세요. 꼭이요!"(230~231쪽)와 같은 따뜻한 말을 건넨다. 이 현장에서 오랫동안 소통이 단절되었던 병일과 지연은 다음과 같은 말을 마음속으로 주고받는다.

—나는 네가 아이를 싫어하는 줄 알았어.

　—아니야, 네가 낳자고 했으면 낳았을 거야. 나 닮은 아들 말고, 너 닮은 딸로.

　—언젠가 네가 나를 떠날 거라고 생각했어. 아이 때문에 상처받기 싫었어. 너에게 사랑받고 싶었어.

　—지연아, 네가 더 행복해지는 걸 막고 싶지 않은 마음뿐이었어. 널 사랑하지 않는 게 아니야. 나는 비겁한 놈일까?

　—사랑도 변하는 거겠지?

　—어떤 것이든 변하지. 변한다고 사랑이 아닌 건 아닐 거야.

　—정말 떠나려 했어. 그런데 병일아, 오늘 너의 눈물을 봤어. 처음이야.(232~233쪽)

　이별의 날이 될 수도 있었던 이날은 "너무 긴 태몽"으로서의 하루로 변모한다. '너무 긴 태몽' 이후에 태어날 아이는 분명 사라져 귀신이 될 아이는 아닐 것이다.

　'지금-이곳'에서 전력을 다해 행복한 삶을 이루어가는 보통 사람들에 대한 애정이 깊을수록, 이 땅에 존재하는 소중한 생명에게 가해지는 부당한 힘에 대한 작가의 분노는 더욱 커진다. 「요오드」가 바로 그 부당한 힘과 메커니즘에 대한 분노를 표출한 작품으로서, 이때의 분노는 매우 드라이하게 표현되어 있어 더욱 진지하게 다가온다. 각각의 장면 앞에는 '2011년 2월 초순'과 같은 일시가 등장하여, 소설은 마치 단체의 공식 일지와 같은 형식으로 되어 있다. 전체 내용은 2011년 2월 초순부터 2011년

10월 말까지의 8개월간 일어난 일을 다루고 있다.

탈북청소년보호단체 '손에손잡고' 강병선 대표는 1990년대 중반 대기근 시기에 나고 자란 탈북청소년들이 신장이 지나치게 작고, 그들이 학습도 전혀 따라오지 못한다는 이야기를 듣는다. 심지어 최근 탈북한 아이들은 이전 아이들에 비해 뇌 크기 자체가 작아진 상태이다. 이것은 "요오드 결핍"으로 인해 일어난 현상이라고 할 수 있다. 요오드를 전달하기 위해 요오드 성분을 강화한 소금을 북에 전달하고자 한다. 문제는 "공교롭게도 남북 관계는 이 단체가 품은 숭고한 의지를 무색케 했다"(131쪽)는 점이다. 이 작품은 날짜까지 분명하게 밝힘으로써, 남북 관계가 된서리를 맞았던 10여 년 전 상황을 분명하게 보여준다.

대부분의 기업이 북한 지원사업의 서두만 꺼내도 손사래를 치는 상황에서 KJ그룹의 최석근 회장만이 도움을 준다. KJ그룹에서 9톤의 요오드 강화 소금을 제조하는 것이다. 최 회장은 소금뿐만 아니라 일정 금액을 기부해서 '손에손잡고'가 추진하는 사업에 큰 추진력이 된다. 그러나 어려움은 첩첩산중이다. 중국 단동에 도착한 소금은 수입업자 서류 미비와 성분 검사에서 보류 판정을 받고 통관되지 않는다. 일주일 동안 단동항에 부려졌던 소금은 결국 출발했던 인천항으로 되돌아온다. 이후에도 강 대표는 북한에 10년 전부터 현지 사무소를 개설하고 활동하는 'IFS'를 비롯해서 국제기구 다섯 개 단체장('당신의 천사들' '국제영양지원본부' '그린 크로스' '키다리 아저씨' '국제응급의료및배급지원단')에게 도움을 호소하지만 아무런 응답이 없다. 이들의 무응답은 모두 '정치적인 이유 때문'이다.

이 사업의 유일한 지원자였던 최석근 회장마저 도와주기를 거절하자 강병선 대표도 포기하기에 이른다. 결국 강병선 대표는 비용을 도저히 충당할 수가 없어서 창고와 세관 측에 화물 포기 각서를 쓴다. 얼마 지나지 않아 세관은 요오드가 다량 함유된 소금 9톤의 구매자가 나오지 않자 '손에손잡고'에 폐기 처리 방법을 통지한 후, 그 소금을 소각한다. 이 무렵 강 대표는 "자신이 슈퍼맨처럼 하늘을 날아다니거나 고래가 되어 바다를 마음껏 헤엄치는 식의 공상적이고 황당한 꿈"이 아니라, "우리가 흔히 보는 트럭에 소금을 가득 싣고 시골길을 달려서 자신이 그것을 가가호호 한 됫박씩 나눠주는 꿈"(147쪽)을 자주 꾼다. 어찌 보면 너무나 평범하고 단순한 일은, 한반도에서는 하늘을 날아다니는 것보다도 더욱 이루기 힘든 꿈이 되어버린 것이다.

현재에 집중하는 성자(聖者)들

해이수는 나름대로 이 땅에 행복을 가져올 수 있는 방법까지도 관심을 보여준다. 그런 면에서 이번 작품집은 참으로 깊고도 넓은 세계를 품고 있는 해이수 문학의 결정판이라고 할 수 있다. 그 방법은 바로 인간의 힘으로는 어찌해볼 수 없는 과거나 미래가 아니라 '지금에 집중'하는 것이다. 「옴 샨티」와 「리키의 화원」은 이러한 현자의 목소리를 분명하게 보여주는 작품들이다.

「옴 샨티」는 해이수의 장편소설 『눈의 경전』을 여러 모로 연상시킨다. 『눈의 경전』에서 완을 맹목적으로 사랑한 유밍이 죽자, 완은 자신의 무책임한 행동을 반성하며 유밍을 애도하기 위해 히말라야까지 찾아간다. 그리고 그곳에서 텐진 빠모를 만나 삶의 진리에 한층 다가간다. 「옴 샨티」의 주인공 이름 역시 완이며, 이 작품에서는 연이 완을 맹목적으로 사랑한다. 그러나 완은 암에 걸려 죽어가는 연을 외면하고, 이런 자신에 대한 처벌과 연에 대한 애도를 위해 요가 수행을 한다.

완은 연을 신촌의 백화점 문화센터 미술 강좌에서 만났다. 이당시 수강생이었던 연은 완에게 개인지도를 요구하고, 당시 수입이 없어 곤란을 겪던 완은 이를 흔쾌히 받아들인다. 연희동의 30평대 아파트에 사는 연은 고귀하고 단아하며, 어조 또한 세련되고 안정적이다. 완이 아파트를 나설 때, 연은 무릎을 접고 앉아 완의 신발을 가지런히 집어서 신기 좋게 방향을 바꾸어놓을 정도로 완을 아낀다. 3개월가량 연희동을 드나들었을 때, 연은 완의 요구를 받아들여 누드모델이 되어주기도 한다.

그러나 완은 아내가 임신을 하고 전시회 일정이 잡히자, 암으로 죽어가는 연을 향한 발걸음을 줄이기 시작한다. 아내가 미숙아를 출산하고 그 아기가 중환자실로 옮겨가는 일을 겪자, 완은 보름 후에 가겠다는 연과의 마지막 약속마저도 지키지 않는다. 연은 삶의 마지막 순간에도 완을 위해 만두를 빚었던 것으로 그려진다.

이토록 헌신적이었던 연인의 죽음 앞에서 태연하기란 불가능할 것이다. 완은 자기 처벌과 연에 대한 애도를 위해 요가 수행을 한다. 완이 30일간의 특별 수련을 한 번도 빠지지 않은 이유는 "자신에게 벌을 주기 위해서"이다. 온몸이 근육통에 시달리고 상체와 하체가 따로 노는 듯한 통증을 견디는 것은 "파렴치한 스스로에게서 벗어나는 유일한 방법"(105쪽)이라 생각했기 때문이다. 한나가 완에게 말과 요가를 통해 전하는 메시지는 다음의 인용에서 알 수 있듯이, '현재에 집중'하는 것이다.

"마치 투명한 보석이 곁에 있는 꽃의 빛깔에 물들듯이 그렇게 생각을 비우세요. 그리고 집중하는 대상에 물들기를 기다리세요. 균형과 집중으로 그 대상과 하나가 될 때 빛나는 그 무엇과 만나세요."(104쪽)

"균형은 균등한 정반대의 힘 안에 존재합니다. 균형은 자유를 줍니다. 훌륭한 답을 마련하신 완님은 더는 과거를 살지 마시고 부디 현재를 사세요. 요가는 현재에 집중하는 것입니다."(116쪽)

'현재에 집중'하는 수련의 끝을 알리는 차크라 주발이 울렸을 때, 완은 드디어 "빛 속에서 연이 수줍은 듯 걸어 나"오는 모습을 본다. 이 순간 "완은 무릎을 접고 앉아 연의 신발을 가지런히 집어서 신기 좋도록 방향을 바꾸어"놓는다. 예전에 연이 완을 위해 해주었던 그 헌신적인 행위, 이제는 완이 연을 위해 해주는 것이다. 그 신발을 신고 사라지는 연을 보며, 완은 "거대하고 따뜻한 손이 완의 정수리부터 발바닥까지 부드럽게 어루만지는 느낌"을 받는다. 그러면서 "이제는 붓을 들고 그녀와 마주 설 수 있을 것 같았다. 그야말로 이제는 선과 색을 입혀 그녀를 어루만질 수 있을 것 같았다. 그렇게 어루만진다는 것…… 오직 그 길만이 그녀를 잊는 길이었다"(117쪽)고 다짐한다. 이제 완에게도 비로소 평화(shanti)가 찾아온 것이다.

「리키의 화원」은 우리 시대 성자가 등장하는 소설이다. 이때 성자의 으뜸 덕목도 다름 아니 현재에 집중하는 것이다. 180센티미터가 넘는 장신에 백인 혼혈의 준수한 외모로 모델과 드라마 단역을 하는 리키는 〈가자, 우리 팀〉이라는 텔레비전 프로그램의 종합 장애물 경기에서 엄청난 능력을 발휘한다. '나'도 나름 뛰어난 능력을 발휘하지만, 리키의 초인적인 능력 앞에서는 초라할 뿐이다.

회가 거듭할수록 프로그램의 시청률이 오르고 팬덤이 폭발적으로 커져서, 나중에는 사람들의 관심이 팀과 팀의 대결이 아니라 리키가 얼마나 빨리 장애물을 통과하느냐로 옮겨 갈 정도이다. 리키는 어떤 광고도 계약하지 않고 다른 오락프로그램의 섭외를 받아도 나가지 않고 적은 출연료로만 연명한다. 리키는 다음의 인용들에서 알 수 있듯이, 타인의 시선에 신경 쓰지 않고 오직 지금 할 수 있는 일에 최선을 다한다는 확고한 신념을 지니고 있다. 리키가 장애물 경기에 최선을 다하는 것은, 돈 때문도 명예 때문도 아닌 "뭔가에 몰두하는 순수한 즐거움"과 "완벽한 집중과 긴장"(58쪽) 때문이다.

리키는 정말 장애물에만 몰두할 뿐 다른 생각은 전혀 하지 않는 듯했다.(56쪽)

"집중은 누군가의 힘을 빌리지 않고 자신의 슈퍼 파워를 찾게 해줘요. 사람들이 떨어지는 이유는 간단해요. 나를 보는 게 아니라 남을 봐서 그래요. 남들을 기준으로 삼는 거죠. 남들에게 박수받고 멋지게 보이고 싶은 거예요. 그러면 영원히 성공할 수 없어요. 영원히 불행해요. 남들이 만든 기준은 매번 바뀌잖아요."(57쪽)

이러한 리키의 모습은 '나'와는 정반대이다. '나'는 한때 "주연으로 빛났던 기억 때문에 오랫동안 불행"(55쪽)했다. 그때 기획사가 나를 약간만 받쳐주었으면 하는 원망, 담당 피디가 조금만 끌어주었으면 하는 아쉬움, 상대 배우가 물의를 일으키지 않았다면 하는 안타까움에 빠져서 헤어 나오지 못하는 것이다. 그 "빛나던 순간으로 돌아가야만 행복"(56쪽)할 것 같다고 여기지만, 당연히 그곳으로 돌아가는 방법은 존재하지 않는다. 리키가 오직 자신이 만든 기준을 바탕으로 '현재에만 집중'하는 데 반해, '나'는 빛났다고 간주되는 '과거에만 집중'함으로써 불행한 삶을 이어가고 있는 것이다.

리키의 능력은 단순히 종합 장애물 경기에서 발휘되는 육체적 차원에 머물지 않는다. 서울 도심의 쪽방촌을 찾아가 도배 작업을 할 때도 리키는 뙤약볕을 맞으며 아침부터 쉬지 않고 일을 한다. "카메라가 있건 없건, 술 취한 주민이 시비를 걸든 말든"

(51쪽) 묵묵히 몇 사람 몫을 해내는 것이다.

한 주 한 주 지날수록 경기의 난이도는 점점 높아진다. 그래서 '레벨 1'은 끝내 '레벨 4'에까지 이른다. 장애물은 '레벨 4'로 갈수록 어려워졌지만 안전 장치는 레벨 1에 머문 결과, 리키는 물대포를 견디지 못하고 추락하여 앰뷸런스에 실려 간다. '레벨 4' 녹화에서도 리키는 "나는 이 장애물을 성공하기 위해서 넘는 게 아니에요. 그냥 순간을 즐길 뿐이에요. 그럼 떨어져도 실패가 아니잖아요"(67쪽)라고 말한다.

'내'가 리키를 다시 보게 된 것은 2년이 지난 후 교황의 시복 미사를 하루 앞둔 광화문광장에서이다. 교황 방문준비위원회의 자원봉사자로 일하던 '나'는 잔디 광장에서 서른 명의 공공근로자가 잡초를 뽑거나 꽃밭을 가꾸는 모습을 본다. 리키는 그 서른 명의 근로자 중에 한 명으로 섞여 있었던 것이다. 이때도 역시 리키는 "잡초를 뽑는 하잘것없는 순간에도 오로지 그 일에만 몰입"(66쪽)하고 있었으며, 어떤 근심이나 노역의 고단함도 보이지 않는다. 모든 감정에 초연한 모습으로 인해 리키의 주위는 환하게 빛난다. 그 모습을 보고 '나'는 모자와 선글라스를 벗고는, "뙤약볕 아래에서 쪼그려 앉아 꽃밭을 가꾸는 그를 향해 조용히 성호"(67쪽)를 긋는다. 우리 시대 성자는 나라를 구하거나 혁명을 일으키는 순간이 아니라, 바로 자기 발밑에 있는 잡초를 뽑고 꽃밭을 가꾸는 순간에 탄생하는 것이다.

여기서 한 가지 놓치지 말아야 할 것은 현재에의 지고지순한 몰입이 사회·역사의식과 적절하게 조화를 이루지 못할 경우에

발생하는 문제이다. 리키의 삶은 이러한 우려가 불필요한 것은 아님을 보여준다. 리키가 부상을 당하자 제작진은 신속하게 그를 잊고, 더 이상 리키는 방송에 나타나지 않는다. 결국 리키는 사람들의 "초과된 욕망을 거부하지 않고 기꺼이 그 속으로 걸어 들어간 광대와 다름없"(63~64쪽)는 상황에 놓인 것이다. 결국 리키의 그 순수하고 아름다운 태도는 사회와 지배 논리에 이용만 당했다고 볼 수도 있다.

해이수의 귀환이 반가운 이유

다시 한번 말하지만 해이수가 돌아왔다! 그 돌아옴은 공간과 시간을 모두 아우른다는 점에서 가히 전면적이다. 지구 남반부의 호주와 지구의 지붕인 히말라야를 거쳐, 해이수는 한반도의 외진 한산시장과 서울의 뒷골목까지를 찬찬히 살펴보고 있는 것이다. 또한 과거나 미래가 아닌 현재에 집중하는 삶의 의의를 아름답게 펼쳐 보이고 있다. 한층 낮아지고 깊어진 시선을 통해 펼쳐진 지금-이곳의 삶은 참으로 따뜻하다. 그 따뜻함은 20여 년의 쉼 없는 문학적 정진과 삶에 대한 진지한 태도로 인해 가능했을 것이다. 『엔드 바 텐드』에서 보여준 해이수의 귀환이 한국문학이 독자에게 귀환하는 하나의 신호탄이 되기를 기대해본다.

당신이 기억하듯

한때 기억을 자랑하고 다닌 적이 있습니다.

기억을 자부한 나머지 다른 이가 틀리다고 소리친 적도 많습니다.

다행일까요?

저는 지금 기억하지 못합니다.

저는 당신이 기억하는 사람과 다른 사람이 되었습니다.

그러나 모든 것을 잊었지만 분명히 기억하는 한 가지는······

당신의 손길입니다.

덕분에 저는 아직 죽지 않았습니다.

시선을 두는 쪽으로 삶은 스며들므로 환한 곳으로 고개를 듭니다.

마지막 편지가 아니기를 기도하며,

2019년 11월 당신의 해이수로부터

엔드 바 텐드

© 해이수, 2019

초판 1쇄 인쇄일   2019년 11월 6일
초판 1쇄 발행일   2019년 11월 10일

지은이   해이수
펴낸이   정은영
편집   김정은 안태운
마케팅   이재욱 최금순 한지혜
제작   홍동근

펴낸곳   (주)자음과모음
출판등록   2001년 11월 28일 제2001-000259호
주소   04047 서울시 마포구 양화로6길 49
전화   편집부 (02)324-2347, 경영지원부 (02)325-6047
팩스   편집부 (02)324-2348, 경영지원부 (02)2648-1311
이메일   munhak@jamobook.com

ISBN 978-89-544-4027-1 (03810)